KB044737

동시대인 총서 10

독립된 지성은 존재하는가

동시대인 총서10

독립된 지성은 존재하는가

2001년 7월 10일 초판 1쇄 발행
2005년 9월 23일 초판 2쇄 발행

펴낸곳 (주)도서출판 **삼인**

지은이 김동춘
펴낸이 신길순
부사장 홍승권
주간 최낙영
편집 윤진희 유나영
제작 양경화
마케팅 이춘호
관리 심석택
총무 서민아

등록 1996.9.16. 제 10-1338호
주소 121-837 서울시 마포구 서교동 339-4 가나빌딩 4층
전화 (02) 322-1845
팩스 (02) 322-1846
E-MAIL samin@saminbooks.com

표지디자인 (주)끄레어소시에이츠
제판 문형사
인쇄 대정인쇄
제본 성문제책

ⓒ 김동춘, 2001

ISBN 89-87519-54-6 04800
ISBN 89-87519-23-6 04800(세트)

값 12,000원

동시대인 총서 10

독립된 지성은 존재하는가

김동춘 지음

삼인

책머리에

　내 이름으로 문자화된 최초의 학술 논문은 「지식인과 역사 발전」(서울대학교 사범대학 학도호국단, 『청량원』 제30권 1호, 1982년 4월)인데, 그때 나는 마르크스, 만하임, 사르트르의 입장들 가운데 어느 것을 택할 것인지 우왕좌왕하였다. 그때 이후 지금까지 지식인 문제와는 오랜 인연을 갖게 되었다. 그 당시만 하더라도 대학생 사회에서 1970년대 식의 지식인 문제에 대한 관심이 후퇴하고, 이제 민중주의, 노동 계급 중심주의가 대학생들 사이에 득세하던 터라 당시의 시점에서도 그 글은 약간은 '시대'에 뒤진 감이 있었다. 이 글을 쓴 이후 상당한 기간 동안 나는 지식인 문제를 거론하지 않았으며 또 거론할 지면도 공간도 얻지 못했다.

　그런데 흥미로운 것은 1990년대 중반 들어서 지식인론이 다시 부활하여 나를 불러내기 시작했다는 점이다. 그리고 그 관심은 오히려 1980년대에는 크게 비판을 받았던 문제 제기, 즉 지식인의 역할이 무엇이냐 하는 것이 재론되는 방식이었다. 이 무슨 아이러니인가? 역사가 거꾸로 흘러서 지식인의 역할이 요구되는 시대, 계몽의 시대가 다시 온 것인가, 아니면 우리 사회가 아직 계몽의 시대를 통과하지 않았다는 말인가? 아니면 한국 사회야말로 과거나 현재나 계몽적·비판적 학인(學人) 혹은 제너럴리스트가 중요한 비중을 차지하는 사회이기 때문인가?

내가 학문의 길을 걸으려 할 때는 그저 가장 앞장선 사람은 못 되지만 타락하지는 않을 수 있겠다고 생각했다. 5공 초기의 그 엄혹한 시절에 수많은 동료 후배들이 투사로 나선 시절에 그 길은 내세우기 부끄럽고 나약한 선택지였다. '독립적 지식인', 그 당시 그러한 개념은 존재할 수 없었으며, 나 스스로도 그러한 존재 위치를 심각하게 고려해본 적이 없다. 그런데 언제부터인가 그 많은 영웅들이 주변에서 사라지기 시작했다. 그리고 우리 사회에서는 혼자 선다는 것, 자신의 주장과 입장을 세우며 자신의 생각대로 살아가는 길이 얼마나 어려운 일인지가 어렴풋하게 드러나기 시작했다.

자유주의를 '부르주아 이데올로기'라고 비판했던 사람들은 이제 '사적인 자유' 속에 안주하기 시작했다. 자유주의를 실천하는 것조차도 우리에게는 대단히 힘겨운 일이라는 것이 확인되기 시작했다. 1990년대 한국 사회에는 입장이나 이념을 불문하고 상처받은 사람들이 넘쳐났으며, 그 상처 때문에 세상을 비뚤어지게 바라보거나 일방적으로 해석한 다음 자신의 세계 속으로 침잠하려는 경향이 나타나게 되었다.

그리하여 이념과 사상, 그리고 천하의 흐름을 어떻게 읽을 것인지 논해야 하고 정책 대안을 고민해야 하는 21세기 벽두에 엉뚱하게도 '기본'을 세우자는 목소리가 더 크게 제기된 것이다. 그렇다면 한국 사람들은 모두 원칙도 철학도 없이 그때 그때의 편의와 실리를 좇아 살아가는 존재라는 말인가? 아니면 식민지 지배와 저 혹독한 극우 반공 체제가 '생각하는 사람'이 숨쉬며 살 수 있는 공간 자체를 폐쇄했기 때문인가?

어쩌면 이들 소수의 영웅들이 세상을 바꿀 수 있다고 생각했던 것 자체가 판단 착오였는지 모른다. 언제부터인가 나는 소수가 아주 혁명적이고 고상한 생각을 하는 것보다 다수가 약간의 생각을 고치는 것이 훨씬 더 역사적이고 혁명적인 일이라는 그람시(Gramsci)의 말을 심각하게 받아들이기 시작했다. 가장 앞선 사람들의 관점과 논리를 통해서가 아니라 뒤에 서 있는 보통 사람들이 생각하고 행동하는 방식을 통해 사회를 바라보고 또 사회의 변화를 고민해야 한다는 생각은 지금도 변함이 없다. 그리하여 더 많이 교육받은 사람들에게는 세상을 보는 관점을 논쟁적으로 제시하여 설득하는 것이 필요하지만, 그렇지 않은 사람들에게는 자신이 경험한 바 지금까지 일어났던 사건들을 해석하고 정리할 수 있는 틀을 제공함으로써 그들이 일관된 생각이나 판단력을 가질 수 있도록 도와 주는 것이 글쓰기의 중요한 방향이 되어야 한다고 생각하고 있다.

그리하여 정신적 상처와 굴절, 편의적 선택, 독단과 아집이 지배하는 이 세상에 우리가 일관된 생각을 가진 인간으로 설 수 있는 방법이 다시 고민되기 시작하였다. 철학과 이념에 바탕을 둔 정책, 일관된 생각과 판단에 기초한 행동들이 여전히 희귀한 세상에 우리는 살고 있다. 진보적인 인사들은 그것들을 모두 보수라고 비판하지만, 우리에게 보수는 아직 사치이다. 아직은 생각 있는 사람이 필요하다. 그것은 바로 지난 백여 년 동안의 굴절된 근대화, 내 식의 표현으로는 마이너스의 역사를 제로로 돌리는 일에서 시작될 것이다.

학술 논문이 아닌 평론, 에세이, 칼럼 등의 이른바 '잡문'을 쓸 때

나는 언제나 약간은 주변을 두리번거리고 나서 작업을 시작한다. 나에게 학문적인 가르침을 주신 분들이나 학계의 어른들, 그리고 나를 관심 있게 바라보고 있는 학생들이나 독자들이 나의 성급한 '외도'를 꾸짖고 있다는 느낌 때문이다. 밥이 익지도 않았는데 솥뚜껑을 자꾸 열게 되면 밥이 설익게 되듯이, 아직 생각이 충분히 익지 않았는데 자꾸 퍼내게 되면 다듬어지지 않은 설익은 글들이 독자에게 전달될 것 같은 두려움을 지울 수 없기 때문이다.

그런데도 불구하고 나는 지난 3, 4년 동안 수많은 글들을 뱉어 냈다. 어쩌자고 내가 이렇게 많은 글을 썼는지 나도 잘 이해가 안 될 지경이다. 신문사나 출판사 편집자들의 압력을 견뎌 내지 못했기 때문인 것 같다. 여기에 실린 글 중에서는 『현대사상』에 실은 「탈정치의 시대에 '정치'를 생각한다」가 논문이 아닌 에세이로서는 가장 처음 쓴 글인데, 내 생각을 진솔하게 표현하는 글을 써 달라는 당시 김성기 주간의 부탁을 받아서 수 차례 고민하다가 용기를 내서 썼다. 그 이후에는 주변에서 이런 종류의 글을 써 달라는 요구가 빗발쳤다. 아마 논문이 더 이상 읽히지 않는 세태 아래서 이러한 방식으로 독자들에게 접근하는 것이 유행이 된 탓도 있는 것 같다. 그러나 인문학자가 아닌 사회과학자가 자신의 생각을 이러한 글로 표현한다는 것이 쉬운 일은 아니다. 더구나 이러한 유의 글에는 차가운 논문과 달리 자신의 주장에 대한 책임이 따르는 법이기 때문에 더욱 부담스럽다. 그러나 이왕 발표한 것이니 더 많은 독자들에게 전달하자는 출판사측의 요구에 굴복하였다.

대체로 학자들은 동료 학자나 대학원생들만이 알아들을 수 있는 용어나 표현법으로 글을 쓰곤 한다. 밀스(Mills)는 고상하게 글을 쓰는 학자들의 글이 평이하고 명료하게 씌어지지 않는 것은 주제의 복잡성이나 사고의 심오함과는 전혀 무관하며, 학자가 자신의 지위를 걱정하는 것과 직접 연관되어 있다고 말한 바 있다. 즉 '학자적인 자세'는 그의 지위 유지와 깊은 관계가 있으며, 학자들의 글쓰기는 바로 그의 정치적 행위라는 것이 그의 주장이다. 나 역시 밀스의 이러한 지적에 동의한다. 내가 칼럼이나 에세이를 쓰려고 작정하는 순간에 나는 나를 둘러싸고 있는 정치 사회적 환경, 그 글을 읽을 독자들의 생각의 수준과 상태를 구체적으로 고려하지 않을 수 없었다. 즉 내 글을 읽고서 공격하거나 칭찬할 세력이나 개인의 무언의 눈초리를 의식하게 되었다는 말이다. 그것은 바로 적나라한 이해 관계와 권력 관계가 교차하는 진흙탕에 뛰어들어 가는 일이다. 그것은 이러한 글쓰기가 학자들이 적당히 좋은 이미지를 갖고서 점잖은 사회에서 살아가기를 포기하는 행위가 될 수 있다는 말이 된다. 그러므로 잡문은 학자가 갈등으로 가득 찬 세상 속의 한 주체로서 살아가고 있다는 것을 확인하는 계기가 된다.

그래서 나는 학문적 글이 독자를 잃어버린 오늘과 같은 세상에서는 이런 에세이와 평론이 매우 중요한 의의가 있다고 생각한다. 외국에서는 이러한 작업은 주로 언론인, 문필가 들이 담당하고 있다. 우리 나라에서는 아직 사회 현실에 대한 식견과 분석력 그리고 대중을 설득할 수 있는 문장력을 갖춘 평론이 드물다. 문인들은 아름답고 감동적인 글을 쓰기는 하지만 현장감이 약하거나 내용이 없는 경우가 많고, 학자들의 글은 깊이는 있으나 현장에 대한 긴장감이 약하고 딱딱해서 접근하기 어려우며, 언론인들의 글은 현장감은 있으나 분석과 전망이 생략되어 있는 경우가 많다. 따라서 언론인들이 문인과 학자의 능력을 겸비하는 것이 가장 시급하며, 학자들도 때로는 언론인과 문인의 능력을 겸비할 필요가 있다. 물론 나는 그러한 능력을 기르기 위해 의도적으로 노력한 적은 없다. 알기 쉽게 써 달라는 편집자들의 요구를 의식하다 보니 이러한 점들을 고민하게 되었을 뿐이다. 언젠가 내 스스로 학문이 어느 정도 익었다고 판단되면 글쓰기 공부를 본격적으로 해볼 생각도 있다.

그러나 나는 에세이나 평론, 칼럼이 학자, 연구자의 가장 일차적인 임무라고 생각하지는 않는다. 이러한 작업은 분명히 외도이다. 그러나 나는 '현재의 한국의 실정에서는' 그것이 의미 있고 필요한 외도라고 생각하고 있다.

이 책에 실린 글은 주로 1997년부터 지금까지 각종 잡지에 기고한 글들을 모은 것이다. 글의 주제는 나의 연구 과제와 연관된 정치, 사회운동, 교육 문제, 지식인 문제 등이다. 따라서 나의 주요한 연구 테마인 노동 운동 관련 논문들, IMF 경제 위기 이후 김대중 정부의 신자유주의 정책적 결과를 분석한 연구 논문들, 작년 이후 이론적·실천적으로 주로 관계했던 한국전쟁, 국가 폭력 혹은 과거 청산 문제 관련 논문이나 에세이, 원고지 10매 이내의 신문 칼럼들도 여기에는 포함되지 않았다.

원래 1999년 말 경 도서출판 삼인의 문부식 주간이 평론집 출간 제의를 한 바 있는데, 작년에 『근대의 그늘』, 『전쟁과 사회』의 두 연구서를 집필, 출간하느라 순서상 이 일은 뒤로 미루어지게 되었다. 나의 변변찮은 글을 출간하기로 결심한 문부식 주간 및 이홍용 편집장에게 감사 드린다. 그리고 지금까지 나의 글을 관심 있게 읽어 주고 격려를 해준 동료, 독자, 학생 들 모두에게 감사를 드리고, 앞으로도 내가 현재의 생각을 더욱 심화·발전시킬 수 있도록 많은 질책을 해주기 바란다.

2001년 5월
김동춘

차례

일러 두기

이 책에 수록된 각 글의 원 출전을 밝힙니다.

제1부
정치를 지망하는 30대에게/『참여사회』, 1997년 7·8월호.
탈정치의 시대에 '정치'를 생각한다/『현대사상』 1997년 겨울호.
시민 운동의 위기/『참여사회』 2000년 7월호.
진보, 생존의 논리에서 삶의 논리로/『2000년 이 땅에 사는 나는 누구인가』 (푸른숲,
　　1999).
1990년대 학생 운동의 현황과 전망/『황해문화』 1998년 여름호.
한국 사회 운동의 현주소/『황해문화』 2000년 겨울호.
국가주의의 시대를 넘어서기 위하여/『미래의 얼굴』 1999년 9월호.

제2부
한국 지성의 현주소—최장집 교수 사상 시비를 보고/『한민족포럼』 1999년 1월호.
레토릭으로 남은 한국의 자유주의/『자유라는 화두』 (삼인, 1999).
한국의 지식 사회, 독립적 지성은 존재하는가/『당대비평』 1999년 봄호.
'신지식인'론의 문제점/『국회보』 1999년 6월호.
왜 아직도 지식인인가/『동향과 전망』 1999년 봄호.
민중과 지식인/『당대비평』 2000년 겨울호.

제3부
학벌주의를 넘어서/ 성공회대 교지『찬우물』 1998년 12월 창간호.
학급 봉괴 현상을 통해 본 한국의 국가, 계급 그리고 청소년/ 연세대청년문화센터에서
　　1999년에 발표.
통조림된 교육, 살아 있는 교육/『내가 살고 싶은 나라』 1999년 여름호.
가족 이기주의/『역사비평』 1999년 여름호.
서울대 개편과 학벌주의 극복/『참여사회』 2001년 3월호.
의사의 '권리'와 의료의 공공성/『작가』 2000년 가을호.
의사의 지위/『문예중앙』 2000년 가을호.

제1부

정치를 지망하는 30대에게

　오늘 저는 30대 여러분들에게 편지를 보내려 합니다. 저 역시 30대의 막바지에 있으므로, 이 편지는 저의 동년배, 후배 그리고 저 자신에게 보내는 편지가 될 것입니다. 제가 머리 속에 그리고 있는 30대는 연령상 30세에서 39세에 이르는 모든 사람이 아니라 1980년대 전 기간을 한국 사회의 민주화를 위해 고뇌한 경험이 있고, 1990년대의 변화된 상황 속에서 어떻게 살아야 할지 아직도 고민하는 30대입니다. 즉 1980년대의 기억을 갖고 있으되 완전히 기성층은 되지 않았으며, 후배 세대인 20대의 변화된 모습에 당혹해 하면서, 아직도 좋은 사회를 이루고자 하는 꿈을 완전히 버리지는 않는 사람들이라고 해도 좋겠지요.

　저는 1980년대 전 기간 동안 일선에 서서 민주화를 위해 일하지는 못했고, 단지 참여자와 구경꾼의 중간쯤에 서서 평론하는 입장에 서 있었기 때문에 이런 편지를 쓸 자격이 없다고 생각합니다만, 한국 사회의 민주화가 더 진척되기를 원하는 한 사람의 학자로서 몇 마디는 할 자격이 있지 않을까 생각되어 이렇게 두서없이 적어 봅니다.

　오늘은 장차 정치를 하려는 사람, 이미 정치에 뛰어든 30대를 생각하면서 이 편지를 적습니다. 제가 던지고 싶은 말은 "싸게 팔려 가지 말자"는 것입니다.

이것은 그 동안 제도권 정치에 뛰어든 30대, 40대 '민주' 인사들이 결국 새로운 대안 세력을 만들거나, 새로운 정치 혹은 정치 활동의 모델을 만드는 데 실패했다는 저의 평가를 바탕에 깔고 있습니다. 사실상 이러한 평가는 새로운 것이 아닙니다. 그러나 오늘 이 시점에서 다시 이 이야기를 꺼내는 것은 또다시 대선이 다가왔고, 내년 후년에 연이어 선거가 있어, 다시금 과거의 실책이 되풀이되지 않을까 걱정이 되었기 때문입니다.

저는 '8룡'이니 '9룡'이니 하는 사람들이 텔레비전에 나와서 우리에게 아무런 참신한 정책 대안도 희망도 감동도 주지 못한 채 '대권' 운운하며 목청을 높이는 것을 우울한 마음으로 보았습니다. 그리고 그들의 캠프에 집결한 많은 젊은이들이 바로 1970, 80년대를 고뇌하면서 보낸 운동권 경력자들이라는 저간의 소식은 저를 더욱 서글프게 만듭니다.

지난번의 청문회인지 뭔지에 나와서 내용 없는 질문만 뱉어 낸 이른바 운동권 출신 의원들의 행태에서 저는 악취가 진동하는 것을 느꼈습니다. 아마 이렇게 말하면 세상 모르는 학자의 넋두리라고 말할 것입니다.

그러나 저는 정치 활동의 중요성과 필요성을 부정하는 사람도 아니고, "정치가는 모두 도둑놈"이라는 허무주의의 입장에서 이러한 말을 하는 것은 더더욱 아닙니다. 오히려 저는 한국처럼 정치가 사회와 경제의 변혁에 가장 중요한 고리가 되는 나라는 찾기 어렵다고 생각하고 있습니다. 현실 정치의 역동성을 무시한 시민·사회 운동은 추진력과 활력을 상실하게 되고, 정치가 바뀌지 않으면 사회가 바뀌지 않는다는 저의 생각에는 변함이 없습니다. 이처럼 정치가 너무나도 중요하기 때문에, 우리는 정치에 대해 가장 신중하고 엄격한 자세를 취해야 한다고 말하는 것입니다. 저는 1987년 이후 운동 세력이 대안적인 정치 세력으로 형성되지 못하고 "양 김의 곶감"이 될 수밖에 없었던 것은 이들이 정치 변혁에 무관심했거나 아니면 과도하게 정치화되었기 때문에서였다기보다는, 오히려 그들이 한국 사회를 여전히 학생의 수준에서만 바라보았고 한국에서 정치가 차지하는 위치와 의미에 대하여 냉엄한 평가를 내리지 않았던 데 기인한다고 보고 있습니다.

물론 "정치는 현실"이라는 것을 저도 알고 있습니다. 그러나 정치의 관문을 들어서는 사람, 새로운 정치의 모델을 구축하려는 사람, 정치를 통해 사회 변혁을 이루겠다고 작정한 사람에게 정치는 현실이자 동시에 '원칙'의 문제라는 것을 강조하고 싶습니다. 이미 기득권을 가진 집단에게는 원칙이 별로 중요하지 않을지 모르지만, 대항 세력에게는 원칙과 철학이 목숨과도 같은 것입니다. 그것은 어느 경우에서나 정치 사회적 역학 관계가 불균등하게 배분되어 있고, 변화를 추구하는 세력은 돈과 힘뿐 아니라 원칙과 이념을 견지해야 하기 때문입니다.

변화를 지지하는 대중들은 그것을 주창하는 세력이 무엇을 지향하는가를 살펴봅니다. 특히 한국의 조건에서 잠재적인 대안 세력이 가진 자원은 도덕적인 것밖에 없었습니다. 가장 강력한 무기인 도덕을 팽개치고 오로지 현실의 논리, 득표의 논리에 편승했을 때 유권자들은 등을 돌리게 되는 것은 당연합니다. 유권자들은 어리석은 것처럼 보이나 어리석지 않습니다. 도덕적 자원을 너무나 쉽게 팽개쳐 버린 정치가는 아무런 희망도 주지 못하며 기성 정치가들의 장식품으로만 활용되기 쉽습니다.

이제 "정치는 현실이다"라는 성급한 결론을 내린 다음 여러분이 할 수 있는 길은 싼값으로 기성 정치 세력에게 팔려 가는 방법밖에 없습니다. "호랑이를 잡으려면 호랑이 굴에 가야 한다. 양 김의 울타리에서 교두보를 마련한 다음 독자적인 세력을 구축하자"고 말하면서, 기성 정치인의 한 사람이 되려고 했었습니다. 그 중 몇 사람은 '성공'을 하기도 했습니다. 그러나 곰곰이 생각해 보면 개인이 출세한 것을 제외하고, 우리 정치 사회 현실이 바뀐 것은 별로 없습니다. 정치권에서 '생존'을 위해 침묵하게 되고, 계속 침묵하다 보면 이제는 정말로 기성 정치인이 되어 버립니다. 그들은 정당성을 갖지 못한 권력과 지도자들의 목숨을 연장시켜 주는 불쏘시개가 된 것입니다. 이제 퇴로는 없습니다. 더욱 철저하게 기성 정치에 붙는 방법밖에는……

이제 제도권 정치가가 된 그들은 자신의 불리함을 만회하기 위해 심지어는 지배 질서와 부패한 권력을 옹호하는 돌격대가 되기도 합니다. 슬픈 일입니다.

그런데 '현실'의 이름으로 합리화된 그들의 행동은 그들의 과거의 모습과는 크게 배치되는 것입니다. 만약 그들이 "사실 나는 그냥 단순한 정치인의 한 사람이 되었다", "나에게 기대를 갖지 말아 달라"고 말한다면, 우선 과거의 발언과 행동, 지금의 행동과 그것이 어떻게 연결되는 것인지에 대해 나름대로 설명을 하는 것이 솔직한 자세입니다. 만약 그렇지 않다면 그는 어떤 형태로든지 "이것은 하나의 현실적인 선택에 불과하며, 나의 소신은 이와 다르다", "일정한 계기가 되면 새로운 모습을 보여주겠다"고 약속을 해야 합니다. 그런데 어찌된 일인지 민주화 운동의 경력으로 정치가가 된 사람들은 침묵으로 일관합니다. 원칙, 전략, 전술, 개인적 출세 어느 것이 합당한 표현인지 종잡을 수 없습니다. 그들은 '운동'의 이미지를 자기 개인의 출세를 위해 기성 정치 세력에게 너무나 싼값에 '팔아 버린' 것입니다. 그런데 그들은 개인의 이미지만 팔아 버리는 것이 아니라, 한 가닥 기대했던 민중들의 열망, 동료 운동가들의 열정, 사회 운동의 정당성 모두를 팔아 넘기게 됩니다. 그것은 바로 정치적 허무주의의 만연입니다. 이제 민중들은 "콩으로 메주를 쑨다"고 해도 그들과 같은 부류의 운동가들이 설교하는 것은 듣지 않습니다. 그리하여 민중은 옛날의 모습, 즉 힘있는 자에게 붙어서 일신의 안위를 도모하고자 하는 현실적인 태도를 지니게 됩니다. 여러분이 출세를 하면 할수록 그들의 허무감은 더욱 커집니다. 그것은 약속을 지키지 않았으며 행동에 책임을 지지 않았고 자신의 출세를 위해 운동을 팔았기 때문입니다.

정치는 곧 사회입니다. 정치는 국민, 국민 의식을 반영하는 얼굴이라고도 하지요. 여러분들이 비판하는 한국의 정치는 한국 사회의 모습입니다. 그런데도 지금까지 제도 정치에 뛰어든 여러분 중 어떤 사람들은 '사회'는 그대로 둔 채 정치를 쉽게 바꾸려고 했습니다. 사회를 그냥 둔 정치의 길은 그 앞길이 너무나 분명한 것 아닙니까?

유권자들은 어리석거나 속임수를 당해서 '엉터리'(라고 생각되는) 후보를 지지하지는 않습니다. 우리 사회에는 동정표라는 것도 있습니다. "지성이면 감천"이라고 수십억 원을 쏟아부으며 두 번, 세 번 낙선의 고배를 마신 자격 미달의 후보가 국회의원에 당선되는 수도 있습니다. 후보자와 유권자를 욕하기 전에 그들을 만들어 낸 한국 사회와 한국인의 정서 구조를 먼저 살펴야 합니다. 계급, 이념, 정책 등은 정치의 하나의 자원에 불과한 것입니다. 인물, 연고, 출신 지역, 종교, 돈, 분위기, 정서 등은 전자보다 더 강력한 자원이 되기도 합니다. 기성의 정치와 정치가는 후자에 바탕을 두되 일상적인 정치 활동, 즉 사회 활동에 바탕을 두고 있습니다. 그들은 풍부한 노하우를 가진 정치의 기술자들입니다. 그러나 그들은 정치를 위해 자신과 친척의 전 재산을 바치기도 했고, 인간적으로 파탄에 내몰리기도 했습니다.

그런데 기성 정치의 변화를 일으키겠다는 사람은 기성 정치가들보다 더 하루살이 정치가의 모습을 보여주었습니다. 선거가 아닌 시기에 그들은 정치를 하지 않았습니다. 선거시에만 나타나서 내가 투쟁 경력을 가진 민주 인사이니 나를 지지해 달라고 으름장을 놓은 것이지요. 그리고 떨어지면 다시는 그들 앞에 나타나지 않았지요.

우리 사회에서 여러분은 정치의 중요성을 알고 있는 마지막 세대입니다. 그렇기 때문에 여러분은 정치의 중요성을 비웃는 20대를 인도하고 가르쳐 주어야 하고, 40대 이상의 비뚤어진 정치 행태를 바로잡아야 할 책임을 갖고 있습니다. 그 길은 멀고 험난합니다. 그러나 질러가려고 했을 때 지르기는커녕 걷잡을 수 없이 후퇴할 수도 있다는 것을 지난 10년의 경험은 우리에게 가르쳐 주었습니다. 단기에 승부를 내기 위해 '현실'의 이름 아래 낡은 관행, 낡은 행태, 낡은 인간 관계를 활용하려 한다면 그것이야말로 목표로 가는 길을 더욱 멀게 하는 일이 될 것이고, 여러분을 도덕적 반신불수 상태로 만들 것입니다.

6월 항쟁 이후 10년이 흘렀습니다. 짧지 않은 기간이었다고 생각됩니다. 그 동안 우리는 적지 않은 체험을 했습니다. 우리가 성급하지 않았다면 지금보다는 더 멀리 갈 수도 있었으리라 생각해 봅니다.

민족과 사회를 위한 뜨거운 열정이 아직도 남아 있다면 싼값에 몸을 팔기보다는 먼저 무엇을 위한 정치, 누구를 위한 정치인가를 다시 생각해 보는 것이 좋을 듯합니다. 더 이상 민중의 가슴에 못을 박는 일은 하지 않아야 합니다. 그들에게 "잘난 운동가들은 결국 자신의 길을 찾아 떠나간다"는 쓰라린 경험을 진리로서 굳혀 주는 계기를 만들어 주어서는 안 됩니다. 단지 개인으로서 '정치가'가 되고 싶다면 과거 민주화 운동의 '경력'을 팔아서는 안 됩니다. 그리고 공동체를 위해서 정치를 하고 싶다면 우선 정치의 계절이 아닌 때에 앞장서서 정치를 해야 합니다. 일상 정치의 모델을 보여주어야 합니다. 그것은 곧 사회 운동에 바탕을 둔 정치, 아니 사회 운동 그 자체가 될 것입니다. "사회를 바꾼 업적"을 바탕으로 지역민과 국민의 평가를 받아야 합니다. 유권자들을 원망하기 전에 먼저 우리 자신을 살펴보아야 합니다.

다시 정치의 계절이 다가왔습니다. 우리는 정치 기술이 아닌 정치 예술을 진정으로 갈망합니다. 희망을 주는 지도자를 절실히 필요로 합니다. 나는 지금의 30대에서 새로운 정치를 실천하는 인물이 나오기를 기대합니다. 아직 가능성과 기회가 남아 있습니다.

탈정치의 시대에 '정치'를 생각한다

1

　이 잡지(『현대사상』)의 책임을 맡고 있는 김성기는 나와 대학원 석사 동기이다. 그는 78학번이고 나는 77학번이지만, 내가 학부 시절 졸업을 일 년 늦게 해서 같은 시기에 대학원에 입학했다. 나도 그렇지만 그도 학부에서는 사회학을 공부하지 않았다. 아는 사람은 알겠지만 한국과 같이 학연이 학문 사회에서 생존하는 데 가장 결정적인 변수인 사회에서, 학부 전공을 바꾸어 공부를 한다는 것은 웬만한 학문적인 정열이 없이는 감행할 수 없는 무모한 행동이었다. 그러나 학연이 자리를 잡는 데 결정적으로 중요하다는 사실, 유학을 가야 한국에서 행세할 수 있다는 사실을 무시할 정도로 당시의 우리는 앞으로 무엇이 될 것인가보다는 어떤 공부를 해서 무엇을 할 것인가에 대해 더 일차적인 관심을 갖고 있었다고 생각한다. 그러나 현실은 역시 차가웠다. 예상했던 대로 우리는 대학원 시절 주변에서 맴돌았고, 지난 15년 동안 무모함의 대가를 치렀다.("요즘엔 유능한 사람이 강사로 많이 있거든요"라는 『현대사상』창간호 대담에서의 그의 발언은 내 마음을 때렸다.)

나는 그 무렵부터 그가 나와는 상당히 다른 사람이라는 것을 감지하였다. 그가 대학에서 문화 운동 서클의 경력을 가진 것도 그러하거니와 관심의 영역이나, 사고 방식, 행동 스타일에서 나와 친구가 되기에는 너무나 이질적인 인간이라고 생각했다. 촌놈인 나는 거칠고 공격적이었지만, 그는 권력·정치·조직 등의 개념에는 알레르기 반응을 일으킬 것으로 보이는 얌전한 스타일이었다. 내가 군대 생활, 교사 생활, 각종 연구 단체에서 활동하면서 1980년대를 보내는 동안 그는 우리 나라의 문화 연구, 문화 평론에 거의 독보적인 존재로서 등장하기 시작하였다. 사실 마르크스 이론이나 정치경제학적 분석틀을 받아들이지 않으면 말도 꺼내지 못했던 험악한 1980년대를 살아오면서 마음 고생도 많이 했을 것이다. 그러나 이제 1990년대는 그의 시대가 되었다. 1980년대 마르크스주의를 외치던 많은 논객들이 이제는 앞다투어 문화 연구자가 되었고, 오늘의 젊은이들 가운데 압도적인 다수가 문화에 관심을 기울이고 있다. 1980년대 초에 이미 프랑스 철학에 대해 관심을 갖고 있었던 그로서는 1990년대의 프랑스 철학 열풍에 불편한 심기를 갖는 것 같다. 나는 문화 비평가로 변신한 과거의 마르크스주의자들보다는 일관된 모습을 보여준 그를 더 좋아한다.

처음 그로부터 오랜만에 만나 이야기나 한번 하자는 제의를 받았을 때, 나는 꽤 의아스러웠다. 『현대사상』은 나와는 전혀 어울리지 않는 잡지라고 생각했기 때문이다. 민음사에서 보내 준 『현대사상』을 보면서 다소간 사회학을 공부하기 이전인 학부 시절에 소설이나 수필, 시를 읽으면서 느꼈던 인문학적인 감각이 되살아나는 즐거움을 맛볼 수 있었고, 어떤 점에서는 내가 시대에 뒤떨어진 보수적인 사람의 하나라고 생각하고 있었기 때문에(예를 들면 요즘 문화 연구자들이 많이 이야기하는 탈식민화론 같은 경우, 사실 나는 1970년대 말부터 그 문제를 한국의 정치 변혁과 관련해서 지속적으로 고민해 왔지만, 글쓰기 방식이나 사고 방식은 여전히 내가 그 동안 제도권 학문 사회에서 배워 온 대로 서구의 방법에 머물러 있었기 때문이다), 그의 제안은 나로서는 꽤 당황스러웠다. 그러나 '문화의 시대'에 1980년대의 이야기를 다시 던진 나의 행동이 어떤 점에서는 튀는 행동으로 파악한 편집진의 의도를 받아들여 1990년대의 독자들에게 몇 마디 하고 싶어서 그의 제안에 응하였다.

그러나 김성기의 글을 읽거나 이번에 또 이야기를 나누면서 그가 내가 될 수 없고, 내가 그가 될 수 없다는 것을 새삼 확인하였다. 어쨌든 인기 있는 잡지의 편집인인 그가 '인기 없는 나'를 불러 준 것을 고맙게 생각하며 대담에서 나누지 못했던 몇 마디를 덧붙일까 한다. 내가 오늘 이야기하고자 하는 주제는 정치이다. 정치라고 하면 머리를 설레설레 흔드는 사람이 많다. 이 책의 독자들은 더욱 그러할 것이다. 그러나 이 책의 독자들이 1990년대식 사고에 익숙해 있는 사람들일 것이라는 점을 의식하여 이러한 주제를 선정해 보았다. 여기에는 사회학자로서 그리고 시민 운동에 관련을 맺고 있는 한 연구자로서 나의 시대 진단도 포함되어 있을 것이다.

2

『현대사상』 지난 호 '오늘의 지성을 찾아서'란의 주인공인 김용호는 "내가 원하는 정치적 목표는 김용호라는 구체적인 개인이 행복해지는 것"이며, "국가와 민족과 정의를 앞세우는 정치는 남을 너무 피곤하게 만든다"고 말하였다. "영향력을 획득하기 위해 벌이는 견제와 술수"로서 정치를 이해하고, 그러한 정치의 경험을 가진 그는 이렇게 정치로부터 도피하게 된 오늘의 자신의 심경을 담담하게 이야기하고 있다. 그에게 정치의 이미지는 이렇듯 자신의 권력과 영향력을 확대하기 위해서 남을 견제하고 비판을 하는 행위들로 기억되고 있다. 1970, 80년대 학생 운동의 언저리, 그리고 재야 운동의 주변에라도 얼쩡거려 본 사람들은 그가 어떤 일을 겪었는지, 또 무엇을 말하려는지 어느 정도 짐작할 수 있을 것이다. 실로 "다른 사람들과 솔직한 우애를 다져 나가는 것"을 소중하게 여기는 마음 여린 많은 사람들이 변혁과 정의를 명분으로 한 인텔리 출신들의 정치 게임에 진저리를 치고 운동권을 떠나갔다. 다시는 이들과 만나지 않겠다고 다짐하면서……

"정치를 하는 것은 악마와 손잡지 않으면 안 된다"라고 막스 베버가 말했듯이 정치는 추잡한 것이다. 인간의 인간에 대한 통제로서 정치는 반드시 통제를 위한 온갖 술수와 기만, 협박과 회유를 수반하지 않을 수 없다. 그 동안 한국의 변혁 운동 진영은 기존의 정치판을 뒤집는다고 하면서 실제로는 정치판의 가장 부정적인 측면들을 고스란히 답습해 온 것도 사실이다. 학생 운동가들은 엄혹한 군사 독재에 대항하여 싸우는 동안 작은 정치가가 되었다. 즉 그들은 대중이 정치 세력으로 존재하지 않는 엄혹한 군사 독재 아래서 강철과 같은 조직을 필요로 하였으며, 투쟁의 대오를 형성하고 동료들을 동원하기 위해서 나름대로의 인간 공학을 발전시켰다. 그러니 이처럼 조직 운동에 단련된 사람이 설사 자신의 이념과 노선을 바꾸었다고 하더라도 인간 공학을 무기로 한 직업적인 정치가가 되는 것은 별로 어려운 일이 아니다. 권력 추수형 퍼스낼리티는 조그마한 사회 조직, 운동 조직에서 어김없이 나타나는 것이다.

사실 1990년대의 '문화의 시대'는 다분히 1980년대식의 좌파 인텔리 정치의 반작용으로 나타났다고 볼 수도 있다. 1980년대의 대항 세력의 정치는 이미 그 당시부터도 심각한 문제를 안고 있었다고 본다. 학생 운동 서클은 하나의 혁명 조직이었으며, 따라서 적을 부수기 위해서는 조직에 일사불란한 규율이 유지되어야 한다는 점이 강조되었다. 심지어 1980년대 후반 이후에는 이론이나 사상도 일방적으로 주입되었으며 비판은 허용되지 않았다.(나는 대학 강의를 다니면서, 나보다 십수 년 뒤에 태어나 훨씬 풍요롭고 개방된 사회에서 살고 있는 청년들이 어떻게 그러한 권위주의적인 행태를 비판하지 않고 기성 정치를 흉내 내게 되었는지 의아하게 생각한 적이 많다. 심지어는 수업을 전폐하고 학생들과 이 문제를 토론한 적도 있다.) 조직의 상층부는 실제의 권력자에 맞먹는 권위와 위세를 누렸다. 지배 집단의 폭력에 맞서기 위해서 대항적인 폭력이 용인되었으며, 도덕을 말하는 자는 권력 질서의 엄혹함을 모르는 나이브한 존재로 비판받았다. 나는 바로 1980년대의 정치, 특히 대항 세력의 정치가 낭만주의적이고 인간적인 많은 사람들을 등돌리게 만드는 방식으로 진행되었기 때문에 지금처럼 '문화의 시대'가 성급하게 또 건강하지 않은 모습으로 왔다고 본다. 그것은 설득보다는 권위를 중시했고 사회 기층의 점진적인 변화보다는 조직 상층부의 가시적이고 전격적인 변화에 주로 관심을 두었던 사람들이 상황이 변하자 그 많던 주의(主義)는 다 버리고 그러한 자질을 곧바로 제도권 정치에 진출하는 무기로 사용했고, 또 이들의 이해할 수 없는 행태에 불만을 느낀 사람들은 환멸감을 갖고서 완전히 탈정치화되는 이중적인 현상이 벌어졌기 때문이다.

　　따라서 나는 문화의 시대라는 1990년대 현상을 정치적 현상, 즉

1980년대적 현상의 연장으로 본다. 김용호가 '두려움' 때문이라는 표현을 사용하였듯이, 정치로부터 도피하려는 1990년대의 사람들도 사실은 정치로부터 자유롭지 않다고 본다. 우리는 비정치적일 수는 있으나 탈정치적일 수는 없기 때문이다. 아니 탈정치적인 것을 강조하는 것이야말로 정치의 엄청난 위력을 입증해 주는 것이다. 권력의 쓰라림과 추악함을 맛본 사람은 권력으로부터 도피할 수 있을지 모르나, 그렇게 도피한 사람들이 있기 때문에 또 권력이 유지·강화되기에 이르고 결국 도피한 사람의 앞마당에도 권력의 사슬이 넘나들게 된다. 억압적이고 부정한 권력이 강화된다는 것은 정치와 무관한 듯이 보이는 자신의 일상의 영역도 그러한 권력의 식민지가 될 수밖에 없다는 것을 의미한다. '문화의 시대'로 일컬어지는 오늘이 1980년대까지의 '정치의 시대'로부터 여전히 자유롭지 않은 것도 이런 이유 때문이다. 아니 문화의 창궐이야말로 그 자체가 정치적인 현상이기도 하다.

3

　한국 사람처럼 정치에 관심이 많은 사람이 없다고 한다. 과연 그렇다. 일간지, 주간지, 계간지에서 정치 기사가 빠지면 장사가 되지 않는다고 한다. 두 사람이 모여도 정치, 세 사람이 모여도 정치, 설날이나 추석날 제사 지내고 앉아서도 정치, 오랜만에 옛 친구를 만나서도 정치 이야기다. 심지어는 이제 한국에 다시 들어올 계획이 없는 미국의 교포들도 만나기만 하면 한국 정치 이야기이다. 한편 함석헌 선생이 말한 것처럼 우리처럼 '나라' 소리 많이 들으면서 자라난 사람도 없을 것이다. 우리는 엄마, 아빠를 배울 때부터 나라에 대해 배우면서 자라난다. 한국처럼 민족주의가 긍정적인 의미를 갖고 있는 나라가 없고, 외국인들은 한국인들처럼 자기 중심적이고 민족주의적인 민족은 없다고 말한다. 이 역시 마찬가지일 것이다. 민족주의의 과잉은 바로 민족이 정치적인 단위로 존립하지 못했던 현실을 거꾸로 반영하는 것이다. 정치, 나라, 민족의 담론에는 권력을 쥐어 보고 싶은 욕심, 자주적인 정치 단위를 만들어 보고 싶은 욕심, 권력자나 외세에 대한 열등감이 한 덩어리로 녹아 있는 것이다.

즉 정치를 잊지 못하고 나라를 잊지 못하는 것은 유독 애국자들만 모여서 그런 것이 아니다. 그것은 한국인들이 특별히 정치에 관심에 있어서라기보다는 나라와 정치가 제대로 서지 못했기 때문일 것이다. 즉 내 배가 부르고 근심 걱정이 없으면 나라를 찾지도 않을 것이고, 대통령이 누가 되든 상관하지도 않을 것이다. 말하자면 그런 상황에서는 제대로 된 정치적 무관심이 나타날 것이다. 이렇게 한국 사람처럼 정치를 많이 거론하는 것은 사회가 스스로의 힘으로 결정하는 것은 거의 없고, 모두가 정치적으로, 그리고 궁극적으로는 최고 권력자, 즉 대통령과 관의 힘에 의해 좌우된다는 사실을 반영한다. 관존민비(官尊民卑)의 유산, 국가를 벗어난 사회의 영역이 한 뼘도 남아 있지 않은 작은 나라의 정치 역사적 유산이 오늘날에도 남아 있다. 정치적 관심은 정치가 우리의 목숨을 좌우해 온 지난 역사의 유산이자, 정치의 줄을 타지 못하면 생명을 부지 못하는, 즉 권력이 모든 사회적 이익을 배분하는 중심으로 자리 잡는 한국의 현실을 반영하는 것이다. 그리고 그것은 근대적 의미의 정치의 부재, 철학과 노선 그리고 떠받쳐 주는 건강한 사회 세력이 바탕에 깔려 있지 않은 정치, 즉 오로지 권력 투쟁으로서의 정치만이 존재하는 한국의 현실을 보여준다.

그것은 분명히 병적인 현상이나 우리는 그것을 통해 우리 사회를 엿볼 수 있다. 군사 독재가 물러난 공간은 '사회'가 그 자리를 대신한 것이 아니라 권력과 부를 향한 맹목적인 본능만이 자리를 잡았다. 따라서 나는 '문화의 시대'라는 규정 역시 허상이라고 생각한다. 즉 1990년대의 정치 현상의 과잉 비대화가 과거의 억압의 유산이자 세력간의 게임으로서의 정치의 부재를 반영하듯이, "스포츠 신문을 통해 정보를 얻는" 오늘의 문화 역시 일종의 사회 병리 현상이라고 보는 것이다. 모든 것이 정치화된 사회, 정치가 희망을 주지 못하는 사회에서는 문화가 정치를 잊기 위한 마취제의 역할을 하기도 하기 때문이다. 인권 영화제를 개최하려다 저지당한 서준식이 4·3 관련 영화(「레드 헌트」)를 갖고 있다가 이적표현물소지죄로 잡혀 가는 세상에서 어찌 문화가 있다고 말할 것인가? 미군에게 400~500여 명의 주민이 억울하게 학살 당한 마을이 있다는 것이 공식적으로 보도된 적도 없고, 살아남은 사람들이 반미의 혐의를 받을까봐 그 사실을 공공연하게 거론하지도 못하는 사회에서 어찌 매스컴이 있다 할 것이며, 문화가 있다 할 것이며, 사상이 있다 할 것인가? 그것에 대해 항의하거나 비판하지 않는 것은 아무리 그럴싸하게 포장된 비정치의 논리, 문화의 논리로도 합리화될 수 없을 것이다. 우리에게 정치가 없으니 정치 담론이나 정치적 관심이 과잉이요, 우리에게 문화가 없으니 문화 담론이 과잉이라고 본다면 지나친 표현일까?

즉 우리 역사에서 문화의 시대는 1990년대에만 나타난 것이 아니라 1930년대에도 나타났고 1950년대에도 나타났다. 3·1 운동이 끝난 1920년대부터 일부 선각자들은 이제 정치보다는 문화에 눈을 떠야 한다고 외쳤다. 예술 지상주의와 인도주의 문예 운동이 그것이요, 평양과

피난지 부산의 골목에 울려퍼진 '예수 천당'의 외침이 그것이요, 1950
년대에 불어닥친 "노세, 노세, 젊어서 노세……"의 물결이 그것이다.
정치적 전망과 문화의 창궐은 언제나 하나의 궤도로서 움직여 왔다.
소비주의와 지역주의는 어제오늘 생긴 것이 아니다. 그것은 박정희 군
사 독재를 묵인해 준 정신적 기초이며 소외된 대중들의 탈출의 물길이
었다. 그러한 대중 정서의 물길이 정치 변혁의 전망을 찾지 못한 채
1987년 이후 소비주의와 지역주의로 개화한 것이다.

　사람들은 오늘날의 박정희 신드롬에 대해 놀라고 흥분한다. 그러나
박정희 시대 18년 중 적어도 철들 무렵 이후 약 10여 년을 살아온 나의
판단으로는 이러한 현상이 그렇게 놀라운 일이 아니다. 『조선일보』의
조갑제 기자가 저렇게 난폭한 필체를 휘둘러도 제대로 반격 한 번 하
지 못하는 오늘의 세태는 1970년대에 이미 예비되어 있었다. '인혁당'
사건 관련자를 판결이 내려진 그 다음날 전격적으로 처형해 버리고,
수백 명의 '정치범'에게 야만적인 사상 전향 공작을 실시하던 1970년
대 중반의 무서운 강권 통치 구조, 다방에서 옆사람과 이야기할 때도
주위를 돌아보아야 했고, 대통령의 사생활을 발설한 죄로 감옥에 들어
가던 파시즘적 상황에서 주눅들어 있던 민중들에게 자신을 되돌아보
고 사회를 투명한 눈으로 바라보고 옳고 그름을 가려 자신의 의사를
표현할 수 있는 능력은 아예 생겨날 수가 없었다. 흑을 흑이라 말하고
백을 백이라 말하지 못하는 사회, 노예적인 사회 심리는 박 정권 18년
이 이미 만들어 낸 것이다. 권력의 무서움은 사회의 곳곳에 스며들어
저 후쿠자와 유키치가 100년 전에 일본 사람을 비판하면서 말한 것처
럼, 정치적으로는 노예적인 품성을 갖되 비정치적인 영역에서 소비와
향락으로 그 스트레스를 분출하는 행동 양식을 구조화하였다. 그리하

여 한국에서 존재하는 유일한 도덕률과 철학은 '몸조심'의 철학, '중간에 서기'(튀지 않기)의 철학이다. 입시의 중압감에서 해방된 대학생이 부모로부터 배우는 유일한 가르침은 바로 '몸조심', '중간에 서기'이다. 그것은 무엇보다도 힘있는 사회 교육이고, 한국적 인간의 재생산 기제이다.

강권 통치 아래서 길들여진 민중의 행동 논리는 '몸을 다치지 않는 곳'에서만 말하고 움직이는 것이다. 집단은 무엇이든지 우선 위험하다. 우리 사회에서 시장과 교회는 가장 안전한 곳이다. 그래서 장사꾼이 되면 안심할 수 있고, 교회의 신자가 되는 것도 안전한 것 중의 하나이다. 교회에 나가는 사람은 정치를 모른다고 말할 것이고, 자신의 행동은 전혀 정치적인 것과는 무관하다고 말할 것이다. 그러나 개신교회가 들어올 당시부터 교회는 폭압적인 권력에 시달린 민중들의 해방구였다. 그들이 언술상으로 축복을 받았으며 하나님의 부름을 받았다고 외치는 것을 액면 그대로 받아들일 것인가? 어쩌면 한국에서는 개신교회 자체가 상점이요 시장 바닥이다. 새로 지은 아파트촌의 상가의 건물에는 교회가 상점보다 더 빨리 들어서고, 아침에 받아 보는 신문의 간지에는 교회 선전물이 들어 있으며, 부흥회 자체가 약장사들 선전판처럼 보일 때도 있다.

우리 사회에서 반사회적이고 비윤리적인 장사꾼, 반사회적인 종교인은 용서될 수 있어도, 기존 질서를 비판하는 어떠한 모임에 기웃거리는 것이나 기존의 권력 관계에 도전하는 행동은 용서되지 않는다. 임금 문제만 거론하면 용납되지만, 사용자의 소유권과 경영권에 도전하는 노동 운동은 용서되지 않는다. 그것은 바로 '정치적인' 노동 운동이기 때문이다. 성수대교 부실 공사의 책임자인 뇌물 먹은 공무원, 정치권에 검은 돈 갖다 준 기업인은 구속된 지 일 년이 못 지나 풀려나지만, 대한민국을 비판한 정치범은 30년, 40년을 감옥에서 살고, 단순히 한국의 정부를 비판한 반정부 인사도 3년, 5년을 감옥에서 산다. 그것을 민중들이 왜 모르겠는가? 단지 드러내어 말하지 않고 어른들이나 아버지로부터 그리고 사회로부터 배운 것을 철저하게 행동으로 옮길 따름이다.

시장 바닥과 교회를 얼쩡거리는 한국의 민중들은 위에서 시키는 대로 정치에는 관심을 갖지 않고서 오직 생업에 열중하는 착한 백성들인가? 천만의 말씀이다. 시장 바닥의 장사꾼은 텃세를 적게 내고 장사하기 위해서 치열한 정치를 하고 있다. 그들은 파출소나 동네 깡패들에게 잘 보이기 위해 정치를 하고 있다. 그리고 정치를 잘한 장사꾼이 상술이 능한 장사꾼보다 돈을 더 많이 번다. 아니 정치를 모르는 장사꾼, 정치가들과 친하지 않은 장사꾼은 장사꾼으로 낙제생이다. 개신교회와 목사님들을 보라. 정치를 모르는 순진한 신학도는 목사가 될 수 없고, 목사가 되더라도 신도가 많이 모이는 큰 교회를 운영할 수 없고, 큰 교회를 운영하더라도 교단에서 영향력을 행사할 수 없다. 교회의 정치가 세속의 정치를 능가한다는 사실은 알 만한 사람이면 다 안다. 돈벌이와 영혼 장사로서 교회 활동은 정치의 영역 밖에서 가장 철저하게 정치의 논리를 따르고 있다. 어디 교회와 시장뿐이겠는가? 학교야말로 가장 정치적인 곳이다. 논문 심사와 통과, 교수 채용 과정, 총장 선출 과정에서 정치적이지 않은 것은 아무것도 없다. 우리의 대학에는 정치 교수와 정치 학생들이 넘쳐나고 있다. 한국인은 대단히 정치적인 민족이다. 그러나 그렇게 된 데는 우리의 슬픈 역사가 꿈틀거리고 있다.

4

    불행히도 1990년대 들어서 우후죽순처럼 등장한 문화 비평은 자신이 무엇을 말하는지 모르고 있다. 그리고 그 상당수는 문화의 시대는 우리 역사에서 이미 1920년대, 1950년대에도 활발하게 등장한 바 있으며, 또 출발부터 문화라는 담론, 표면적인 문화 현상 자체가 얼마나 정치적인 현상의 일부를 구성하고 있었는지를 모르고 있다. 이 점에서 1980년대의 급진 운동 세력이 교조에 빠진 것과 오늘의 문화 과잉 현상은 일맥상통하는 것이다. 그들은 오늘의 정치를 떠받치고 있는 민중의 문화, 민중의 사고 방식, 민중의 세계 위에서 놀았고, 오늘도 놀고 있다. 오늘이 진정 문화의 시대라면, 밤 9시, 10시에 퇴근하는 노동자들이나 화이트 칼라들이나 자식을 과외시켜서 일류 대학 보내는 데 모든 것을 걸고 있는 주부들이 영화·음악·예술·문학에 대해 한번 생각해 보고 그것의 적극적인 향유자로 변신해야 마땅하다.

    이 점에서 1980년대 우리의 일부 투쟁가들이 오늘날의 첨단 문화 이론가가 된 것은 '변신'이 아니라 사실상은 '갈 길을 가는 것'일지도 모른다. 그들은 과거나 오늘에도 자신과 자신을 둘러싸고 있는 이 '문화 정치적' 현실, 즉 대중의 정치를 무시하거나 모르기 때문에 과거에도 튀었듯이 오늘날도 튄다. 지축을 울리는 변화를 이끌어 내기보다는 오직 도시의 학생이나 인텔리들의 지식, 문화의 소비만을 시야에 두고 있기 때문이다. 정치의 문제, 즉 한국에서 정치의 문화적 기초, 우리 사회를 움직이는 힘은 표면의 정치 영역 밑의 지층에서 꿈틀거리는 침묵하는 민중들의 '정치적' 실천이라는 것이 이들의 눈에는 잘 포착되지 않는 것 같다. 그리하여 이들 지식인들은 불행히도 과거에도 탈정치적이었으며, 오늘날도 탈정치적이다. 그들은 오늘날의 지적이고 문화적인 혼돈, 정치적인 혼돈, 막가는 상황이 어디에서 온 것인지를 알지 못한다. 1987년 이후 노동자들이 '기대했던' 계급 행동을 하지 않았을 때, 그들이 선거에서 노동자 후보에게 투표하지 않았을 때, 이러한 당혹스러운 현실에 맞닥뜨린 지식인들은 그러한 정치적 현실을 새로운 '정치적 실천', 즉 운동으로 극복하려 하기보다는 이제 완전히 떠나려 하였다. 그리하여 노래, 영화가 현실이 되었고, 곧 실천의 대상이 되었다. 여기서의 문화는 생산의 밑받침이 아니라 오직 소비의 대상일 뿐이다.

이 점에서 1990년대 우리 사회를 풍미한 미래학, 후기 산업 사회론이야말로 우리의 미래를 열어 주는 학문이 아니라 냉엄한 정치 경제적 현실에 뿌리 내리지 못한 지식인들의 탈출구이며, 세계화 담론이야말로 진정으로 세계를 개척하기 위한 학문이 아니라 또 하나의 민족주의적인 담론 혹은 보헤미안주의의 표현이듯이, '1990년대 현상', 즉 '문화의 시대'야말로 1980년대의 자식이며 1980년대의 직접적인 연장이다. 난해한 프랑스 철학의 유행이 1980년대식 계급론과 동일한 정신 구조 속에 있다는 것은 1980년대식 계급 구조와 정치 현실이 오늘날 계속되고 있다는 것, 왜 아직도 국가보안법이 전가의 보도처럼 사용되고 있는지를 역설적으로 보여주고 있다. 탈냉전의 시대에 국가보안법이 건재한 것이 너무나 한국적인 현상이듯이, 1980년대의 계급론이 1990년대의 문화 이론으로 이름을 바꾼 것도 너무나 한국적이다. 탈정치적인 것은 정치적인 것과 동일하며, 어느 것도 정치로부터 진정으로 해방되어 있지 못하다. 뒤틀린 정치는 정치적 실천을 통해서만 극복된다.

장밋빛 미래를 기대하고 문화적인 생활을 영위하려면 반드시 넘어야 할 산이 있다. 그 산을 넘지 않으면 과거 일제 시대의 지식인이 그러하였던 것처럼 노예 상황에서 추진된 '근대화'를 역사의 발전, 대동아 신문명의 개화라고 노래하는 일이 발생한다. 그것은 정신분열증이며, 지적이고 도덕적인 파탄이다. 1980년대 가장 급진적인 노선을 견지하던 운동권 인사가 반개혁적인 여당 국회의원이 되는 것이야말로 그러한 파탄의 실증이다. 그리고 그것을 파탄이라고 보지 않는 것, 그것이 왜 파탄인지 모르는 것, 그것을 파탄이라고 비판하지 않는 세태 역시 정신병 걸린 사회의 적나라한 모습이다. 대한민국을 뒤집겠다고 공공연히 떠들던 사람들이 판사 검사가 되어 피의자가 된 노동자를 재판하는 것역시 정신병 걸린 사회가 아니고서는 발생할 수 없는 현상이다.

5

조직은 어떤 것이든 확실히 인간을 도구화할 위험을 안고 있다. 정치는 확실히 추악한 모습을 지닐 가능성이 많다. 1990년대의 반정치주의는 허구적인 국가 이성에 도전한 니체의 정신 구조를 배웠다. 그것은 '조직된 비도덕성'인 국가를 비웃고 있다. 이러한 비웃음은 지배 정치와 그것을 답습한 대항 정치 모두의 허구성을 들추어 내는 긍정적인 측면을 갖고 있다. 냉소주의와 허무주의는 때로는 파괴적인 힘을 갖고 있기 때문이다. 나는 비웃음을 표현하는 사람이 많이 생겨나는 것이 나쁘지 않다고 생각한다. 농담과 비웃음은 정신병보다는 훨씬 나은, 말하자면 사회의 건강성의 표현이다. 사회주의자라고 낙인 찍히지 않기위해 오로지 민족주의만을 연구해야 하고, 잡문은 입장이 들어가므로 학술 논문만 써야 한다고 주장하는 학문 사회의 정서는 정신병적인 상황이다. 분단과 군사 독재는 우리를 이러한 정신병적인 상황으로 몰아갔다. 그러나 내가 보기에 우리 사회에서는 아직 한 번도 전복적인 자유주의자나 개인주의가 나타난 적이 없다. 그러한 전복적인 개인주의자라면 이러한 우상과 위선의 덩어리를 그냥 두었을 리 없다.

따라서 나는 한국의 자유주의자들을 의심한다. 나의 일은 정치가 아니며 나는 정치를 모른다는 사람들을 더욱 의심한다. 그래서 인간의 논리 혹은 문화의 이름으로 '정치'를 떠나는 것은 그것보다 더 위험한 결과를 낳을 가능성이 많다. 고통스러운 노동을 계속할 수밖에 없는 노동자에게 투쟁하나 안 하나 결과는 마찬가지라고 이야기하거나, 투쟁을 일삼기보다는 노사가 화합하고 여가와 문화 생활을 즐기라고 권고하는 것은 기만이다. 인사 경영권을 노사 협상의 의제로 삼는 것을 '정치적인 행동'이라고 부르는 사회에서 정치를 언급하지 않는다는 것은 곧 노예의 길을 걷겠다는 것과 마찬가지이다. 니버(Reinhold Niebuhr)가 강조하였듯이 개인간의 관계와 집단간의 관계는 근본적으로 다르기 때문에, 개인적인 윤리는 집단간의 관계에서는 적용되지 않는다. 집단간의 관계는 본질적으로 정치적이다. 오히려 문제는 우리가 집단에 소속되지 않을 수 있는가, 그리고 사회의 자원의 배분으로부터 자유로울 수 있는가 하는 점에 있을 것이다. 왜냐하면 정치는 기본적으로 이해 관계의 문제 혹은 경제적인 것, 즉 제한된 자원의 배분 문제를 둘러싸고 발생하는 것이기 때문이다. 따라서 타인을 자신의 강제력 아래 두기 위한 술수, 속임수, 기만으로서의 '정치적인 것'은 추악한 것이지만, 정치 자체는 이러한 도덕적 가치 판단 너머에 존재한다. 즉 우리는 아무리 정치로부터 도피하려고 하여도 정치로부터 자유로울 수 없다. 그것은 우리가 공기나 물 없이 살 수 없는 것과 마찬가지이다.

시민 운동의 위기

    총선연대의 성과로 한껏 주목을 받았던 시민 운동이 최근 '장원 사태'로 큰 곤경에 처하게 되었다. 총선연대 대변인으로서 큰 활동을 했을 뿐더러 환경 운동가로 널리 알려진 장원의 성 추행 사건은 시민 운동 및 시민 운동가의 도덕성에 큰 흠집을 남겼고, 이 사건은 한두 사람 지도자들의 잘못이 운동판 전체를 위기로 몰아갈 수 있다는 사실을 재확인시켜 주었다. 이 사건은 시민 운동의 성·접대 문화 등 일상적인 차원에서의 도덕적 문제에 어떠한 자세를 취해야 하는가 하는 문제를 제기해 주었지만, 동시에 평소에 한국의 시민 운동이 갖고 있던 여러 가지 내부 문제, 특히 한두 명의 전문가 스타 중심의 운영 문제, 조직 운영의 관료화 문제, 언론에 대한 과도한 의존 문제 등을 한꺼번에 들추어내었다. 그래서 시민 운동 일각에서는 한 번은 터졌어야 할 문제가 터진 것이라고 지적하는 사람도 있다.

    사실 그 동안 시민 운동은 그 역량 이상으로 언론의 주목을 받아 왔으며, 성과와 활동이 실제 이상으로 부풀려 선전된 감도 없지 않다. 지난 해부터 각 언론사에서 다투어 NGO 관련 특집을 잡으면서 운동 단체 내부의 조그마한 일들도 크게 부풀려 보도하기도 했고, 이러한 분위기 아래서 시민 운동에 관계하는 사람들은 자신의 업무가 즉각 여론의 주목을 받는 즐거움을 느꼈을지도 모른다. 그러나 언론이 언제나 그러하였듯이, 이러한 NGO 부풀리기는 지역 차원에서 땀흘려 일하는 진정한 시민 운동가에 대한 무관심, 그리고 자본에게는 껄끄러운 민중적 이슈에 대한 배제를 대가로 이루어진 것이라는 점을 이들 시민 운동가들은 종종 망각하는 경우가 많았다. 우리는 주목받는 시민 운동가의 결정적인 과오가 발생하자 시민 단체를 키워 주던 언론이 하이에나로 돌변하는 것을 보았다. 이번의 장원 사태와 그것에 대한 언론의 보도는 이러한 자만에 대한 경종이라고 보는 것이 타당할 것이다.

사실 각종 언론이나 서적에서는 "21세기는 NGO의 시대다" 뭐다 하면서 떠들었고, 이 NGO 바람의 분위기하에서 각 시민 단체는 보다 엄격한 자기 점검을 간과한 점도 부인할 수 없다. 미국의 좌파 사회학자 제임스 페트라스(James Petras)는 NGO가 급성장한 것은 신자유주의 엘리트들과 협조 관계를 유지하면서 급진적 운동에 대한 방패막이로서의 역할을 하게 되었기 때문이라고 보았다. 그는 NGO의 본질이라는 것은 가난한 사람들을 탈정치화시키고 탈동원화시키는 것이라고 비판하면서, 오늘날 NGO 직원들의 역할은 자금을 확보해 낼 수 있는 제안서를 잘 디자인하는 것이라고 혹독하게 비판하였다. 그는 어떤 점에서 정부 프로젝트의 대행업자로 전락한 잘 나가는 NGO를 주로 비판의 대상으로 삼고 있지만, 그의 비판이 한국의 NGO들과도 전혀 무관한 것이라고는 볼 수 없을 것이다.

사실 지난번 총선연대 활동에서 이미 제기된 것이지만, 시민 운동은 의도했건 의도하지 않았건 민중의 정치적 진출에 부정적인 영향을 미칠 가능성이 존재한다. 즉 시민 운동은 낙선·낙천 운동의 성과에 안주하기 이전에 그 운동이 과연 한국의 정치판을 갈아치우는 데 어느 정도의 역할을 하였는가를 냉정하게 분석할 필요가 있다. 즉 시민 운동이 중립성, 공정성이라는 신화에 얽매여, 민중의 정치 의식화와 정치 참여를 억제하려는 지배 집단의 의도에 편승한 것은 아닌지 반성해 볼 필요가 있다는 이야기이다. 물론 지난 총선연대의 활동은 전반적으로 보아 낡은 정치를 교체한다는 점에서 여전히 진보적이고 개혁적인 측면을 많이 갖고 있지만, 선거판을 후보의 도덕성으로 몰아가는 분위기는 우리 사회의 가장 밑바닥 사람들이 신음하고 있는 문제와 과제 들을 주변화시키는 위험성이 있었다는 점 또한 지적될 필요가 있다. 민중 진영과의 연대를 회피하고, 핵심 권력의 비위를 건드리려 하지 않는 길들여진 시민 운동이 어떠한 한계와 위험에 봉착할 수 있을지에 대해서 시민 운동은 더 많은 내부 점검과 반성의 기회를 가져야 할 것이다.

일부 큰 시민 단체에 국한된 문제이기는 하나, 관료화의 위험도 이제 서구 NGO들의 일이라고만 치부할 수는 없게 되었다. 이론적으로 볼 때 관료화는 운동가들의 대중과의 접촉 부재, 그리고 약간의 물적인 기반의 충족에서 반드시 나타나는 현상이다. 1990년대까지 거리의 정치가 저항 세력의 투쟁의 가장 중요한 수단이던 시절에는 노동조합 또는 운동 단체의 관료화는 교과서에서만 나오는 이야기였다. 그러나 1990년대 중반 이후 몇몇 큰 시민 단체는 이제 성명서 발표, 법률적인 소송, 언론에 보도 자료 배포, 세미나와 공청회를 주로 하는 운동 단체로 변하기 시작하였다. 활동가들은 예전이나 다름없이 열악한 조건에서 과중한 노동에 시달렸지만, 이제 그들은 조직가도 투사도 아닌 존재가 되기 시작하였다. 즉 유럽의 노동 운동가들이 그러하였듯이 그들의 모습은 운동가라기보다는 점차 사무원에 가까운 것이 되었다. 앞의 페트라스가 지적한 것처럼 프로젝트 기안이 중요한 업무 영역이 되면서, 어떻게 기안을 잘 해야 정부나 각종 재단에서 돈을 받아 낼 수 있을까를 고민하게 되었고, 언론의 관심을 끌 수 있는 사안이 아닌 각종 민원 사항이나 투쟁 과제는 뒤로 밀려나기 시작하였다. 이제는 열정적인 분노보다는 차가운 계산이 이들 활동가들의 머리의 큰 부분을 차지하게 되었다. 따라서 운동이 사무적인 일로 변하지 않도록 시민 운동의 내부 조직 정비가 시급하게 되었다.

한편 한국 시민 운동의 기조를 이루는 중앙 정치 비판형 시민 운동의 모습도 획기적으로 극복될 필요가 있다. 제도권 정당이 제 기능을 하지 못하는 현재 상황에서 정치적 시민 운동 혹은 종합적 시민 운동의 역할이 여전히 필요한 것은 사실이다. 그러나 이러한 중앙 정치 비판형 시민 운동은 그것이 궁극적으로 지향하는 풀뿌리 시민 운동, 대중 참여적 시민 운동의 도래를 점점 멀어지게 할 위험성이 존재한다. 전자의 운동 방식은 아무래도 전문가의 정책적 의견에 의존하기 쉽게 일반 시민들이 주체로 참여할 수 있는 운동 방법론과 프로그램의 개발은 뒷전으로 밀어 둘 위험성이 있다. 이러한 방식의 운동이 타성화되면 일반 시민과 운동 단체간의 거리감이 점점 멀어지고, 앞에서 말한 것처럼 운동 단체가 관료 조직화되어 갈 수 있다. 이들 종합적 시민 운동이 일상적 삶의 영역에 곧바로 개입해 들어가는 것이 어렵다고 한다면, 실제 지역 현장에서 고군분투하는 풀뿌리 운동 단체와 함께할 수 있는 프로그램의 개발, 그러한 운동 단체가 활동하는 데 특히 필요로 하는 점들을 공급해 주는 것도 필요하다. 어떤 형태로든 운동 단체 내에 잘 나가고 혜택받는 운동과 그렇지 않은 운동이 양극화되는 것은 바람직하지 않다.

정부 및 기업으로부터의 지원 문제도 분명하게 정리하고 넘어가야 한다. 현재와 같이 열악한 조건하에 있는 시민 단체가 공공의 입장을 대변해서 일을 해 나가는 상황에서 정부로부터 일정한 지원을 받는 것이 잘못된 일이라고 볼 수만은 없으며 불가피한 측면도 있다. 그러나 지난 총선 당시 총선연대 활동을 반대하는 정치가들이 "정부 지원" 운운하면서 시민 단체를 비판한 예가 있었듯이, 시민 단체가 정부의 지원을 받을 때는 대단히 조심을 해야 한다. 할 수만 있다면 사업을 통해 재정 기반을 마련할 수 있는 방안을 찾는 것이 중요하고, 그것과 병행하여 재정 운영을 투명하게 할 수 있는 내부의 감시 장치를 마련해야 한다. 물론 이러한 비난의 불씨를 없애기 위해 현재와 같은 정부의 직접 지원, 프로젝트 지원 방식보다는 제3의 공익 재단 등을 설립, 이러한 창구를 통해서 지원을 받을 수 있는 길을 함께 찾아나가는 것도 필요할 것이다.

한국의 시민 운동은 이제 변화의 기로에 서 있다. 서구의 NGO들이 겪었던 여러 가지 문제점들이 점점 생겨나는 가운데, 한국 사회가 강제하는 독특한 조건들이 NGO의 운신을 제약하고 있다. NGO들의 영향력이 커지는 만큼 '장원 사태'와 같은 일은 계속 발생할 가능성이 있다. 정치적 역학 관계가 대항 세력에게 극히 불리하게 이루어진 상황에서 대항 세력 내의 조그마한 실수도 침소봉대되어 그 조직과 운동의 근본을 뒤흔들 위험이 있다. 따라서 조직을 책임 지는 위치에 있는 사람들의 행동거지는 극히 조심스러워야 하며, 도덕적인 차원에서도 보통 사람들의 모범이 되어야 한다. 그리고 한국의 NGO가 기존의 지배 질서와 기득권 구조에 길들여지는 존재가 되어 가고 있지는 않은지 끊임없이 반성하고 상호 비판할 수 있는 장치들이 마련되어야 한다.

진보, 생존의 논리에서 삶의 논리로

1

지난 1998년 10월에 있었던 지하철노조 위원장 선거 결과에 대한 노조측의 통계 자료를 보고 나는 여러 가지 생각을 하였다. 그 통계에서는 선거를 좌우하는 가장 결정적인 변수가 후보자의 노선이나 성향, 그리고 노동 운동에 대한 입장이나 이념이 아닌 후보자가 소속된 부서라는 점을 보여주고 있었다. 물론 후보자의 공약이나 노선이 전혀 무의미한 것은 아니었다. 그러나 역무지부, 승무지부, 차량지부 등 부서에 따라 후보자들에 대한 지지율은 현격하게 차이가 났다. 자기 부서의 이해, 자기 부서에서 주도권을 갖는 세력들의 목소리에 따라 조합원의 투표 성향이 가장 뚜렷하게 드러난 셈이었다.

지난 10년 동안 지하철노조를 비롯한 몇몇 중요한 대기업 노조는 엄청난 투쟁의 경력을 쌓으면서 우여곡절을 겪은 후에 오늘에까지 오게되었다. 그 동안 위원장도 수없이 많이 교체되었고, 그 과정에서 조합원들은 어떠한 노선이, 어떠한 집행부가 자신의 목소리를 진정으로 대변해 줄 수 있는가를 생각할 수 있는 기회도 가졌을 것이다. 그러나 여전히 노동자들은 위원장 선거에서 아직 '자기 부서'와 자신의 직접적인 이익, 혹은 자신과의 친소(親疎)를 가장 앞세우고 있다. 이것은 그들의 다른 행동에도 연결된다. 노동자들은 당장의 밥그릇 문제를 둘러싼 사안에 대해서는 그렇게 강한 관심을 보이나, '장기적으로 밥그릇을 지킬 수 있는 방법', 노조를 둘러싼 정치 사회 환경에 대해서는 무관심하다. 기업의 구조 조정 문제는 어제오늘의 일이 아니다. 그러나 오늘 대부분의 공기업 노조는 구조 조정에 대한 노조측의 입장이나 대안조차 거의 준비하고 있지 않다. 막상 일이 닥치면 죽기살기로 싸우지만, 당장의 떡고물이 떨어진다면 그것을 받아 먹으면서 살아왔기 때문이다.

그러나 이러한 결과는 사실 새삼스러운 것이 아니다. 백성은 '이식위천'(以食爲天), 즉 "먹는 것으로 하늘을 삼는다"고 선인들은 말하였다. 배고픔을 해결 못한 사람에게 배고픔의 해결보다 앞서는 진리가 있을 수 있겠는가? 정치라는 것은 교육받은 사람들의 사업이 아닌가? 생존의 어려움에 직면해 있는 사람에게 모든 문제는 내일 당장의 찬거리 문제를 중심으로 사고되게 마련이다. 생존의 문제에 직면해 있는 사람에게 과거를 반성해 보고 내일을 생각하고 미래를 판단해 보라는 것은 지나치게 어려운 주문일지도 모른다. 사람들은 말로는 재벌을 비판하던 노동조합이 자기가 속한 재벌의 구조 조정 문제가 제기되면 온힘을 다하여 회사를 살리려 한다고 비판하기도 한다. 그러나 따지고 보면 아무런 준비도 없는 상황에서 당장 해고되는 처지에 놓이게 되면 다른 그 무엇이 그를 보상해 줄 수 있다는 말인가? 생존을 위한 투쟁은 그 자체로 정당하다. 그러나 노동자는 '생존'을 위해 타협하고 사장에게 빌붙고 부패를 묵인한다. 노동자들은 극단적으로 독재 정권으로 되돌아간다고 하더라도 당장의 생존과 복지만 보장해 준다면 그것을 지지할 것이다.

문제는 노동자들 각자가 '생존'을 어떻게 정의하는가에 달려 있다.

　이러한 판단은 두 가지의 극단적인 대안을 이끌어 낼 수 있다. 어차피 노동자나 가진 것 없는 사람들은 먹는 문제만 신경 쓰는 존재이므로 그들을 역사의 주체니 뭐니 하며 추켜세우는 것은 맞지 않는 것이고, 따라서 어떻게 하면 사회 전반에 대한 식견을 가진 지식 분자들이 이 사회를 이끌어 나아갈 수 있을 것인가를 고민하면 문제는 해결된다고 보는 엘리트주의적 사고이다. 또 다른 편의 대안은 생존의 문제야말로 정치의 근본이므로 노동자의 요구는 언제나 정당하고, 따라서 그들의 요구는 역사 발전의 바른 길을 지향하고 있으니 만큼, 노동자들에게 시민 사회 일반의 문제를 함께 고민하라는 것은 그들의 계급성을 희석시키는 발상이라는 것이다. (변혁의 주체가 되리라고) '믿었던' 노동자들에 대해 배신감을 느낀 전자의 부류의 운동가들은 이제 직업 정치가의 길로 들어섰거나 노동자로부터 더 이상 '괴롭힘을 당하지 않는' 세계를 찾아서 갔다. 그러나 후자의 생각을 갖는 소수의 사람들은 오늘도 노동자의 생존 투쟁에서 우리 사회의 희망을 찾으면서 이 사회에는 노동자와 자본가라는 두 계급만이 존재하고 있다고 강조한다. 전자는 그 동안 노동자의 정치 세력화 시도가 번번이 실패한 것은 한국 사회에서는 지극히 당연한 것이었다고 보고 있으나, 후자의 입장에서는 실패는 바로 노동자의 계급적 입장을 명확히 하지 않았던 데 있다고 확신하고 있다.

2

　책을 보고 세상을 판단하고 책을 통해 입장을 세우는 데 익숙해 있는 백면서생(白面書生)인 나로서는 노동자들의 다수가 왜 1987년과 1992년에 노태우나 김영삼을 찍었는지 솔직히 이해할 수 없었으며 허탈감과 배신감을 갖기도 했다. 그저 '허위 의식'이라는 교과서적인 이론을 앞세워 '이해 못할' 현실을 '이해'하려 하였으나 이론보다 현실은 훨씬 복잡했다. 그러나 사회주의 붕괴라는 엄청난 역사적인 격변과 민주화가 기대했던 만큼의 속도로 이루어지지 않는 1990년대를 살아오면서 나는 나름대로의 현실 감각과 판단력을 갖게 되었다. 나는 1980년대를 열정으로 살았던 운동가들이 그렇게 쉽게 자신의 입장을 포기하고, "죽을 때까지 노동자와 함께 살 것이다"라고 자랑스럽게 말하던 운동의 지도자들이 어느 날 하나의 제도권 직업 정치가로 변신하여 전혀 다른 길을 가게 된 이유도 바로 '생존'에 대한 나름대로의 재정의에 기인했다는 점을 확인할 수 있었다. 그것은 우리가 그렇게 기대하여 왔던 민주화 혹은 노동자의 정치적 주체로서의 등장이라는 과제도 결국 우리 인간이 자본주의 사회의 한 구성원으로 살아가는 삶의 일상적인 영역에 기초해 있다는 것이며, 따라서 '생존'에 대한 정의를 내리고 있는 자본주의의 일상적 삶의 논리들을 근본적으로 의문시하지 않는 한 대안은 쉽게 마련되지 않으리라는 결론으로 나아갔다.

앞에서 내가 노동자가 '생존'의 논리에 따를 수밖에 없다고 했을 때 생존의 논리라는 것은 바로 시장에서 노동력을 팔아야 먹고살 수 있는 자본주의 사회 자체가 노동자들에게 강요하는 논리이지만, 동시에 한국의 권력 관계와 사회 관계가 만들어 놓은 독특한 사회 역사적 논리이기도 하였다. 그 논리는 노동자들에게만 강요되는 것이 아니라 중간층 이하 모든 한국 사람에게 적용되는 것이며, 단지 노동자들에게는 보다 강렬하게 다가오는 것이다. 나는 이 논리를 만들어 내는 원천이 바로 개인을 가족의 구성원으로 묶어서 그에게 온갖 희망과 기쁨과 열정을 그 속에서 실현하도록 유도하고, 개인을 기업의 종업원으로 묶어서 그의 영혼을 그곳에 바치도록 만드는 일상적 삶의 구조라고 본다. 그것이 곧 사회이다.

돌이켜보면 나는 이 문제를 둘러싸고 오랜 세월 동안 씨름해 왔다. 그러나 고민의 역정은 좀 색다르다. 내가 졸병 생활을 정리하고 군대에서 제대했던 1986년 여름, 우리 지식 사회에는 때늦은 '노동 해방', '정통'의 열병이 젊은이들을 사로잡고 있었다. 그러한 입장에 동조하지 않으면 '사이비'로 낙인 찍히고 이상한 사람 취급받기에 알맞은 분위기가 조성되어 있었다. 1980년대 초까지 제기되었던 다양한 질문들은 어느새 사라져 버리고 오직 하나의 질문만이 지배하였다. 그것은 한국에서 혁명의 구체적인 방법론과 전략의 수립, 혁명의 주체로서 노동자 계급의 실천적 노선에 관한 것이었다. 그러한 질문에 대한 해답은 소련에서 발간된 정치경제학 교과서, 철학 교과서가 대신해 주었다. 그 교과서는 우리가 1970년대 말에 숨어서 읽었던 '의식화' 교재와는 판이한 것이었다. 논리는 단순하였고 해답은 명쾌하였다. 그것을 보다 완벽하게 암송하고, 그것을 입증할 수 있는 논리와 역사적 사실들을 수집하는 것만이 젊은 지식인이나 운동가 사이에서 대접받을 수 있는 길이었다. 이러한 분위기는 우리 유신 말기 세대보다 훨씬 덜 흔들리고 훨씬 덜 실존적이며 훨씬 더 분명하고 직선적이고 전투적인 성향을 가진 1980년대 후배들이 주도하고 있었다. 나는 분명한 입장을 가진 그들을 존경하면서도 두려워하였다. 나는 열등생의 처지에서 수많은 밤들을 이들 후배들과의 토론으로 지새웠다.

나도 이러한 분위기에 편승하여 열심히 레닌을 읽었다. 학부 시절

신상초가 쓴 『레닌』과 에드먼드 윌슨의 『근대혁명사상사』(『핀란드 역까지』와 같은 책)를 통해 레닌에 대해 단편적인 지식을 갖고 있던 나는 레닌 원전을 본격적으로 학습하였다. 그러나 나는 당시의 동료, 후배들과는 달리 레닌을 통해 노동자 계급 주도의 혁명의 당위성과 필연성, 노동자의 본능적인 계급 의식을 배운 것이 아니라, 러시아혁명의 특수성, 마르크스 이론과 레닌의 이론간의 긴장, 레닌의 사고 속에서의 보편주의와 슬라브주의의 긴장, 즉 서유럽의 조건과 후발 자본주의 러시아의 차이에 관한 인식, "혁명은 수출될 수 없다"는 그의 주장들을 배웠다. 즉 내가 도달한 결론은 레닌이 마르크스 이론을 학습한 다음 이를 자기식으로 재해석함으로써 혁명에 성공할 수 있었으며, 만약 레닌이 "러시아를 어떻게 바꿀 것인가?"라는 일차적인 문제 의식에 기초하지 않고서 당시의 '정통'이었던 로자 룩셈부르크나 카우츠키의 입장을 그대로 받아들였다면 결코 변혁을 이끌어 낼 수 없었을 것이라는 점이었다.

이러한 생각을 갖는 한 나는 '회색 분자'였다. 나는 설명되지 않는 현실이 마음 한 구석에 남아 있는 한 열정을 불태우는 사람들과 같은 편에서 행동할 수가 없었다. 후발국 러시아에서의 레닌의 고민을 읽은 나는 바로 1987년 대선 당시 '독자 후보 전술'의 한계에 대한 반성에서부터 출발하여 1980년대 한국 사회에서 노동자의 주체 형성 문제로 관심을 이전하였다. 그것은 기실은 "왜 자본주의 발전과 노동자의 양적인 팽창에도 불구하고 노동자는 사회 정치적인 주체로 등장하지 못하는가? 왜, 어떻게 '생존'을 위해 타협할 수밖에 없는 노동자가 정치 혁명의 주체로 등장할 수 있는가?"라는 질문으로 집약되었다. 물론 내가 쓴 박사 논문(『한국사회노동자연구』, 역사비평사, 1995)은 물론이고 오늘

노동·노동자의 의식과 삶에 대한 나의 관심은 1980년대 말의 이러한 관심을 연장한 것이다. "노동 운동은 먼저 시민 사회의 과제에 충실해야 한다"는, 나를 포함한 연구자나 일부 노동 운동 진영의 주장들과, 그것은 결국 노동자의 계급 의식을 희석시키는 주장이기 때문에 그러한 "국민과 함께하는 노동 운동, 시민에게 아첨하는 노동 운동은 배격되어야 한다"는 노동 운동 내 일각의 주장들이 1980년대 후반 이후 그리고 1990년대 중반 들어서도 여전히 중요한 쟁점이 되고 있지만, 나는 그것이 앞에서 제기한 바 한국 사회를 어떻게 볼 것인가, 노동자 계급을 어떻게 볼 것인가 하는 문제와 연결되는 엄청난 사안이라는 점을 뒤늦게 확인할 수 있었다.

시간을 더 거슬러 올라가면 이 문제는 바로 자본주의 발전과 민주주의, 자본주의 발전과 민족 문제를 어떻게 연결시킬 것인가 하는 문제로 집약되었다. 즉 정치적 민주화가 이루어지지 않은 조건에서 계급 문제가 투명하게 드러날 수 있을 것인가, 만약 그것이 어렵다면 민주주의의 성취는 사회적·계급적 역학의 문제와 어떻게 접합시킬 수 있을 것인가 하는 문제였다. 이것은 1980년대 한국의 진보적인 지식인이나 운동 진영에서 논란이 되었던 가장 중심적인 이슈이기도 했다. 내가 보기에 그것은 1980년 '민주화의 봄'에 제기되었던 바로 그 쟁점, "왜 한국의 민주화는 실패하였는가", 한국의 정치 변동은 사회적 주체들, 특히 민중에게 어떠한 개입의 여지를 남겨 두지 않은 채 진행되고 있는가, 그러한 정치적 변동은 사회적인 차원에서 어떠한 역학 과정의 산물인가라는 문제로 현상화되었다. 왜 1987년 6월 항쟁 전후에 운동 진영의 급진적인 분파가 그렇게 '혁명'의 구호를 내세웠지만 실제의 정치 과정에서 '직선제 개헌'이라는 목소리가 운동의 주요 구호가 될 수밖에 없었으며 정국은 양 김 주도로 흘러갔는가? 그리고 왜 운동 진영은 6월 항쟁, 7·8월 대투쟁 이후의 정세를 고양시키기 위해 그렇게 노력했지만, 직업 정치가인 양 김 주도의 정국을 역전시키지 못했으며, 결과적으로 양 김의 분열과 노태우의 대통령 당선을 저지하지 못했는가? 사실 이러한 질문은 곧 1980년 민주화의 봄 당시 제기되었던 것과 동일했으나, 기실은 노동자나 민중이 정치적 주체로 등장하지 못하는 문제와 연결하여 살펴보았다.

당시는 분단 이래 최초로 반미 운동이 고양되었고 반제 민족 해방이라는 초민족주의가 등장하였는데, 이러한 분위기 속에서 나는 민족 문제를 깊이 생각하였다. 나는 반미주의의 당위성(NL)/반미주의의 비과학성(CA)이라는 당시의 논쟁 구도보다는 더 근원적으로 이 문제를 바라보았다. 민족이라는 공동체가 왜 언제나 '계급'이라는 집합체보다 사람들에게 더 큰 영향력을 발휘하는가 하는 것이 나의 질문이었다. 나는 1980년대 이후 한국에서도 '계급'을 강조하는 노선은 언제나 지식인들의 서클로만 존재하였지만, 민족을 내건 조직들은 언제나 대중적인 사회 운동으로서 존재하였다고 보았다. 내가 보기에 '계급'은 지식인의 관념으로만 주로 남아 있었지만, 민족은 그보다 넓은 사회 문화적 기반을 갖고 있었다. 제1차 세계대전 당시 독일의 깃발 아래 참전한 독일사회민주당 지도부는 노동자의 '계급적 대의'를 부정하였지만, 나의 관심은 왜 당시 보통의 노동자들이 '계급 투쟁'의 호소보다는 국가, 민족간 전쟁의 호소에 더 쉽게 이끌렸나 하는 점이었다. 그런데 역사의 물길을 주도한 것은 원칙론자가 아니라 노동자들의 실제 행동이었으며, 그것은 이론의 문제가 아니라 실천의 문제였다.

민족이 갖고 있는 위상을 자본주의화, 계급적 균열이라는 '보편주적인 과정'과 대립하는 하나의 특수 영역으로 볼 수 없는 이유는, 민족은 정서적이고 문화적인 실체이자 동시에 인간의 사고와 의식의 기저 속에 있는 하나의 보편 범주로서 위상을 갖고 있기 때문이다. 결국 '민족'이라는 문제 설정은 계급이라는 관계가 투명하게 드러나는 도정에서 걸림돌이 되는 안개와 같은 것이 아니라, 경제적 이해의 실현이라는 단순 도식으로 포착할 수 없는 인간의 의식과 무의식의 차원, 인간을 구체적인 행동으로 이끌어 내는 주체의 영역에 속한 것으로 볼 수 있기 때문인 것이다. 마르크스주의나 자유주의 사회과학이 제3세계에서 민족이 갖고 있는 실질적인 힘을 해명하지 못한 점 역시, 이해 관계에 기초한 고립된 개인이라는 인간관으로써 설명되지 않는 인간의 개별성과 사회성의 필연적인 연관 관계, 그리고 인간이 자신의 어려운 상황을 돌파하기 위해 사용할 수 있는 다양한 전략과 그 전략의 사회 역사적 조건 지음을 충분히 이해하지 못한 데 기인한 것이 아닌가 하는 생각이었다. 나에게 한국에서의 민족 문제는 정치·문화의 문제이자 1980년대의 가장 중요한 화두였던 노동자의 계급 형성 과정을 설명할 수 있는 이론적인 쟁점이기도 했다.

3

나는 사회주의가 붕괴하고 이념이라는 거센 파도가 물러난 바닷가에서 의연하게 버티고 있는 바위 덩어리를 보았다. 물론 나는 밀물이 들어와 있었던 때에도 물밑으로 언뜻언뜻 보이던 바위를 보고 조심하자고 주장하였지만, 실제 썰물이 지난 뒤에 더 정확하게 그 실체를 살펴볼 수 있게 되었다. 그것은 대중들의 일상을 지탱하는 삶의 논리라는 '언덕'이었고, 동시에 그들을 다른 방식으로 행동하지 못하도록 막는 '암초'였다.

나는 한국의 민주화 진전 여부는 단순히 군사 통치의 억압 때문이 아니라 사회에 착근해 있는 가부장주의적이고 가족 이기주의적인 생활 구조, 생활 영역에서의 비민주적인 행태들, 조직 운영 방식들, 일반 대중의 단기 이익 지향적인 행동들에 의해 조건 지어진다는 점을 1987년 이후 지역주의 정치의 확대 재생산을 통해 확인하게 되었으며, 둘째는 일상에서 민주주의를 실천하지 못하는 사회에서 인간을 움직이는 힘은 이념과 원칙이 아니라 온갖 편견과 정조, 감추어진 욕망과 의지 들이라는 점을 발견한 것이었다.

전자는 1987년 이후 정치적 민주주의의 불철저함은 물론이거니와 사회 경제적 민주화의 지체에서 분명하게 확인되었다. 1980년 5월 광주는 끝난 것이 아니었다. 상식의 수준을 넘어서는 작업장의 야만적인 노동 탄압, 지역주의의 편견, 봉건 왕조를 방불케 하는 재벌 총수들의 경영 관행, 사학의 비리, 언론의 부정적 행태들이 1990년대 들어서 버젓이 행해지고 있었으나, 노동자는 물론 대다수 사람들은 놀라울 정도로 그러한 것을 못 본 척하며 살고 있었다. 민주주의와 계급 형성은 역시 단순한 정치적 문제가 아니라 경제적 문제였으며 또 사회적이고 문화적인 문제였다.

후자는 1980년대 급진적인 입장을 취했던 지식인들의 변신에서 가장 적나라하게 드러났다. 궁지에 몰렸을 때 인간의 진면목이 드러난다고 했던가? 생존의 압박이 치열해질 때 양심의 문제가 확실하게 부각된다고 했던가? 나는 1990년대 운동의 패배 국면에서 이념의 무기력성, 한국에서 교육과 지식이 갖는 허망함, 지식이라는 표면 아래에 흐르고 있는 가족주의적 행동 방식의 완강함을 다시 확인하였다. 내가 발견한 것은 노동자는 물론 중간층, 지식인까지도 시민 사회 내의 자각을 갖춘 주체로서 등장하지 못하도록 가로막는, 우리 사회의 기저에 흐르고 있는 이러한 자본주의적 가족주의 관계의 방식과 행위자들의 행동의 방식 바로 그것이었다. 그것은 아마 희망이 붕괴된 사회, 모든 사람이 이기적으로 변하는 사회에서 나타나는 대중의 행동 양식일지도 모른다.

그러나 나는 이러한 행태를 통해서 또 한 번 일제 시기 이후 계속되어 온 한국의 '근대성' 문제에 시야를 돌렸다. 내가 보기에 이러한 현상은 포스트모던한 것이 아니라 모던한 것이었으며 또 대단히 한국적인 것이었다. 단지 우리는 자본주의의 엄청난 포섭력, 또 한국 사회의 기저를 흐르는 기본적인 논리들의 역사성을 주목하지 않고서 살고 있었을 따름이었다. 어떻게 보면 1990년대에 등장한 새로운 사회 운동이라는 것들도 이 점에서 전혀 새로운 것을 추구하는 것이 아니었다. 경제에 자본주의 경제 논리, 가족 중심주의에 대항하여 '사회'를, '인간의 질서'를 세운다고 하는 가장 근본적인 문제와 다시 씨름하는 것이었다.

그리하여 나는 왜 노동자가 이렇듯 목전의 생존의 이익을 좇는가, 그리고 정치 사회에서 하나의 계급으로 형성되지 못하고 있는가 하는 과거의 질문을, 왜 사람들은 '생존'의 논리 때문에 불합리와 부정의를 용인할 뿐만 아니라, 그와 동시에 어떤 방식으로 자신의 요구와 불만을 해결하려고 하며 만족을 추구하는가 하는 다른 질문으로 대체하였다. 즉 '생존'의 논리를 만들어 내는 사회적 환경, '생존'을 정의하는 사회적 문맥(context)을 보면서 어느 정도의 답을 얻을 수 있다. 따라서 나의 노동자 연구는 한국의 친족, 가족 질서, 교육 문제 등 한국 사람들이 위험으로부터 자신을 보호하거나 적극적으로 자기의 이익을 추구하려고 하는 전략 일반, 즉 한국 시민 사회 일반, 자본주의 사회에서 노동자의 일상적인 삶의 재생산의 문제로 확대되지 않을 수 없었다. 노동자들은 일상적인 영역에서는 '조합원'으로 행동하는 것이 아니라 가족의 번영을 담당하고 가족의 생계를 책임 져야 하는 가장으로 존재하며, 회사를 벗어나서는 '생존'을 유지할 수 없는 사회적 문맥 속에서 생계를 유지하기 위해 사장에게 잘 보여야 하는 '종업원'으로 존재한다. 후자의 행동 영역은 조합원의 행동 영역보다 훨씬 강렬하게 그를 지배하고 있다. 후자와 전자가 충돌한다면 그는 기꺼이 전자를 희생할 준비가 되어 있다. 그들에게 생존의 요구는 자본주의라는 경제 질서에 의해 조건 지어져 있고, 생존의 요구를 해결하는 방식은 한국의 사회적 문맥에 기초해 있다.

그렇게 보니 곧 노동 운동은 물론 사회 운동이라는 것이 바로 이러한 민중의 일상적 삶의 바다에 떠 있는 작은 섬처럼 보이기 시작하였다. '당장의 혁명'을 부르짖던 노선은 일상의 생존 문제가 부각되는 1990년대에 와서는 사라질 수밖에 없게 되어 있었다. 노동 운동의 적은 국가 권력이 아닌 바로 노동자가 되었고, 시민 운동의 적은 시민으로 나타났다. '생존'을 정의하는 사회적 문맥은 하나도 바뀌지 않았기 때문이다.

참여연대의 사무실이 용산역 앞에 있을 때이다. 간사들이 단골로 드나들던 아래층의 식당 주인이 회원으로 가입하면서 했던 말이 있다. "이러한 일들은 교수나 변호사 들처럼 잘난 사람들만 하는 일인 줄 알았는데, 나 같은 사람도 회원이 될 수 있다고 생각하니 기쁘다"는 것이었다. 그러나 그 이후에도 나는 새롭게 회원으로 가입한 사람들로부터 이러한 말을 여러 번 더 들었다. 그러나 아직 대부분의 한국인들은 사회 운동, 특히 정치는 잘난 사람들의 일거리라고 생각하고 있다. 그들의 일상적인 삶의 세계에는 가족의 '생존'과 번영만이 자리 잡고 있을 따름이며, 가족 밖의 세계는 자신과 무관한 영역으로 남아 있다. 이러한 문맥 속에서 상당수의 중간층은 생활비의 3분의 1, 심지어는 반을 자식의 교육을 위해 투자한다. 그 투자는 무의미한 투자가 아니다. 나의 복리, 가족의 복리가 바로 그것과 연결되어 있다는 확신에 기초한 투자인 셈이다. 사회 운동은, 공공의 이익은, 참여는, 민주주의는, 정치는 그들의 일상의 영역 외곽에 있었고 오늘도 그러하다.

오늘날 한국에서 가족은 종교이다. 자식 교육은 중간층의 신앙이다. 가족은 집단의 덕목을 교육하는 산실이기도 하나, 자본주의하에서는 타인과 나를 분리시키는 측면이 오히려 강하다. 결혼하지 않는 사람을 사회적으로 차별하고, 결혼한 사람들에게는 아내와 자식에게 충성하라고 가르친다. 사회 봉사는 가족 복지, 가정 충성 이후의 일이다. 가족을 돌보지 않고 사회를 위해 몸을 던진 사람은 일종의 '일탈적인' 존재로 취급된다. 우리의 전통적인 가부장적 가족주의는 핵가족의 가족주의로 부활하여 우리의 행동을 이끄는 문맥이 되었다. 그리하여 저마다의 성을 쌓아 놓고 타인의 출입을 차단하고 있다. 이 가족에서 아버지나 어머니는 아이들에게 사회에서 어떤 인간이 되어야 하는지 가르치기보다는 어떻게 이 경쟁적인 사회에서 남들보다 뛰어난 존재가 될 수 있는지를 가르친다. 1980년대 자기 희생적 운동가들의 실천이 이러한 가족의 개념을 버리고서 사회와 정치 속에 자신을 위치 지으려 했던 시도였다면, 1990년대는 이들을 가족으로 재흡수한 시기였다. 결국 핵

가족주의는 반(反)가족주의에 대항하여 승리하였다. 그 승리는 바로 사회 전영역에서 공공성의 실종으로 현상화되었다.

노동자들의 행동 역시 다르지 않다. 1987년 이후 한국의 노동 운동이 크게 성장했다면 그것은 노조가 합법적인 조직이며 일정한 규모를 가진 사업장이면 모든 사람이 가담할 수 있는 부담 없는 조직이기 때문이다. 만약 노조가 시민 단체처럼 순수하게 노동자들의 자발성에만 의존하는 조직이라면 한국의 노조 조직률은 지금의 반, 아니 3분의 1에도 미치지 못할 것이다. 만약 노조에서 조합비를 일괄 공제하지 않고 조합원들이 그 달 그 달의 월급에서 자발적으로 내게 되어 있다면 노조는 일상적인 활동조차 전개할 수 없을 것이다. 결국 노조에 가입해서 조합비를 낸다는 것은 그 사람의 사고와 행동을 예상하고 판단하는 데 별로 도움을 주지 않는다.

그들의 대다수는 자본주의 질서를 비판하지 않는다. 그들은 마르크스가 말한 것과는 반대로 '임금 제도' 자체를 문제삼지 않고 임금의 인상에 관심을 둔다. 그들은 하청업체 노동자를 임시직으로 변화시키는 것이 자신의 임금 상승에 도움을 준다면 기꺼이 그것을 지지한다. 그는 자신을 시장에서의 몸값으로 평가하는 사회를 비판하기보다는 몸값을 올리려 한다. 그들은 해고의 두려움에 떨면서도 해고되더라도 최저의 생계를 보장받을 수 있는 방법이 있는지에 대해서는 알지 못한다. 그들은 노동자 정치 세력화가 필요한가라는 설문을 접하면 언제나 "필요하나 시기 상조"라고 답하면서도 어떻게 하면 시기를 만들 수 있는가에 대해서는 별로 고민하지 않고, 시기를 앞당기기 위해 노조가 무엇을 해야 하는가에 대해 문제를 제기하지 않는다. 한국의 노조, 특히 기업별 노조는 바로 자본주의가 요구하는 일상의 영역, 즉 자본주의적인 경쟁과 시장의 논리에 기초한 보상의 원칙 속에 깊이 들어와 있고, 그것을 근본적으로 의문시하거나 비판하지 않는다. 그들은 자본주의라는 문맥과 기업별 노동조합이라는 문맥 속에서 '생존'의 논리에 충실하다.

4

앞서 말한 것처럼 한국에서의 지금까지 사회 운동들도 바로 가족이라는 종교와 생존과 돈의 필요라는 종교에 사로잡혀 있는 노동자들과 중간층의 생활의 세계, 그들의 문맥들을 근본적으로 뒤흔들지는 못했다. 가족과 돈이라는 종교는 바로 100여 년 이상의 세월을 거치면서 형성되어 온 하나의 하부 구조로서 정착하였다. 그것은 바로 우리 아버지나 어머니, 할아버지와 할머니의 삶의 방식이었기 때문에, 준비되지 않은 산발적인 도전들이나 청년들의 실험은 그 바위 덩어리를 움직일 수 없었다.

그러나 역설적으로 바로 이 가족과 돈의 신화는 오늘날의 세계화된 경제 질서에 의해 도전받고 있다. 전자는 가족의 해체 현상에 의해, 후자는 빈부 격차, 고용 불안정, 실업자의 증대, 노조 조직률 축소 등에 의해 도전받고 있다. 그것은 마치 남북한의 분단 장벽이 남북한 양 국가의 평화주의 정책에 의해서가 아니라 남한의 자본에 의해 뚫리고 있는 것과 유사하다. 한국에 밀어닥친 세계화라는 현상 자체는 우리의 의지와 관계없이 세계적 차원에서 자본주의의 논리를 더욱 확대시키려는 과정에서 발생하였지만, 그것은 우리를 그 동안 사로잡아 온 가족의 논리와 돈의 논리를 의문시하도록 만드는 역설적인 효과를 가져

왔다. 오늘날 빈곤층에서 나타나는 가족 붕괴 현상은 가족 복지의 신화, 교육 투자를 통하여 가족 복지를 확보할 수 있다는 공리를 부정하고 있다. 200만 명을 상회하는 실업자, 400만 명을 넘어서는 불완전 취업자는 그간의 기업별 노조, 아니 노조 중심의 노동 운동 자체에 대해 근본적인 의문을 제기한다. 그리하여 국가의 역할 확대를 통하여 노동자 복지를 향상시키겠다고 생각해 온 노동 운동가들에게 달리 생각할 것을 촉구하고 있으며, 정치적 영향력 확대 등 가시적 목표에 치중해 온 시민·사회 운동에게 반성을 촉구하고 있다.

한국 민중들에게 '생존'을 위해 가족과 회사에게 충성을 바치도록 유도하는 문맥들은 이러한 도전을 받으면서도 오히려 그 말기적 위세를 떨치고 있다. 경쟁력과 생산성의 담론들은 가족의 가치를 더욱 강조하는 쪽으로 나아가고 있으며, '남편 기 살리기'의 담론으로 가장의 권위를 높이고 있다. 이 어려운 시기에 노조는 무슨 노조냐는 말이 힘을 얻어서 아직 실직당하지 않은 노동자들은 숨조차 제대로 쉬지 못하고 있다.

오늘의 한국 사회는 이 지점에 서 있다. 이 말기적 상황은 새로운 각도에서 기존 우리의 문맥들을 비판적으로 검토하고 새로운 대안을 제시하기를 요구하고 있다. 세계화된 신자유주의적인 경제 질서가 가족과 돈의 질서를 붕괴시키는 힘으로 작용한다고 하더라도, 그것을 수습하는 주체는 역시 운동일 수밖에 없을 것이다. 이 점에서 우리의 과제는 바로 운동을 조직화와 정치화의 압박으로부터 풀어 주면서 보다 일상적인 영역으로 확산되도록 만드는 일이다. 어떻게 가능한가? 그것은 우선 가족과 회사라는 '생존과 행복'의 세계에 사로잡혀 있는 우리의 사고 자체를 전환시키는 일에서 출발해야 할 것이다. 그리고 운동이 그러한 사고의 전환을 촉진할 수 있는 방향으로 구체적인 활동을 전개하여야 할 것이다. 그것은 운동을 지식인의 사업으로서가 아니라 대중의 사업으로 만들 수 있는 일들을 고안해 내는 데서부터 출발해야 할 것이다. 이 점에서 운동은 그 실천적 결과 못지않게 교육적인 차원에서의 역할도 상당히 크다고 볼 수 있다. 오늘의 노조 운동이 위기에 봉착해 있다면 나는 바로 노조가 조합원의 '일상의 영역', 조합원의 삶이 이루어지는 가족과 지역의 영역에 침투하지 못한 데서 기인한다고 본다. 그것은 바로 노조를 회사 안의 조직이 아니라 사회의 조직으로 새롭게 자리 매김함으로써만 극복될 수 있다. 운동이 구태의연하게 정치의 흉내를 내거나 운동 단체의 선거가 권력 투쟁의 장으로 변하면, 그것은 결코 우리 사회를 지배하는 가족과 돈이라는 종교를 무너뜨릴 수 없을 것이다. 그렇게 될 경우 그것은 새로운 권력의 맹아가 되어 기존의 문맥을 강화하는 데 기여할 것이다.

사실 우리에게 부족한 것은 투쟁의 의지 혹은 그때그때 정세 속에서의 판단 착오가 아니라 상상력이었다. 현재 한국의 노동 운동에 결여되어 있는 것은 지도부의 전술적 오류가 아니라 지도부의 상상력의 빈곤이며, 자신을 옥죄고 있는 문맥에 대한 반성적 사고의 빈곤이다. 경험은 상상력의 원천이다. 지난 일들이나 오늘의 민중의 삶들을 잘 살펴보면 우리가 어떠한 굴레에 빠져 있었는가를 알 수 있다. 그것은 새로운 생존의 방식을 고안하는 일이며, 생존을 위해 움직이는 객체가 아닌 삶의 주체로서 다시 서는 길을 찾는 것이다.

1990년대 학생 운동의 현황과 전망

1

　1980년대 중반 장문의 항소 이유서를 쓴 유시민은 "이 시대의 모든 양심인과 함께하는 민주주의에 대한 믿음에 비추어, 정통성도 효율성도 갖추지 못한 군사 독재 정권에 저항하여 민주 제도의 회복을 요구하는 학생이야말로 가위 눌린 민중의 혼을 흔들어 깨우는 새벽 종소리"라고 학생의 사명을 설파하였고, 그보다 훨씬 앞선 1960년 4·19 당시 학생 선언문에는 스스로를 "캄캄한 밤의 침묵에 자유의 종을 난타하는 타수의 일익"이라고 스스로를 자칭한 바 있다. 그러나 1990년대의 학생 운동의 주역들에게는 이러한 자랑과 자부심을 거의 찾아볼 수 없다. 언제부터인가 학생 운동에 앞장선 학생들 및 학생회 간부들은 일반 사회로부터는 물론 동료들로부터도 별로 존경과 인정을 받지 못한 존재로 변하기 시작하였다. 급기야 자신의 선배들로부터도 "현재의 학생 운동권은 자신들의 생각만 옳고, 다른 사람들은 당연히 그 생각을 받아들여야 한다는 광신도와 같이 행동을 하고 있다"는 극단적인 비판을 받기도 하였다. 일제 시대 반일 운동과 4·19 혁명, 6월 항쟁과 같은 한국 근현대사의 발전 도정에서 큰 족적을 남긴 한국의 학생 운동은 이제 모두의 골칫거리가 되었다.

수천 명이 운집한 가운데 울려 퍼지는 우렁찬 비판과 현실 풍자의 목소리가 사라진 마당에는 찢어지는 금속성의 앰프 소리 앞에 옹기종기 모여 앉은 수십 명의 학생들을 대상으로 한 '반자본', '반제'라는 공허하고 앙상한 구호와 율동만이 나타났다. 총학생회장 선거 참여율은 해마다 낮아져서 1988년 무렵 60퍼센트를 상회하던 대학의 선거 참여율은 1990년대 중반에 들어서서는 50퍼센트도 채우지 못해서 재선거를 실시하거나, 그나마도 며칠 투표 기간을 연장하여 겨우 50퍼센트를 억지로 채우게 되었다. 오늘의 학생 운동을 대표하는 한총련은 이제 학생 중 10퍼센트, 아니 1퍼센트의 지지도 받지 못한다는 비판이 제기되고 있다. 학생회 출범식, 정기 총회, 대동제 등에 학생들의 참여를 유도하기 위하여 총학생회장을 비롯한 학생회 간부들이 사탕, 색연필, 담배 등을 나누어 주기도 하고, 대동제 기간 동안 휴강을 하면 학생들이 참여하지 않으므로 학교 당국에게 정상 수업을 공고하도록 부탁하는, 말하자면 학생 동원을 학교가 신경 써야 하는 상황까지 발생하였다. 민박집에 숨어 들어가 라면에 소주 먹으면서 밤새 토론하던 선배들과는 너무나 대조적으로 오늘의 학생들은 대절 버스 타고 화려한 콘도에 가서 삼삼오오 모임을 갖지만, 시대의 고민은 토론거리로 올라오지 않는다.

1970, 80년대 대학의 문화를 운동권 학생들이 주도하고 있었다면, 1990년대의 대학에서 이들의 목소리는 이제 주변으로 밀려났다. 언제부터인가 마이카족들이 학교를 장악해 버렸고, 여학생들은 유명 브랜드가 닥지닥지 붙은 옷을 자랑스럽게 입고 다니기 시작하였으며, 머리

스타일은 텔레비전이나 영화에 나오는 배우들을 따라가고, 강의실이나 화장실에도 핸드폰을 들고 다니는 학생들이 비일비재하게 되었으며, 운동 가요보다는 텔레비전에서 자주 나오는 신세대 가수들의 노래들이 더 잘 불려진다. 그것에 그치지 않는다. 어떤 교수가 실토한 것처럼 1990년대 대학에는 "약간의 장학금을 받아 쓰기 위해 사장 아들임을 속이고 극빈자로 위장하거나, 커닝을 하고서도 아무런 죄의식을 느끼지 않는 고시생 등 나만 이익을 누리면 된다는 극도의 이기주의와 양심 불량이 판을 쳐서 주변 사람들을 짜증스럽게 만든다. 신입생에게 과도한 음주를 강요하거나, 기숙사에서 군대식 기합을 주는 식의, '문명'이나 '지성'과는 전혀 어울리지 않는 낡은 1950년대식 문화가 이러한 1990년대식 소비 문화와 결합되어, 정태춘의 노래 가사에 나오는 것처럼 1990년대의 대학은 천박함의 터널 속에 들어와 있는 것 같다. 동료 교수들은 이제 교양 강의는 고등학교의 수업과 다를 바 없다고 말한다. 교수는 수업 시간에 마음대로 들락거리거나 뒷자리에 앉아 잡담하는 학생들에게 잔소리하는 신세가 되었다. 오늘날 학생 운동의 위기는 대학의 위기, 지성의 위기, 청년의 위기와 맞물려 내일의 한국의 미래를 불안하게 하고 있다.

일부 학생들은 정부가 학생 운동을 폭력 집단으로 매도하여 탄압하고, 여론을 동원해서 사회와 격리시킴으로써 학생 운동의 이미지를 더욱 나쁘게 만들었다고 항변하기도 한다. 그러나 그러한 탄압이나 매도는 과거에 더 심했으면 심했지 덜하지는 않았다. 1960년대 이후 어느 때고 당시의 정치적 조건에서 한국의 학생 운동이 정부나 언론에게 곱게 비쳐진 적은 없었다. 철부지, 극렬, 좌경, 용공, 패륜 등의 형용사들을 학생 운동을 보도하는 신문 기사에서 언제나 발견할 수 있었다. 그러나 그 당시에는 적어도 국민들, 양심을 가진 보통의 국민들은 학생들의 행동이 정당하다는 것을 알고 있었다. 그랬기 때문에 학생 운동의 당사자들은 그렇게 확신에 가득 찰 수 있었으며, 정권이 바뀐 후에는 그 공적을 인정받을 수 있었다. 비록 그러한 학생 투사 중 상당수는 졸업 후에 여러 가지 부정적인 행동을 드러내기도 했지만, 적어도 학생인 한에는 시대의 양심의 일원으로서 행동하였다. 그런데 1990년대의 학생 운동에서는 점점 더 이러한 모습을 보기가 어려워졌다. 왜 이지경까지 오게 되었는가? 왜 학생 운동은 이제 사회적으로는 물론 대학 사회에서도 주변으로 밀려나기에 이르렀는가? 이렇게 된 데는 과연 1970, 80년대의 학생 운동은 아무런 책임을 갖지 않는가? 우선 1990년대 학생 운동의 특징이나 양상을 살펴보면서 그렇게 된 원인들을 생각해 볼 필요가 있을 것이다.

2

첫째, 1990년대 학생 운동에서 가장 두드러진 특징은 '한총련'으로 상징되는 전국 단위 학생 운동 조직을 주도하는 학생들의 사상적인 경직성과 이론적 자기 쇄신 능력의 결여이다.

1980년대 중반 미 문화원 점거 농성 사건의 주역이었던 함운경 씨는 "한총련은 정체불명의 사상에 붙들려 현실을 망각하고 있으며, 이는 운동 방식의 문제보다 근본적인 사상과 이념이 잘못됐음을 드러냈다"고 비판하였다. 그는 "현재 한총련 지도부는 스스로 생각하지 않고 행동하는 무능한 집단"이라고 보면서, 1996년의 연세대 사건이 학생 운동 전체를 궁지에 몰아넣었는데도 "항쟁 정신 계승" 운운하는 등 현실을 보는 눈이 전혀 없다고 비판하였다. 학생들은 다른 사회 집단과는 달리 생활에 근거를 두지 않는 전업 학습자이나 청년 특유의 희망과 미래에 대한 전망을 안고 사는 이념 집단이므로, 학생 운동에게 있어서 이념은 운동의 방향을 좌우하는 가장 중요한 요소라 할 수 있다. 따라서 1990년대 학생 운동이 갖는 여러 가지 모습은 일차적으로는 운동의 지도 그룹이 견지하는 이념이나 노선을 반영하고 있을 것이다.

사회주의 붕괴 이후 학생 운동권은 다른 사회 운동권과 마찬가지로 큰 혼란에 빠졌다. 그러나 학생 운동의 주류를 형성한 민족 해방(NL) 계열 학생 운동은 한반도에는 여전히 남북한이 대치하고 있고 북한이 건재하고 있는 현실을 강조하면서 자신의 입장을 고수하고 있다. 이들 중 가장 완고하게 반미 투쟁을 강조하는 그룹은 "사회주의는 붕괴하였다고 하더라도 주체사상은 제3세계에서 민족 중심적 사상으로서 탄탄한 사회주의를 유지해 가는 사상"이라고 생각하였으며, 문민 정부의 등장으로 권력의 정당성이 높아질수록 "사상전에서 지배 세력에게 지면 안 된다"는 생각을 갖게 되었다. 이들의 투쟁 일변도의 사고나 개량주의와 타협주의에 대한 극도의 공포심은 사실상 자본주의 세계 체제의 섬으로 남아서 체제 유지를 사활의 문제로 고민하는 1990년대 북한의 공식 논리와 일맥상통하고 있다. 그런데 이러한 완고한 반미 · 반제국주의, 민족 중심주의 사고는 1990년대의 변화된 정치 사회 정세 속에서 일반 학생들의 동의를 점점 더 얻지 못하게 되었고, 오히려 이들의 고립은 이들의 사상적인 비타협성과 완고함을 더욱 강화시키는 결과를 가져오게 된다.

문제는 그러한 이념을 교정할 수 있는 동력이 내부에 거의 존재하지 않게 되었다는 점이다. 이것은 물론 마르크스-레닌주의 혹은 주체사상의 독단성과도 무관한 것은 아닌데, 1990년대라는 개방되고 민주화된 사회에서의 학생 운동에서 역설적으로 그러한 독단성이 오히려 강화되었다. 1980년대 중반 이후 학생 운동 진영의 독서 패턴은 이미 상당히 경직화되었다. 마르크스의 중요 텍스트 학습에서 시작된 독서 패턴은 급기야는 소련의 공식 교과서 독해로 경직화되었으며, 민족 해방 계열의 학생들은 이제 마르크스, 레닌도 생략한 채 북한의 교과서만 읽기 시작하였다. 운동이 하나의 정파로 분화되기 시작하면서 특정 정파는 자신의 노선을 정당화해 줄 수 있는 분야의 서적과 문헌만 읽기 시작하였고, 왜 그 입론이 정당한가를 판단할 수 있는 반대의 논리에 대해서는 눈을 감았다. 급기야는 후배 학생들도 아예 책보다는 짧은 팸플릿만을 주로 읽으면서, 학과의 선배들이 가르쳐 주는 내용을 일방적으로 받아들일 것을 강요받았다. 선배들은 후배 학생들이 여러 가지 다른 시각을 가진 책들을 읽음으로써 사고가 흔들리거나 운동 노선에 대해 회의하게 되는 것을 두려워하였고, 그러한 두려움은 교조성을 더욱 강화시키는 방향으로 작용하였다. 1980년대의 팸플릿 문화는 이렇듯 1990년대 들어서는 더욱더 부정적인 형태로 대학 사회에 착근하여 학생들의 사고 패턴을 획일화하는 데 기여하였다. 이렇게 되어 1990년대 학생 운동은 1960, 70년대의 젊은이들이 가졌던 인문주의 지적 전통, 비판적 전통, 젊은이다운 고민과 방황을 거의 갖지 않은 경직된 존재로 변했으며, 오로지 독백만을 반복하는 젊은이답지 않은 젊은이가 되었다.

모든 국민이 공감하는 문제에 대해 학생회가 그토록 무관심한 것이나, 뜻있는 사람이나 심지어는 학생 운동의 선배들이 충고하는 것들도 소 귀에 경 읽기가 되는 현상도 이러한 사상적 경직성과 무관하지 않

을 것이다. 예를 들면 1997년 중반 한총련 지도부는 당시 시국을 6·
10 항쟁이 일어난 지난 1987년처럼 전국민적인 항쟁 분위기가 고조된
혁명적인 상황으로 판단하였는데, 이들은 당시 개정 노동법 무효화 투
쟁에 이어 한보 비리 사건과 1992년 대선 자금 의혹 등이 잇따라 불거
져 나오자 대다수 국민이 한총련의 투쟁 노선과 행동을 지지하고 있다
고 아전인수격으로 해석하고, 정권 타도와 김영삼 체포 투쟁을 하자는
현실에 맞지 않는 요구들을 제기하기도 하였다. 자신들의 주장을 비판
하는 쪽은 모두 기회주의나 개량주의로 몰아붙이는 이들 강경파로 인
해 한총련 내부의 토론 문화는 실종되어 버린 지 오래이고, 1980년대
의 선배들도 이들의 경직성에 혀를 내두르게 되었다.

3

　둘째는 군사주의, 명령주의 조직 운영 방식을 들 수 있다. 운동 진영
의 조직과 투쟁에서의 군사주의는 사실상 1980년대 학생 운동이 뿌린
유산이라고 할 수 있다. 억압적인 체제를 돌파하기 위하여 학생 운동
의 언사는 점점 더 전투적이 되었고, 전투성은 학생들의 조직 운영이
나 활동에서도 반영되었다. 그런데 군사 정권과의 대결 과정에서 형성
된 군사주의적·명령주의적인 조직 관리 방식이 1990년대 들어서서
약화되기는커녕 학생회 조직의 비대화와 맞물려 더욱더 확대 재생산
되었다.
　이들은 겉으로는 의사 결정에서의 민주주의를 강조하고 있다. 그러
나 실제 학생회 운영 과정을 보면 민주주의와는 거리가 멀고, 위로부
터 내려오는 지시를 일방적으로 전달하는 경우가 많다고 한다. 세미나

나 토론에 있어서도 결론은 이미 내려진 상태에서 후배나 동료들의 의견을 형식적으로 듣는 방식이 만연되어 있다. 조직 민주주의는 조직 헌신성이라는 구호 앞에서 구두선으로 그치고 만다. 과거 전대협 시절이나 오늘날 한총련 학생들은 집회에서 의장이 나올 때 「전대협 진군가」를 부르면서 기립 박수를 쳤고, 의장의 호칭 뒤에는 항상 '님'자를 붙이며 영웅과 같이 대접하고 있는데, 이는 민주주의를 훈련받는 도정에 있는 청년 학생들이 사용하는 용어라고는 도저히 믿어지지 않는다. 21세기를 바라보는 오늘의 대학에서 이러한 19세기적 영웅주의와 명령주의가 통용된다는 것은 그야말로 아이러니가 아닐 수 없다.

그것은 물론 학생 운동의 주류인 주사파 학생들의 '수령관'에 입각한 것이다. 이들은 북한이 말하는 바 민족적 조건의 특수성을 들어서 수령관이나 조직의 중앙 집중성이 정당화될 수 있다고 생각하였다. 이들은 한국을 미국과의 민족 해방 전쟁을 수행하는 상황으로 규정하고, 그러한 전쟁 상황하에서는 내부에 더욱 강한 지도력이 요청되며 분열은 용납되지 않는다고 판단하였다. 이것은 사회주의 국가 북한의 '자기 방어'를 위한 정당화이지만, 남한의 학생들에게는 그대로 수입되었다. 그리하여 전대협, 한총련의 의장을 수령과 같은 존재로 간주하고, "대중 의식화도 간부 교양도 의장님처럼! 총화도 지도도 혁신 운동도 의장님처럼! 의장님은 모범 창출의 전형적인 주체형 애국자" 등과 같이 북한에서 이루어지는 개인 우상화 작업을 그대로 복사하여 반복한 것이다. 게다가 "미국식의 견제와 비판이라는 권력 구조는 오히려 도움이 안 된다"는 전제하에 학생회를 비롯한 조직 운영에서 민주주의가 불필요하다고 생각하면서 후보를 한 사람만 '옹립'하거나 학생회에서 대의원 대회를 없애기도 하였다.

1990년대 학생 운동은 학생회 운동으로 특징 지어진다. 대학생이나 교수, 대학 관련자 들은 누구나 발견할 수 있는 사실이다. 한국처럼 운동권 학생들이 학생 대중 조직인 학생회를 장악하여 엄청난 액수의 회비를 거둬들이고, 자판기나 매점 등 각종 영리 사업을 주관하기도 하며, 수천 명의 학생들을 일정한 장소에 집결시켜 각종 문화 프로그램을 실시하는 나라는 보지 못했을 것이다. 그런데 이처럼 운동 지향적인 학생들이 공식 조직을 장악하여 엄청난 조직적·물적 자원을 동원할 수 있게 된 것은 바로 1980년대 학생들이 그렇게 열심히 투쟁하여 학생회를 운동 조직으로 변화시켰기 때문이었다. 1990년대 들어서는 1980년대 초반 이전까지의 은밀한 조직 관리, 비공식적인 학습 및 그것에 기초한 극소수 학생들의 전위적인 투쟁의 시대는 가고 공개된 과의 학회나 학생회가 운동권 학생들의 주요 활동 무대가 되었다. 전국대학생대표자회의(전대협)가 정점이 되고 중앙이나 지방의 작은 학교의 과 학생회에 이르는 완벽한 운동의 체계가 수립되었다. 이것은 학생 운동의 양상을 크게 바꾸어 놓은 계기가 된다. 이제는 이념적 선도성보다는 대중성과 동원의 능력이 운동가들의 주요 활동 목표가 되었으며, 공식 조직에서의 자파의 세력 확대가 사활적인 과제가 되었다.

그런데 어떠한 대중 조직도 그러하거니와 학생회라는 조직은 본질적으로 정치적인 조직이 될 수 없는 한계를 갖고 있다. 이러한 상황에서 학생회를 주도하는 운동권 학생들이 오로지 대중 조직을 정치적인 활동 중심으로 전개하기 시작하면서 대다수의 학생들은 점점 학생회로부터 등을 돌리게 되었으며, 학생회 주변의 의식화된 학생들은 이러한 무관심한 학생들을 끌어들여서 자신의 세를 과시하기 위한 소정치가가 되기 시작하였다. 이제 학생 운동의 도덕적 지도력이나 이념적 지도력은 별로 중요한 문제가 아니게 되었으며, 오로지 정치 사업이 관심의 초점이 되었다. 학생 운동이 학생회 운동이 되기 시작하면서 운동권 학생들과 일반 학생들과의 분리가 보다 노골화되기 시작하였다. 이미 1980년대 후반부터 나타났던 현상이기는 하나 학생 운동의 조직 관리 자체가 엄청난 일거리가 되어 학생 운동 지도부의 학생들은 점점 더 관료적 경향을 지니게 되고, 직업 정치가와 같이 되어 학습보다는 조직 활동에 초점을 맞추게 되었으며, 그것이 이들의 일반 학생들에 대한 이들의 도덕적·지적인 지도력을 약화시키는 결과를 초래하였다. 즉 청년기의 학생들이 당연히 갖게 되는 모든 정치·사회·문화적 관심을 학생회라는 창구로 단일화시킴으로써 사회 운동에 상대적으로 관심이 덜한 학생들의 요구나 관심은 묵살되고, 일부 정치 그룹의 입장만이 학생 전체의 이름으로서 반복됨으로써 다수의 학생들의 관심이나 요구가 다양하게 표출되는 것을 차단하고, 특정한 입장을 가진 학생 집단들의 정치 투쟁의 장으로서 기능하기에 이른 것이다. 말하자면 비대화된 학생회라는 조직은 이제 학생과 사회를 연결하는 고리를 막는 '감옥'이 된 것이다.

그리하여 이제는 일반 학생들이 이 공룡과 같은 학생회에 노골적으로 반기를 드는 현상이 나타나기도 하였다. 그 대표적인 것으로는 민족 해방(NL) 민중 민주(PD)로 이원화된 구도를 모두 비판하는 제3의 학생 운동이 태동한 것이다. '21세기 연대' 등 새로운 학생 운동 그룹은 이들 새로운 다원화된 학생층의 요구를 수렴하기 위하여 '부문 계열 학생 운동', '소진지 운동' 등을 제창하기도 하였다. 그들은 과거의 '민주화' 운동으로서의 학생 운동이 정치 개혁에만 초점을 맞추어 왔기 때문에, 다양화된 학생들의 요구를 수렴하기 위해서는 환경·소비자·여성·문화·정치·경제 등 다양한 분야를 포괄하여 대안을 제시할 수 있어야 한다고 생각하였다. 이들은 학생들을 더 이상 투사로 보는 시각이 한계가 있다고 생각하면서, 각계 각층을 진보적으로 이끌어 나아갈 수 있는 진보적 전문인으로 새롭게 규정하였다. 그러나 대학생을 예비 전문인으로서 규정하는 것은 이미 대량 생산 공장으로 변한 대학의 현실과는 잘 부응하지 않는 점도 있었고, 이미 어떠한 집단성에 대해서도 기피하는 이들 새로운 학생들을 끌어들이는 데는 한계가 있었다. 신세대들의 자기 취향이나 개성이라는 것은 기실은 자본주의의 상품·소비 문화에 철저하게 종속된 데서 나오는 것인 만큼, 그들의 저항성이나 청년으로서의 패기를 마비시키는 가장 일차적인 규정력인 사회적 조건을 문제삼지 않는 단순한 대중 전략만으로는 이들을 잡을 수 없게 된 것이다.

한편 '21세기 연대' 조직이 기존 운동권 학생들의 자기 혁신 노력의 일환이라면, 일반 학생들 스스로가 학생회 주도의 정치적 학생 운동을 비판하는 흐름도 나타나기 시작하였다. 1997년 호남대 학생들은 "캠퍼스를 결코 정치 투쟁의 장으로 만들 수는 없습니다"라고 외치면서 학생 200여 명이 손에 손을 맞잡고 '인간 띠'를 형성한 다른 무리의 학생 300여 명의 도서관 앞 진입을 저지한 적도 있는데, 광주·전남총학생회연합이 이곳에서 '고 표정두 열사 정신 계승을 위한 10만 학우 결의대회'를 열려 하자 이 학교 총학생회가 면학 분위기를 해친다는 이유로 학생들을 동원하여 몸으로 막고 나선 것이다. 이제 운동권 주도의 학생회에 환멸을 느낀 학생들이 학내 문제, 학생 복지 등을 이슈로 내건 비운동권 학생들을 지지하여 연세대 등 상당수의 대학에서 비운동권 학생회가 대거 등장하기도 하였다. 그리고 학생들의 탈정치화, 탈이 넘화의 바람이 거세게 불면서 대학 내의 학생들의 일상적인 관심에 주로 부응하거나 선진 자본주의 국가에서 나타나는 바 동성애 클럽 같은 새로운 유형의 학생 조직들이 형성되기도 하였다.

1997년에는 이석 씨 감금·고문 사건과 연세대의 한총련 집회를 계기로 하여 한총련에서 탈퇴하여 새로운 학생 조직을 모색하는 흐름도 나타났다. 1997년 경남 도내 경상대·경남대·창원전문대·진주간호보건전문대·진주전문대 등 5개 대학 학생회장들은 19일 오후 진주 경상대 총학생회장실에서 건전총학연합준비위원회를 결성하고 한총련과는 노선이 다른 대학생 조직을 만들기로 했다. 건총련준비위는 한총련의 감상적 통일 투쟁과 좌경 이미지를 탈피하고 지나친 정치 이념 투쟁에서 벗어나 건전 비판을 통한 범국민 연대 사회 참여 등에 중점을 둔 새로운 학생 운동을 펼치기로 했다. 건총련은 이와 함께 지금까지 한총련에 납부해 왔던 대학별 분담금 지출을 중단하는 한편 한총련에서 정식으로 탈퇴하는 방안도 검토하였다. 그리고 대구의 대구대·경일대·경산대 등 대구권 3개 대학 총학생회장은 공동 기자 회견을 열고 투쟁 위주의 노선 개선 등 한총련의 개혁을 요구하기도 했다. 이들은 성명에서 "한총련은 백만 학도의 소중한 조직이지만, 대중의 지지를 받지 못한 채 의견 수렴과 타협의 자세를 보이지 않는 것은 질책받아야 한다"며 "내부 개혁을 통해 한총련이 거듭나야 할 것"이라고 주장하면서, "학생 운동의 새로운 방향을 설정하고, 한총련 의장 직선제 및 예·결산 공개, 선별적인 연대 투쟁, 대학 교육의 질적인 개혁"을 위해 노력할 것 등을 제시한 뒤 이런 과제가 수렴될 때까지 한총련 회비를 납부하지 않겠다고 밝히기도 하였다. 그리하여 이제 1990년대식 학생회 주도의 학생 운동은 내부로부터 강력한 비판에 직면하게 되었다.

그러나 여기서 우리가 간과해서는 안 될 것은 기성의 운동 세력이나 교수들이 학생들이 이렇게 되도록 하는 데 상당한 책임을 갖고 있다는 점이다. 우선은 1980년대 이후 도덕성과 지도력을 갖추지 못한 교수 집단이나 대학 당국이 학생들의 무모한 투쟁을 묵인해 왔다는 점을 들 수 있다. 기성 운동 세력 역시 상당한 책임을 갖고 있다. 1980년대 사회 운동은 학생의 동원이 없이는 불가능했다. 따라서 모든 재야 운동 세력들은 일단 집회만 계획되면 학생들의 눈치를 보지 않을 수 없었고, 그 과정에서 학생들의 목소리는 점점 높아졌다. 따라서 차원은 다르기는 하나 기존의 부패하고 무능한 대학과 대중적 기반이 없는 기성 사회 운동이 학생 운동의 반경을 계속 넓혀 주었으며, 이제 학생 운동이 여러 가지 잘못된 모습을 보이는 시점이 되어서도 그들을 질책할 수 없는 처지에 놓이게 된 것이다.

4

한편 1990년대 학생 운동에서 나타나는 또 하나의 특징은 민족 해방파는 물론이거니와 민중 민주파(PD)에 있어서도 1970, 80년대를 거치면서 확고하게 뿌리 내린 민중주의적인 전통이 크게 약화되었다는 점이다. 아직도 "노동자와 빈민의 삶을 생각하자"는 대자보가 계속 나붙기는 하지만, 대다수의 학생들, 더구나 학생 운동의 지도 그룹에게도 노동자들의 문제는 이제 실감 있게 다가오지 않는 듯하다. 이것은 일차적으로 1987년 이후 절차적 민주주의의 일정한 수립, 한국 자본주의의 선진화에 따른 학생들의 출신 계층 구성의 변화와 무관하지 않을 것이다. 1980년대의 학생들 역시 중간층 이상의 학생들이 상당한 부분을 차지하였으나, 그들은 민주화라는 상징 아래에서 적어도 잠재적인 민중주의자로 남아 있을 수 있었다. 그러나 1990년대 들어서서 사정은 달라졌다. 이제 민주화, 민중 해방이라는 상징만으로 학생들을 통합시키는 것은 어려워졌다. 계층적인 차별화가 심화되면서 이제 학생이라는 존재 조건만으로 동질성을 느끼는 것은 점점 더 어려워졌다. 정치적 상징이 사라진 마당에 학생들은 점점 더 자신의 출신 계층·계급의 존재에 충실하게 행동하게 되었다. 고액의 과외가 성행하면서 일부 학생들은 과거의 학생들이 설사 돈이 있더라도 남의 이목을 생각해서 감히 하지 못했던 무분별한 소비 행태를 보이게 되었다.

학생 운동은 무엇보다도 주체인 학생들이 추진하는 사회 운동이다. 그만큼 학생 운동의 성격은 그 담당자들의 의식, 가치관의 변화와 무관하지 않을 것이다. 만약에 학생 운동이 대학 사회에서 주변화되고, 주변화된 핵심 운동권 학생들이 더욱더 이념적으로 경직되었다면, 그 역시 학생 일반의 변화와 무관하지 않을 것이다. 1980년대나 1970년대에도 학생 운동에 적극 가담한 학생이 다수인 적은 없었다. 그러나 이들 밖의 다수는 학생 운동의 도덕성에 동의를 하는 잠재적인 지지자였다. 그러나 1990년대에 들어서 그러한 잠재적 지지자가 사라지게 된 점을 주목해 보아야 할 것이다. 그것은 우리 사회의 변화, 대학의 변화와 그 결과로 나타나는 새로운 대학생의 모습에서부터 추적할 수 있을 것이다.

전대협에서 한총련으로 이어지는 민족 해방 노선이 세를 얻는 것도 이러한 학생들의 출신 계층의 부르주아화와 무관하지 않을 것이다. 민중 민주주의 노선은 노동 운동과 학생 운동의 연대, 학생들의 노동 현장 투신을 강조하였다면, 민족 해방 노선은 학생들이 자신이 서 있는 자리에서 자신의 계급·계층 출신을 의식하지 않고서 민족 해방의 대의에 헌신할 수 있다는 것을 강조하고 있다. 그리고 졸업 후에도 무리하게 이들을 노동 현장으로 투신하도록 촉구하기보다는 "애국적 사회 진출"이라는 구호하에 사무직이나 자영업, 교사와 법조인이 되어 자신의 몫을 수행하는 것에 대해서도 대단히 관용적인 태도를 갖고 있다.

1989년부터 '오렌지'라는 말이 청소년들 사이에서 떠돌기 시작한 이후 그 말은 시대의 변화를 상징하는 말이 되었다. 그것은 그 동안의 고도 성장과 권위주의 체제하에서 억제되어 있던 욕구를 과감하게 분출하는 새로운 세대의 등장을 상징하였다. 언론에서는 이것을 향락·소비·쾌락 등의 개념으로 묘사하면서 부정 일변도로 보는 경향이 있기도 하지만, 실제 이들의 목소리를 들어보면 자신은 그러한 신세대가 아니라고 항변한다. 오히려 일부 소비 지향적인 학생을 제외한다면 합리적이고 개인주의적인, 공동체의 구속보다는 개인의 생활과 시간 관리에 더욱 철저한 새로운 인간형으로 보는 것이 타당하리라 생각된다. 이들의 무관심한 표정은 타인과 차이가 있을 때 논쟁이나 비판으로 해결하려던 1980년대의 학생들과는 전혀 다른 존재임을 보여주는 것이다. 그것은 차별성의 확인, 그것의 표현을 강조할 따름이며, 그것을 좁히려 하거나 상대방을 제압하려 하는 방향으로 나타나지 않게 되었다. 영상 세대로 특징 지어지는 이들 새로운 대학생들은 이제 독서나 토론보다는 비디오나 영화에 더 관심을 갖게 되었으며, 집단적인 행사를 기피하는 경향을 갖게 되었다.

이제 대학에서 문화 행사는 이념과 토론을 대신하는 가장 중심적인 행사가 되었으며, 학생들은 학술 동아리보다는 문화 동아리에 더 관심을 보이기 시작하였다. 문화 소모임 중에서는 영상, 음악 감상과 창작, 만화, 노래, 스포츠 등이 주를 이룬다. 지금까지 저항의 자양분을 제공했던 학회가 관심권에서 멀어지는 대신 최근 들어 이들이 급속도로 늘고 있다. 서울대의 『대학신문』 조사에 따르면 서울대에는 이런 문화 소모임들이 학과마다 평균 두 개씩 조직되어 있는 것으로 나타났다. 이런 소모임들이 크게 늘었지만 아직 대학을 대표하는 문화로 정착하지는 못하고 있다. 단편적인 문화 지식을 습득하고 자유롭게 문화를 향유하겠다는 소박한 심정으로 시작한 '자족적' 성격의 모임이 많아 대중 문화의 유행에 편승하거나 짧은 수명으로 끝나는 것이 주요한 원인이라는 것이다.

이들의 관심을 충족시키기 위해서 언제부터인가 학생회 선거에서 정세 강연식의 유세는 사라지고 '문화 선동'이 주류를 이루기 시작하였으며, 각종 학생 행사에서도 토론은 자취를 감추게 되었다. 일부 단과 대학의 학생회는 운동권 주도의 대동제 문화를 바꾸고 학생들의 관심을 끌기 위해 1970년대식 쌍쌍 파티를 기획하기도 하였다.

5

1990년대 들어서 학생 운동이 이렇듯 우리 사회의 희망이 되지 못하고 천덕꾸러기가 된 것은 비극이 아닐 수 없다. 학생 운동의 몰락은 바로 대학 사회의 황폐화와 궤도를 같이하고 있다는 점을 우리는 주목해 보아야 한다. 우리 나라의 대학이 한 번도 학문의 중심인 적은 없었지만, 오늘처럼 대학이 존립의 근거 자체가 의문시되는 상황도 없었던 것 같다. 1학년 때부터 입사 준비, 고시 준비를 위해 도서관을 메우고,

듣기 편한 과목만을 선택하고 정작 중요하고 필요한 교양 과목은 아예 기피하는 오늘의 대학은 차라리 거대한 학원이라고 불러도 좋을 것이다. 오늘의 청년 학생들에게는 실험 정신, 창의성, 패기 등은 찾아볼 수 없고, 오랜 입시 과정에서 지치고 피곤해지고 모든 일에 무관심해진 애늙은이의 모습만 찾아볼 수 있다. 교수들은 독자적인 학문 체계를 세우고 그것을 학생들에게 가르치지 못하고, 자신의 후배나 제자 등 자신과 동료 사회에 부담을 주지 않을 사람들을 동료 교수로 채용하여 편하게 지내려 하고 있으며, 사학 재단은 학교를 통해 재산 불리는 데만 신경을 써 왔다. 직원들은 거대한 이익 집단이 되어 대학의 발전보다는 자신의 자리 유지에만 관심을 기울이고 있다. 누구도 이 대학에 대해 책임을 갖고 있지 않으며, 누구도 그 대학을 발전시켜야 한다는 강한 문제 제기를 하지 않는 오늘의 대학은 침몰하는 배와 같다.

학문 활동의 중심에서 벗어나 있는 학생 운동은 그러한 대학을 개혁하는 주체가 아니라 주변적인 존재에 불과하다. 심지어 일부이기는 하나 비리가 있는 대학은 학생회와 일종의 공생 관계를 유지하면서 학생들이 정치 투쟁으로 가는 것을 묵인해 주는 한편 학내 문제는 절대로 건드리지 않도록 유도하기도 한다. 학생 운동은 청년 운동, 대학 개혁 운동, 교육 운동, 학술 운동과는 멀리 거리를 둔 채 1980년대식 방식을 고집하고 있다. 서열화된 대학 구조와 간판 위주의 사회는 대학에서 이루어지는 교육의 질적 향상을 가로막고 우수한 교수를 채용할 유인을 제거하고 있어서, 그것이 모두가 학생들의 장래를 어둡게 하고 있음에도 불구하고 한국의 학생들은 자신과 가장 직결된 그러한 문제에 대해서는 놀라울 정도로 무관심하다.

만약 오늘의 학생 운동이나 대학 사회 역시 독립 변수이기 이전에 하나의 종속 변수라는 점을 생각해 본다면, 우리가 대학생과 대학을 아무리 질타하여도 문제의 해결책은 나오지 않을 것이다. 대학의 문화는 우리 나라 전체 문화의 일부이며, 그것으로부터 직접적인 영향을 받고 있다. 대학 문화가 없다는 지적은 한국에 문화가 있는가라는 질문으로 대신되어야 할 것이다. 이 점과 관련하여 나는 건전한 학생 운동을 활성화하고, 이들을 교육의 주체, 장래 한국을 이끌어 나아갈 주체로 재탄생시키기 위하여 선결되어 할 점들을 몇 가지 언급하고자 한다.

첫째로, 정부 당국은 학생 운동을 탄압과 순치의 대상으로 보기보다는 이제는 국가의 장래를 위해서 건전하게 육성해야 할 존재로 파악해야 한다. 오늘날 이념적 급진화나 투쟁 위주의 노선은 사실상 문제의 근원이 아니라 결과에 불과하며, 그것은 더 이상 정권을 위태롭게 할 정도의 파괴력을 갖고 있지도 않다. 정치 지도자들은 이들을 적으로 보는 군사 정권 시절의 관성을 탈피하고 배우는 과정에 있는 학생이라는 점을 주목해야 할 것이다. 이 점에서 1997년에 연대의 한총련 집회에 대처하는 김영삼 정권의 학생 운동 처리 방식은 너무나 구태의연하고 단세포적인 것이었다. 오히려 책임 있는 기성 세대나 정치가라면 청년으로서 일부 학생들의 투쟁성을 두려워할 것이 아니라, 학생들의 도전과 실험 정신, 때묻지 않는 비판 정신의 결여를 슬퍼해야 할 것이다. 따라서 학생들이 부조리한 현실에 대해 고민하고 그것의 변화를 위해 도전하는 사람이 되도록 길러 주는 것이 장래의 사회 발전을 위해 필요하다. 오늘의 김대중 정부의 엘리트들이 이러한 생각을 갖고 있는지 묻고 싶다.

둘째로, 학생 자신은 물론 교수나 대학 당국, 정부는 대학의 제자리 찾기에 총력을 기울여야 한다. 대학의 존립 근거는 학문 활동에 있으며, 학문적 탐구와 비판의 정신이 대학을 지배해야 한다. 1990년대 학생 운동이 이렇게 된 데는 대학, 특히 교수들이 이러한 문화를 주도하지 못한 데 가장 큰 책임이 있다. 지금까지 우리 대학에는 고집스러운 평생 학자, 자신의 학문 활동을 자랑스러워하는 학자, 존경받을 만한 학문적 열정을 가진 사람이 매우 드문 것이 사실이었다. 오히려 상당수의 인문사회과학계 교수들이 학교 내의 보직과 제도 정치의 길을 엿보고, 자연계 교수들이 외부의 프로젝트에만 주로 신경을 쓰게 된 것도 부인할 수 없는 사실이다. 그러다 보니 1970년대 이후 교수들은 학생들의 눈치만 보는 존재였지 그들의 잘못된 행동을 꾸짖을 수 있는 권위를 갖지 못했다. 꾸짖지 못하는 교수들 아래에서 기백에 찬 청년들이 자라날 수 있겠는가? 아무리 대학이 입사 준비 기관화되었다고 하더라도 진정 존경할 만한 교수가 많다면 학생들은 반드시 그들의 감화를 받을 수밖에 없고, 그들의 가르침은 학생들에게 조용히 퍼져 나아갈 것이다.

셋째로, 건전한 대학 문화 육성을 위해 학생과 교수, 사회 일반이 모두 고민해야 할 때이다. 연세대의 조혜정 교수는 "1980년대 학생 운동은 풍성한 문화적 감수성을 가진 사람들을 남기지는 못했다"고 지적한다. 그는 강한 저항 운동이 일었음에도 창조적 비판 의식을 토대로 한 대학 문화를 뿌리 내리지 못했기 때문에 학생 운동이 약화하면서 캠퍼스는 자연히 진공 상태로 접어들었다고 보면서, "대학 문화를 만들기 위해 대학생들에게 필요한 것은 자기 힘으로 무엇인가 중요한 일을 할 수 있다는 자신감과 신뢰감을 되찾는 것이다"라고 지적한다. 사실상 대학의 문화적 진공 역시 오늘 갑자기 생긴 것이 아니라 이미 과거 정치 투쟁적 대학 문화에서 출발한 것이라고 볼 수 있다. 오늘날도 대학의 게시판에는 향우회나 고교 동문회 안내가 가장 많이 붙어 있는 것을 발견할 수 있는데, 이는 구성원간의 수평적인 연대를 가능케 해 주는 대학 문화의 부재를 단적으로 보여주는 사례이다. 새로운 대학 문화를 형성하려면 이런 대학 내 의사 소통의 통로가 열려야 할 것이다. 그것을 통해 학생들의 욕구가 자연스럽게 표출되고, 교수나 대학 당국은 이들을 교육적으로 지도할 수 있는 체제를 갖추어야 할 것이다.

마지막으로 망국적 입시 교육과 그것을 조건 짓는 서열화된 대학 구조가 사라지지 않고서는 오늘의 청년들이 비판적 지성과 창의력, 도전심과 실험 정신을 갖춘 젊은이로 다시 태어나기가 대단히 어렵다고 생각한다. 오늘의 대학생들이 문제를 안고 있다면 그것은 그들을 획일화된 입시 공부로 몰아넣은 초·중등 교육 과정, 그리고 간판을 따야 출세를 할 수 있는 사회 구조에서 원인을 찾아야 할 것이다. 한국의 사회적 조건이나 대학의 구조하에서 학생들을 학문 활동에 초점을 두는 인자로 변화시킬 유인은 거의 존재하지 않는다. 간판과 네트워크만이 중요한 사회에서 학생이나 교수가 지성의 회복을 위해 노력해야 할 필요성은 존재하지 않기 때문이다. 그러한 사회적 유인 체계나 대학 체계는 우리의 미래에 심한 암운을 던져 준다. 패기와 자신과 사회의 미래를 위해 건전한 열정을 가져야 할 학생들을 단답식·암기식 학습을 통해 자격증을 따는 대열에 서게 만들고 컴컴한 고시원으로 몰아넣는 이 비뚤어진 사회 구조는 빨리 혁파되어야 한다. 물론 학생들 스스로도 이러한 고리의 노예로 남기보다는 자신의 인생과 사회의 주인으로서 살아가기 위한 과감한 문제 제기를 해야 할 것이며, 그것을 새로운 학생 운동으로서 발전시켜야 할 것이다.

한국 사회 운동의 현주소

1

　사회 운동이란 무엇인가? 그것은 사회 관계의 변화, 정치 권력의 담당 주체의 변화, 사회 구성원의 이익과 권리의 분배 체계의 변화를 지향하는 집합적인 행동의 묶음이다. 사회 운동의 성과는 정치 권력의 담당 주체의 변화 혹은 법과 제도의 변화를 통해 가늠할 수 있으며, 그것은 대중의 조직화 능력, 운동 세력의 비전과 새로운 정치 사회 질서의 건설 능력에 의해 성패가 좌우된다. 우리는 한국 사회 운동 세력이 1990년대 들어서 그리고 2000년 말인 오늘의 시점에서 어느 지점에 서 있는지는 대략적으로 알고 있다.

　1980년대 말까지 국가의 안보와 경제 발전을 위협하는 극히 위험한 운동으로서 일방적인 탄압을 받던 새로운 노동 운동이 크게 성장하여 전국 단위의 조직화(민주노총)에 성공하였으며, 약 60만 명의 조합원을 거느리고 있다. 그리고 각 영역에서 다양한 시민 운동(NGO)이 성장하여 정치적 의사 결정과 시민 사회 대항 세력으로 자리 잡았다. 그리고 법과 제도의 측면에서도 보면 자주적 노동조합 운동과 노동자의 정치 참여를 억제하던 각종 구시대적 노동법이 개정되었으며, 고용 보험·산재 보험 제도의 확충, 국민연금 제도의 도입, 국민기초생활보호법의 도입, 노사정위원회의 설치 등으로 노동자와 민중의 경제적·사회적 지위가 향상되었다. 한편 정보공개법, 남녀고용평등법 등의 도입으로 시민과 여성의 권리도 크게 향상되었다.

그러나 사회 운동의 성장을 가늠하는 최종 최후의 지점인 거시적 권력 관계와 정치 권력의 담당 주체에 관한 한 1990년대 이후 오늘까지도 그 변화는 극히 완만하게 진행되고 있을 따름이다. 우선 개인으로서의 자유로운 의사 표현과 조직 활동 참가를 근원적으로 제약하는 국가보안법이 건재하고 있으며, 의회 정치가 여전히 양대 보수 정당에 의해 운영되고 있다. 문민 정권의 등장, '국민의 정부'의 수립, 민주화 운동보상법의 통과 등으로 과거 민주화 운동의 성과가 부분적으로는 인정되고 있으며,[1) 정치 권력에 반영되고 있으나 과거 사회 운동의 주역들은 정치권 내에 독자적인 세력으로 존재하면서 자신의 정책과 이념을 전개하는 데는 실패하였다. 그리고 앞에서 언급한 법과 제도의 변화라는 것도 다분히 기성 지배 집단의 양보와 타협에 의해 미봉적으로 이루어진 것이며, 운동 세력의 힘에 의해 관철된 것은 아니다. 2000년 들어서는 남북 정상 회담과 6·15 공동 선언 등 탈냉전과 민족 화해의 역사적 계기가 이루어지고는 있으나, 그것은 국가보안법의 손질 없이, 한국 내 미군 지위의 근본적 변화 없이, 그리고 과거 통일 운동

---

1) 그것이 민주화 운동의 성과에 대한 인정인지, 그렇지 않으면 민주화 운동과의 작별 혹은 체제 통합인지는 논란의 여지가 있다. 이에 대한 비판으로는 문부식의 「상처들이 말하기 시작했다」, 『당대비평』 2000년 가을호 참조. 김대중 대통령의 노벨평화상 수상도 마찬가지 각도에서 해석할 수 있다. 전쟁의 상처로 고통받아 온 사람들의 한이 아직 전혀 풀어지지 않았는데, 평화상 수상은 이제 고통의 종식으로 공식 해석될 여지는 없는가?

세력의 참여 없이 정치 권력에 의해 주도되고 있는 실정이다.

1980년대까지 정치적 민주화 운동을 이끌어 왔던 학생 운동은 확실하게 퇴조하였으며, 사회 운동은 이제 노동 운동과 시민 운동으로 분화하였다. 물론 일각에서 우려하듯이 이 분화 자체가 운동의 분열을 의미하는 것은 아니며, 그것은 분명히 한국 자본주의의 성격 변화 및 시민 사회의 변화를 반영하는 것이다. 그러나 오늘의 시점에서 보면 양 운동은 구체적인 정치적 전망 혹은 국가 개혁의 비전을 공유하지 못한 채 개별적인 운동들로 존재하고 있다. 특히 지난 대선시의 국민 승리 21, 그리고 4·13 총선 이전 등장한 민주노동당은 스스로 운동의 정치화를 표방하고는 있으나, 아직은 사회 운동의 정치적 대표체로서의 위상과 지위를 갖지 못하고 있다. 제반 사회 운동 세력은 신자유주의의 세계화와 남북한 정권과 남한의 거대 자본 주도의 남북 화해와 평화 체제 구축의 움직임에 조직적으로 개입하지 못하고 있다. 따라서 이 시점에서 국제 경제나 한반도 정치에서 급격한 변화가 오더라도 운동 세력은 그것에 주체적으로 개입하면서 변화의 물길을 돌릴 수 있는 정도의 역량을 갖지 못하고 있다.

일부 정치학자들은 1980년대 이후 민주주의 이행(democratic transition)을 겪은 여타 남미 국가들과 비교해 볼 때 한국은 군부를 완전히 퇴진시킨 점에서 민주화가 어느 정도 공고화된 사례라고 말하고 있지만, 한국은 사회 운동의 성장을 정치적 균열 구조의 변화, 즉 정당 질서의 확고한 재편으로 연결시키지 못한 대표적 실패 사례로도 동시에 거론될 수 있다. 즉 민주화 운동이 군부 정권의 퇴진을 가져온 점은 분명하지만, 퇴진 이후의 성과는 주로 군부 정권하에서 육성된 세력이 독점하였으며, 4·19 이후 그러하였듯이 운동 세력은 또다시 주변화되고 일부만이 체제에 영입되었을 따름이다.

몽테스키외가 지적한 것처럼 모든 경우 정치와 법은 시민들의 평균적인 의식을 반영하고 있으며, 사회 운동 세력을 넓은 의미의 정치 세력으로 본다면 오늘날 한국 사회에서 사회 운동이 차지하는 위상과 영향력은 바로 현재 시점에서의 한국 노동자와 시민 일반의 의식만큼 행사되고 있다고 봐야 할 것이다. 그런데 기존의 권력 관계 및 정치가와 운동가 들의 실천적 행동이 시민 의식의 형성에 중요한 역할을 한다고 보면, 사회 운동의 역량이라는 것도 바로 운동을 지도하는 세력들의 정치적 역량 및 지적·사상적 역량에 달려 있는 셈이다. 우리가 오늘 한국 사회 운동이 갖는 성과와 한계를 물을 수 있다면 그것은 다수의 한국 민중이 아니라 운동을 시작하고 이끌어 온 사람들을 향해서이다.

2

사실 우리는 한국의 1990년대를 어떻게 이론화 혹은 개념화해야 할지 정확하게 알지 못하고 있다. 기성의 어떤 사회과학 이론에서도 세계 체제하에서 반주변부로서 성장한 한국의 1990년대를 정확하게 설명하지 못한다. 특히 한국의 1990년대는 다른 모든 선진 자본주의 및 후발 자본주의와 동시에 지구적 자본주의의 영향권 아래 들어서게 되었기 때문에, 개발 독재 국가 주도의 자본주의가 정치적 민주화 과정에서 곧 지구화의 물결에 휩쓸려 들어간 대표적인 예가 된다. 통상적으로는 선진 자본주의 혹은 시장 경제로의 이행이라고 말하기도 하고, 정치학자들은 남미의 모델을 참고하여 '민주주의 이행기', 공고화(consolidation) 국면이라 말하기도 하며, 더러는 시민 사회 혹은 NGO의 등장과 형성이라는 개념으로 이 국면을 설명하기도 한다. 사회주의의 붕괴와 북한의 고립으로 이제 민족주의 혹은 제3세계라는 개념은 점점 설자리를 상실하게 되었으며, 부르주아적 지배의 전면적 관철이라고 말하기에 이 자본주의의 성격은 너무나 복합적이다. 한편에서는 정보화가 일부 선진국보다 더 앞서서 진행되고 있으며, 제조업의 후퇴와 경제의 서비스화 수준도 빠르게 진척되었다. 그 반면에 전통적인 권위주의, 관료 부패와 재벌 주도 경제 체제는 의연히 존속한다. 그것은 바로 경제의 세계화, 지배 관계의 합리화, 사회 관계의 파편화의 산물이라 볼 수 있다.[2]

1990년대 한국 사회가 보다 전형적인 부르주아 사회, 즉 모든 사람을 더욱더 시장의 법칙에 종속시키고 세뇌시키는 자본주의 사회임에는 분명하나, 자본은 단순히 물질적 능력으로만 구성원을 포섭하는 것이 아니라 소비 문화와 경쟁, 허구적인 선택의 자유와 개성의 공간을 더욱 확장시킴으로써 지배를 관철하고 있다. 그리하여 이제 젊은이들은 '옳고 그름'의 기준이 아니라 좋고 나쁨의 기준으로 세상을 바라보게 되었으며, 미학적인 고려는 상품의 내용보다 더 중요한 것으로 자리 잡았다. 개성이 강조되고 자유가 구가되고 있으나, 사회 내에 실지로 심각하고 중요한 현상은 텔레비전 화면에 한번 스쳐 가는 장면으로만 존재한다. 민중들의 의사 표현과 정치 참여의 기회는 확대되고 있으나 지배 세력의 기득권은 건재하고 있으며, 이들의 지배력은 과거와는 다른 방식으로 더욱 안정화되고 있다. 분노를 상실한 시대에 모든 사람은 이제 하루종일 전광판과 컴퓨터 단말기만을 들여다보는 주식

---

2) 이해영, 「사상사로서의 80년대: 우리에게 1980년대란 무엇인가」, 이해영 편 『1980년대 혁명의 시대』 (새로운 세상, 1999).

중독자들이 되었다. 전투 경찰을 향해 돌을 던지던 과거의 청년·학생들은 이제 거리에서 사라졌고, 오늘의 학생들은 학교 앞의 PC방에서 혼자 남아 주식 시세를 체크하거나 하루종일 사이버 공간의 상대와 대화를 즐기면서 스트레스와 외로움을 달래고 있다.

이것은 재래의 권위주의적인 가족 자본주의에다 오늘의 소비 정보 자본주의, 주주 자본주의가 불편하게 결합된 상태라 볼 수 있을 것이다. 논리적으로나 개념적으로 이들 서로간에는 상충되는 부분이 있다. 그러나 이 모든 현실은 한국 경제의 압축 성장, 자본주의 고도 성장의 후반이 곧바로 지구화된 경제 질서를 맞이한 사실들에 의해 규정된다. 그리하여 자본주의적인 이윤 추구의 극대화라는 목표하에서는 서로가 상충되지 않는다. 봉건적 제왕이나 가부장적 전제 군주의 정서와 문화를 가진 재벌 총수가 최신의 경영 기법과 정보 기술에 매진하는 데 아무런 모순과 장애를 느끼지 않는다고 생각하면 될 것이다. 민주화의 기대는 시장화, 자유화의 담론과 자본의 지배에 눌려 버렸으며, 이제 사회의 집합적·중심적 주체로 등장할 것으로 기대되었던 노동 세력은 임금 상승의 신화, 마이카 붐과 마이홈주의, 주식 투자의 열기 속에서 개인화·파편화의 길로 나아갔다.

3

1990년대 들어서 1980년대 운동을 주도했던 청년 학생 등 소시민적 출신 배경을 가진 운동 세력에서 나타난 가장 두드러진 모습은 1980년대에 과도할 정도로 노동 계급 대리자 의식 혹은 민족 해방 주체 의식을 갖던 인물들이 급작스럽게 사적 세계로 도피했다는 점이다. 이것은 정신적 소우주 속에 고립된 자아의 등장이 곧 부르주아 헤게모니의 사회적 전제라 볼 수 있다는 주장3)을 입증해 주는 것처럼 보인다. 이제 마흔 살을 바라보는 과거의 청년·학생들은 돈을 많이 벌거나 권력권에 진출하여 그들이 그토록 비판하던 한국 사회의 전통적 지위 상승의 경로에 쉽게 흡인되었다. 더구나 1980년대 말 이후 주식 투자의 열기와 벤처의 열풍 속에서 이들은 '시장'의 압력에 거의 백기를 들었으며, 아무런 도덕적 가책도 없이 그들이 그렇게 비판했던 부정 부패, 편법의 물결에 휩쓸려 들어갔다. 어느 운동 진영 원로가 지적한 것처럼 독재 권력보다 더 무서운 것은 무관심, 즉 모든 사람들이 시장에서의 성공에 매진하는 상황에서 혼자 뒤처지고 있다는 느낌이었다. 그리하여 시장 상황에서 더 좋은 개인적 교환 능력을 가진 일부 청년들은 그들이 비판했던 재벌 기업, 그들이 비판했던 판사·검사·변호사의 길을 모색하게 되었다. 화염병, 붉은 띠, 점거 등으로 상징되던, 유례없이 과격하고 전투적이던 1980년대의 한국의 열혈 청년들은 상식적으로는 도저히 이해할 수 없이 빠른 속도로 지배 질서에 흡인되었다.

그 중 일부는 국가에 대한 요란하고 공개적인 충성 서약을 통해 "거듭났다고" 선포하기도 했다.4) 운동의 논리보다는 운동가의 품성이 중요하다고 주장했던 그들의 논리는 결국 자신에게 해당되는 것임이 드러나는 데 10년의 시간밖에 걸리지 않았다.

그러나 1980년대의 기억을 갖지 않는 1990년대의 청년·학생들은 출발부터 인간이 사회적 존재이며, 옳고 그름을 분별하는 것이 인간의

---

3) 같은 글, 39쪽.
4) 『강철서신』으로 유명한 김영환, 조유식 등이 『조선일보』를 통해 반성문을 제출한 것이 그 대표적인 예이다. 그들의 김일성주의 비판은 이제 전체주의의 실상을 제대로 깨달은 사람들의 지혜의 목소리가 아니라 1980년대 운동의 장송곡이었다.

사고와 행동의 기본이라는 관념을 갖지 않고 있었다. 이들은 자본의 질서에 순응하되 운동의 집단주의를 거부하는 자신의 모습을 '주체의 확립'이라고 생각하고 있었으며, 기성의 소비 문화에 의해 규격화되어 가면서도 튀는 행동을 하는 자신을 '개성을 추구'하는 존재라고 자부한다. 이제 거대 권력의 비판 및 교체와 같은 정치 문제는 자신의 일이 아니라고 생각하면서도, 경찰의 불심 검문에는 아무 생각 없이 주민등록증을 제시하는 행동에서 드러나듯이, 이들 젊은이들은 자신의 사고와 삶의 영역에 역사와 권력이 어떻게 개입하고 있는지에 대해서는 알지 못한다. 몇 년 전 연세대 총학생회의 기업 협찬 광고나 최근 서울대 총학생회의 기업 협찬 부스 설치 시도에서 본 것처럼 이들 젊은이들은 학생회 활동을 위해 필요할 경우 기업의 돈을 끌어내는 것이 문제라고 생각하지 않는다. 이들은 합리적이고 효율적인 것은 선이라 생각한다. 이들은 사회 혹은 전체를 위해 개인적 욕망이 억제되어야 한다고 생각했던 1980년대 선배들을 도덕적·유교적 잔재에서 벗어나지 못한 구시대적 인간형으로 몰아붙인다. 이들 개개인은 과거 세대 못지않은 고통과 스트레스로 신음하고 있지만, 그것은 모두 개별화되고 파편화되어 버린다. 1990년대에도 여전히 존재하고 있는 근본주의적인 학생 투쟁 조직은 기실은 학생 사회에서의 운동 세력이 고립되어 가는 전체적인 사회 상황의 다른 표현이다.

그리하여 정치 경제 현실보다는 문화 현상과 담론의 질서에 매력을 느끼는 새로운 세대가 출현하였다. 그리고 과거 운동 세력 중 일부는 국가 권력에 대한 투쟁, 추상적인 계급 담론이 갖는 한계를 돌파하기 위한 새로운 운동을 모색하였다. 1990년대의 환경, 여성, 인권 운동의 등장은 분명히 한국에서 새로운 세대의 출현과 맞물려 있으며, 구운동 세력 중 과거의 문제 의식이 갖는 한계에서 출발하고 있다. 그것은 1980년대의 정치주의를 비판하고 있으며, 권력 비판의 담론에 또다시 소외된 여성과 소수자의 권익을 주장하고 있으며, 중앙 권력 패권주의를 비판하면서 지방의 반란을 주도하고 있고, 노동 세력의 체제 통합의 위험을 지적하고 있다는 점에서 분명히 새로운 진보의 내용을 포함하고 있다. 그것은 외양은 서구의 신사회 운동(New Social Movements)이지만, 역사적으로 보면 정치적 민주화 운동의 내용을 가진 기존의 한국 사회 운동을 진정한 의미의 '사회 운동'으로 변화시키려는 하나의 중요한 첫걸음을 내딛는 것이었다. 오늘날 시민 운동이라 부르는 운동들은 실은 과거의 정치적 민주화 운동을 다른 방식으로 확대한 것이기도 하고, 다른 편으로 보면 그것을 비판하면서 제기된 새로운 방식의 운동이기도 하다. 양자가 시민 운동의 기치 아래 공존하고 있다.5)

그런데 1980년대 말에서 1990대 초반의 기간은 한국 자본주의와 민주화의 역사적 조건에서 보자면 이제 절차적·형식적 민주주의의 확립과 더불어 그 동안 독재 권력과 미성숙한 자본주의의 이면에 숨어 있었던 각종 이익 집단의 요구가 제출된 시기인데, 특히 사업장 단위에서의 사용자와 노동자간의 잠재적 갈등 관계가 보다 전면적으로 드러나는 시기였으며, 민주화 운동의 하위 영역에 자리 잡고 있던 노동 운동이 민주화 운동과는 별개의 운동으로 자립하는 시점이기도 했다. 한국의 '민주' 노동 운동은 과거의 산발적인 민주 노동 운동과 임금 투쟁, 그리고 1980년대의 현장 진출 학생들이 닦아 놓은 터전 위에서 성장하였으며, 후자를 이제 노동조합 운동의 현장에서 내보내면서 하나

---

5) 지난 100년간의 한국 사회 운동의 역사와 1990년대 사회 운동의 성격에 대해서는 김동춘, 「한국사회운동 100년」, 『근대의 그늘』(당대, 2000) 참조.

의 독자적 운동으로 자리 잡기 시작하였다.

그러나 소시민적 출신 배경을 갖는 학생 출신 노동 운동가를 노동 현장에서 축출해 내는 저간의 과정이 곧 노동자가 사회적 계급으로 성장하게 되었다는 것을 의미하는 것은 아니었다. 그것은 어쩌면 19세기, 20세기 유럽에서 마르크스가 그렇게 비판했던 바 사회 변혁의 전망을 갖지 않는 노동자 중심주의의 착근이 될 수도 있었다. 조합주의(union-ism) 혹은 노동자 중심주의는 지식인의 관념성과 성급한 급진주의를 경계하면서 노동자가 스스로의 힘으로 조직을 만들고 운동을 전개한다는 점에서는 대단히 획기적인 사건이지만, 그것은 노동자의 피해 의식과 소외 의식을 다른 방향으로 분출시키는 방편으로 작용하여, 기존의 법과 제도의 틀 내에서 노동자의 경제적 이익을 확보하려는 경향에 편승할 가능성도 있었다. 노동자의 객관적인 지위 상승과 노동조합의 교섭력 확대는 노동조합이라는 '작은 권력'을 통하여 출세의 길을 모색하는 새로운 작은 권력자들을 만들어 내기 시작하였다. 그리하여 자신이 처한 한국 경제의 현실, 혹은 더 넓게 보아 자본주의적 정치 경제 현실보다는 자신이 소속되어 있는 기업의 경영 상황과 기업주의 양보 능력에만 초점을 맞춘 전투적인 경제주의가 1990년대 노동 운동의 주요 양상으로 나타났다. 노동자들은 조합 지도부를 이익의 대리자로 간주하여, 그들이 자신의 요구를 충족시켜 주지 못할 경우 당면의 정치 경제 상황을 살피거나 사용자를 탓하기보다는, 과거에 한국 민초들이 모든 책임을 대통령과 국회의원에게 돌렸듯이 자신의 대표자, 특히 전노협과 민주노총에게 모든 책임을 전가하는 모습을 보여주었다.

특히 자신의 지위와 이익에 심대한 영향을 줄 수 있는 선거 정치의 국면 속에서 이들은 노동자 '계급'으로서가 아니라 지역주의에 사로잡힌 보통의 한국인들로서 행동하였다. 즉 과거의 농민들이 그러하였듯이 이들은 자신을 대리한다고 자임한 '정치적 노동 운동가'들의 말을 듣기보다는 없는 자가 핍박받는 세상에서 자신이 살아가야 할 현실적인 방도에 더 기울어졌는데, 1992년 울산의 현대 노동자들이 노동자 후보가 아닌 회사측의 대표인 자본가 후보를 지지한 행동에서 가장 두드러지게 나타났다. 물론 이러한 경향은 시간이 지날수록 약화되어 지난 총선에서는 노동자 후보가 국회의원 당선의 문턱에까지 가기도 했다. 그러나 노동자들은 아직 큰 이익을 위해 작은 차이를 무시할 수 있을 정도의 정치력을 획득하지는 못했으며, 그것은 노동자만의 특별한 결점이라기보다는 1980년대까지 정치 운동 혹은 권력 투쟁의 전면에 나선 경험이 없는 한국의 민중 일반의 사고와 의식이 갖는 일반적 한계에서 기인한 것이라 볼 수 있다. 이러한 경험을 겪으면서 노동자들 사이에서는 아주 느린 속도로 기업 이기주의의 틀을 벗어날 필요성, 산업별 단결의 필요성이 자각되고 있으며, 정치 세력화의 필요성이 확산되어 가고 있다.

그러나 앞에서 언급한 지구화된 자본주의의 압력과 1990년대 한국 자본주의의 성격 변화는 이러한 운동 세력의 변화에 보다 직접적인 영향을 미치고 있다. 그리하여 노동자들도 주식 투자의 열기와 소비주의의 물결 속의 한 '시민'으로 등장하고 있으며, 그러한 힘은 미처 집합적 주체로서의 자각을 이루기 이전 상황에 있는 노동자들을 강력하게 개별화시켜 내는 힘으로 작용한다. 거주하는 아파트의 평수와 타고 다니는 자동차의 종류가 하나의 쇼윈도로서 개별 노동자들을 압박하는 상황에서 노동자들은 이제 더 잘살기 위해 '돈 버는 기계'가 되려 하고 있으며, 일부는 '대박의 신화'에 사로잡혀 이제 그들에게 일터는 더 이상 자신의 삶의 중심으로 자리 잡지 못하게 되었다. 구조 조정의 압박과 정리 해고의 위협, 임금 삭감과 연봉제 도입의 압박이 차라리 과거의 전제적인 노무 관리 시절을 그립게 하기도 하지만, 더 슬픈 것은 이 모든 압박을 이제 개인이 혼자 짊어지게 되어 가고 있다는 점이다. 다수의 노동자들은 이미 기업 차원의 어떠한 안전판도 누릴 수 없는 비정규직 노동자가 되었으며, 그들은 동료 조직 노동자들로부터도 외면당하고 있다. 즉 신자유주의는 노동 사회에서 가시적인 적을 제거하였으며, 동시에 운동 진영 내의 공동체도 사라지게 만들었다. 이 점에서 1990년대 노동자의 처지는 청년들의 처지와 다르지 않다. 그러나 청년들은 더 이상 '생산'을 알지 못하며, 노동자들은 자신의 '생활 세계'의 변화를 성찰하지 못한다.

민족 민주 운동의 대중적 영향력 상실, 시민 운동과 노동 운동의 분리, 학생 운동의 퇴조, 사회 운동의 정치적 개입력과 지도력 약화는 바로 이러한 상황을 반영하고 있다. '민족 민주 운동'의 개념을 고집하는 어떤 운동가는 "1990년대는 고난의 행군이었다. 엄혹했던 군사 독재 시절보다 한층 고통스럽고 슬픔에 가득 찬 것이었다"고 한탄하였다.[6] 그러나 앞서 지적하였듯이 한국 사회 운동이 이러한 양상으로 나타나게 된 가장 중요한 배경은 단순히 운동가들이 탈락하거나 변절했기 때문이 아니라, 한국 자본주의와 지배 질서의 변화가 너무나 거센 것이었으며, 또한 그것에 대해 1980년대의 운동 주도 세력이 적절한 대항 담론과 정치적 비전을 제공해 주지 못한 데 기인하고 있다고 볼 수 있다.

운동은 분명히 이해 대중이 만들어 가는 것이지만, 그들의 판단을 좌우하는 데는 운동의 노선에서 집약되는 앞선 자들의 교육적 역할이

---

6) 박세길의 목소리. 민주주의민족통일전국연합, 『민』(2000년 9월).

중요하다. 운동의 능력이란 결국 이끄는 사람들의 지적인 능력에 좌우된다고 볼 수 있기 때문이다. 물론 여기서의 지적인 능력이란 순수하게 아카데미의 영역에 국한되는 것은 아니다. 그것은 보다 넓은 의미에서 자신의 활동에 의미를 부여하고 세상의 일을 판단하고 해석하며 미래를 조망하는 능력이라 부를 수 있을 것이다. 우리는 무엇이 그리고 어떤 점에서 운동을 앞선 사람들의 지적인 능력의 결핍이 대중들의 의식을 제한하였는지 먼저 살펴보아야 할 것이다. 그런데 가장 중요한 대중 의식화 작업은 바로 1980년대 운동가들이 1990년대 들어서 어떤 행동을 취했는가 하는 점에서 드러날 수밖에 없다. 특히 1980년대 민주화 운동에 참가했던 청년들의 거취와 노동 운동에 참가했던 운동가들의 자세와 입지 그리고 구체적인 행동들은 가장 결정적인 변수였다.

우리가 기억할 수 있는 가장 뚜렷한 사실들은 1990년대의 계속되는 선거 과정에서 과거 민주화 운동 세력이 일정한 이념을 가진 하나의 독자적인 정치 세력으로 결집되지 못했다는 점이다. 성급한 독자 세력화의 움직임은 패배감을 강화시켰으며, "정치는 현실이다"라는 철학 없는 현실주의는 운동의 성과를 쉽게 보수 정치를 포장하는 재료로 변화시켰다. 결국 1990년대의 운동 진영 출신 정치가 후보생들은 결국 기성의 보수 정객과 보수적 정당 구조의 벽을 넘지 못하고 개인적인 자격으로 이러한 보수 정치에 흡인되었다. 특히 1988년, 1992년 총선에서 2000년 총선의 '386 세대'의 정치 참여에 이르기까지 과거 운동 세력은 세대 상징, 민주화 상징, 아니 더 정확히 말하면 '서울대, 연·고대 상징', '혹은 학생회장 상징'을 이용하여 정치권에 진입하는 데 성공하였으나, 구체적인 비전이나 정책 그리고 집단적인 합의와 논의를 거쳐 선거 정치에 대응하지 못했다. 이것은 정치의 길을 택한 당사자에게는 자기 실현의 불가피한 선택이자 출구였을지 모르지만, 우리 사회의 세속적 기준에 부합하는 자격에 편승한 것이며, 일반 국민, 노동자들에게는 "잘 나가던 놈들이 역시 잘 나간다", "운동의 종착점이 곧 직업 정치가가 되는 일이다"라는 통념을 새삼 확인시켜 주었다. 민중은 또 한 번 좌절하였다.

물론 한번 운동에 가담한 경력이 있다고 해서, 계속 재야 운동, 사회 운동에만 종사하라는 법은 없다. 실제 운동가로서의 고난과 실천은 정치가가 되기에 가장 적합한 경력이고, 그 점에서 할 수만 있다면 사회 운동가들이 더 많이 정치권에 진출해야 한다. 그러나 운동이 약체화되고 제도권의 흡인력이 강한 현실에서 나름대로 운동의 연장으로서 정치를 하려는 정치가가 있다면, 운동보다 몇 배의 노력과 투쟁력을 요구한다는 점이 분명하다. 즉 1980년대 우리 사회에서 대학생, 특히 일류 대학생은 하나의 작은 특권층이며, 미래의 예비 지배 집단이라는 점을 전제해 본다면, 학생 운동의 경력이 엘리트층으로 상승할 수 있는 창구가 되는 일이 이상한 것은 아니며, 그렇게 본다면 이들의 행동의 궤적은 사실 국가와 사회를 변혁하려는 행동이었다기보다는 일관되게 기존의 기본 질서에 순응하는 행동이었다고도 볼 수 있다. 즉 전통적으로 한국에서 정치 사회와 시민 사회는 크게 분리되어 있었고, 시민 사회 내의 갈등, 즉 계급적 요구가 정치 사회의 균열 축으로 자리 잡지 못해 왔다는 점을 생각해 보면, 이들은 사회 변혁의 과정을 통해 정치 사회의 변혁을 추구하려 하기보다는 기실은 정치 사회 내에서 자리 이동했다고 평가할 수 있을 것이다. 결국 우리 사회의 지배 질서는 그것의 도전과 균열을 허용하지 않은 범위에서 저항 세력의 일부를 자신의 파트너로 편입시키는 데 성공했다.

1990년대 들어서 과거 민주화 운동의 주요 구성원이 이러한 길로 나아가면서 노동 운동과 농민 운동은 더욱더 반지식인적·조합주의적 방향으로 나아가게 되었으며, 시민 운동은 전체 사회의 변혁의 전망을 고민하지 않는 실용주의, 당면 문제 해결 중심적 태도로 나아가게 되었다. 주지하다시피 1980년대는 '주의'의 시대였다. 1980년대의 '주의', 특히 정치 투쟁 일변도의 사고는 분명 극복의 대상이지만, 그것은 대단히 이상한 방향으로 극복되었다. 지식인의 '주의'는 실제 민중이 당하고 있는 고통을 이념의 재료로 삼는 위험성이 있다. 그것은 민중을 대상화시키고, 결과적으로는 운동에 과도하게 정치의 색깔을 입히게 된다. 그런데 '주의' 중심의 폐해를 지나치게 의식한 1990년대의 운동가들은 이러한 주의 지향을 지나치게 반대편으로 돌리는 경향이 있었다. 그것은 경험주의 혹은 문제 해결 중심주의라 부를 수 있다. 노동 운동이나 시민 운동에서 공통적으로 이러한 양상이 나타났다. 노동 운동에서는 1980년대에 풍미하였던 이념적인 논쟁이나 노선 투쟁이 거의 사라지고, 전략과 전술, 사리 분별을 둘러싼 논의가 거의 사라졌다. 이제 무엇이 옳고 무엇이 그른가, 어떠한 점들을 고려해야 할 것인가라는 논의는 거의 사라지게 되었으며, 목소리 큰 사람, 보다 투쟁적인 노선을 견지하는 사람이 상황의 주도권을 쥐게 되었다. 이론은 지식인들의 것이 되었으며, 학습은 불필요한 것이 되었다.

한편 앞서 지적한 것처럼 1990년대의 시민 운동의 기조는 대체로 1980년대식의 '주의'의 과잉에 대한 반발에서 출발하였다. 즉 시민 운동은 법과 제도의 개정, 구체적인 정책 대안 마련, 개인적·집단적 소송 등의 방법을 통한 가시적인 문제 해결의 길을 추구함으로써 1980년대식의 추상적인 변혁론의 한계를 극복하려 하였다. "조국의 절반에 대한 의리", "민중에 대한 헌신성"이 자본주의화된 사회의 민중에게 감동을 줄 수 없는 시대에, 시민 운동은 분명히 변화된 정세를 적절하게 반영하고 있다. 이제 한국 내의 미군 범죄는 단순히 반미의 문제로 집약되기보다는 '인권의 제약'으로 구체화되기 시작하였으며,[7] 프로그램 없는 재벌 해체의 주장 대신에 재벌의 불법 행위에 대한 집단 소송의 노력이 매력을 끌었다. 이러한 구체적인 문제 개혁과 고통의 경감을 지향하는 시민 운동은 과거의 민족 민주 운동이 갖고 있던 당위론적인 문제 설정을 낡은 것으로 만들었다. 그것은 확실히 '주의'에 대항하여 '문제'를 앞세우려는 지적인 경향을 반영하였다. 1990년대의 시민 운동은 논쟁보다는 더욱 구체적인 실천을, 그리고 장기적인 방향보다는 당면의 가시적 성과와 문제의 해결에 비중을 두었다. 시민 운동의 이러한 지향성은 한국 사회에 거부와 투쟁의 이미지를 갖고 있던 사회 운동의 새로운 지평을 열었다. 특히 언론이 제도 내적 개혁을 지향하는 시민 운동을 크게 부각시켜 줌으로써 시민 운동은 실제 역량 이상의 주목을 받게 되었다.

그러나 운동이 이러한 방향으로만 나아갈 경우 대중 동원과 대중 의식화가 전제되지 않는 전문가 집단만이 정책 제안 집단, 민원 처리인 혹은 소송 대리인으로 전락할 위험성을 안게 된다. 즉 2000년 오늘의 사회 운동에서 분명히 시민 운동이 정치적 대항 진영의 헤게모니를 쥐고 있으나, 그것은 자체의 비전과 능력, 대중을 움직이는 힘에서 나오는 것이라기보다는 노동 세력이 정치적 역할을 수행하지 못하고 정부와 정당이 시민 사회의 고통과 불만을 충분히 수렴하지 못하는 빈 공

---

7) 정유진, 「민족의 이름으로 순결해진 딸들: 주한미군 범죄와 여성」, 『당대비평』 2000
년 여름호, 221쪽.

간에 힘입은 것이다. 즉 1990년대 시민 운동은 얼핏 보면 큰 성과를 가져오기는 했으나, 지난 4·13 총선 당시 총선연대의 활동에서 드러나듯이 실질적인 민의 권력을 향상시키고 대중을 변화시키는 데는 미치지 못한다. 어쩌면 시민 운동은 실제로는 정부와 정치 권력에 접근 가능하고 또 그들에게 받아들여질 수 있는 문제에만 관심을 집중함으로써 체제의 유지에 기능하고 있는지도 모른다.

4

나는 1990년대 사회 운동이 크게 좌초하였다면, 그 원인은 운동가들의 투쟁 의지 부족에 기인한 것이 아니라 이론과 사상의 부재에 기인한 것이라고 본다. 정치는 그 사회의 지적 수준을 넘어설 수 없다. 마찬가지로 운동의 성과는 운동 세력의 지적인 능력을 벗어나지 못한다. 운동은 정책이 아니라 많은 사람들을 움직일 수 있는 사상이다. 30년의 군사 독재, 50년의 분단 체제, 100여 년의 식민지 지배는 운동가들을 포함한 우리 사회의 지적인 능력을 완전히 마비시켰다. 한국에서는 과거에도 현재에도 자유롭게 사고하는 인간이 설자리가 없다.

1990년대 들어서 한국은 정말로 시장 만능 사회가 되었는데, 시장 경제가 왜 문제인지, 그것을 극복하기 위한 대안, 특히 교과서적인 비판이 아니라 삶의 양식의 차원에서 그것을 넘어설 수 있는 철학적 기반은 무엇인지에 대한 논의가 턱없이 부족하다. 특히 일상 생활의 차원에서 자본주의적인 논리가 어떻게 우리의 삶을 변화시키고 있는지, 우리가 추구해 온 돌진적 근대화와 자본주의적인 산업화에 대한 성찰이 없다. 그것은 바로 우리 사회 운동 세력이 한편으로는 의식 이전에 자신의 사고와 태도를 결정하는 습관의 영역에 대해 성찰할 수 있는 능력을 결여하고 있기 때문이며, 다른 편으로는 일관되게 자신의 주장과 입장을 견지할 수 있는 지적인 능력이 부족하기 때문일 것이다. 우리 사회 운동은 지금까지 물질 문명이 가져다준 폐해와 비민주적인 정치를 비판하기 위해서 오히려 서구적 보편성의 잣대를 활용해 왔다. 서구주의에 대립하는 민족주의 역시 오리엔탈리즘이 그러하듯이 서구주의의 패러다임에 기초해 있었다. 따라서 계급 투쟁론이나 민족 해방론이 대단히 다른 지평에 서 있는 듯이 보이나 그 논리적인 구조는 동일하다. 이러한 사고는 자본주의 혹은 제국주의를 비판하는 데 있어서는 매우 중요한 무기가 되지만, 보통의 한국인들의 의식과 관습의 저류에 들어가서 그들을 움직이는 데는 한계가 있었다.[8]

1980년대에 급진적 비판자였던 사람들이 1990년대 들어서 소비 자본주의, 주주 자본주의(stockholder capitalism)의 흐름에 쉽게 흡수되어 버린 이유도, 그들 역시 철저하게 서구적 잣대로 한국 사회를 비판하는 것 이상의 지적인 대안을 갖지 못하고 있었기 때문이라고 볼 수 있다. 사회주의, 민족주의는 논리적으로는 자본주의, 제국주의의 안티테제이지만, 그러한 이념이 한국 사회에서 구체적으로 어떻게 현실화될 수 있을지에 대해 말해 주는 것은 아무것도 없다. 사회주의가 어렵다면 현실적으로 사회 민주주의는 가능한지, 그리고 최근 논의되고 있는 공동체주의는 어떠한지 등을 천착하기 위해서는 교과서적인 비판론만으로는 부족하다. 그러한 구체성에 도달하기 위해서는 역사로서의 현실,

---

8) 강정인은 이를 '동화적 담론'이라고 지칭하였다. 즉 서구 민주주의와 평등의 잣대로 우리 사회의 민주주의의 결여와 평등의 결여를 비판하는 것은 파괴적이기는 하나, 그것이 비판하는 체제를 근본적으로 넘어서지 못한다. 강정인, 「서구 중심주의의 원심력과 구심력」, 제7회 서강대 대학원 총학생회 정기학술제 발표문 (2000년 10월 9일).

정치 문화로서의 현실에 대한 감각이 전제되어야 하며, 그러한 감각은 대중의 의식과 생활을 어떠한 방향으로 변화시키겠다는 이론적·정책적 전망과 결합되어 있어야 한다.

이것이야말로 사회 운동의 전제가 되는 지식과 사상의 수립인 것이다. 지식은 교과서의 암송이 아니라 구체적 정치 사회 현실에 대한 총체적 시야이며, 발전 전망에 대한 대안이며, 민중의 정서와 의식에 대한 감각이다. 운동 세력이 이러한 지식을 갖추지 못하고 있으면 당면의 현실의 압박과 편의주의의 유혹에 쉽게 무너지게 되고, 더 심각한 것은 가까이 있는 동료들이나 파편화된 문제 의식을 갖는 일반인들을 규합하거나 그들의 마음을 움직이지 못한다는 것이다. 그 근원이 어디에 있건 1990년대 사회 운동 세력은 우리 사회의 반지성주의, 실리주의, 편의주의, 정치주의의 톱니바퀴를 벗어날 수 있는 지적인 용기, 자유로운 사고 능력, 학습의 능력을 결여하고 있었기 때문에, 권력의 탄압과 생활의 압박이 닥쳐왔을 때 쉽게 자신의 주장을 철회하거나 입지를 변화시키게 된 것이다. 과거의 선배들이 그러하였듯이 1990년대의 운동은 보통의 한국인들이 견지하는 습관과 의식의 단단한 껍질의 테두리를 맴돌고 있었으며, 그들은 껍질 속에 들어가는 것이 어렵다고 항변하면서 뛰쳐나온 것이다.

오늘의 시민 운동과 노동 운동 그리고 진보 정당 운동 모두 이러한 한계를 갖고 있다. 4·19를 출발점으로 잡는다면 이제 분단 이후 우리 사회 운동의 경력도 40년이 되었다. 이제 불혹의 나이가 된 우리 사회 운동은 성장을 멈추는 단계에 있지는 않지만, 사회를 책임 질 나이가 되었다. 즉 냉전의 해체는 우리 사회 곳곳에서 해체의 징후를 드러내고 있다. 지금이야말로 저항 운동이나 반대 운동에서 출발한 운동이 이제 그간의 실패와 오류의 경험을 반추하면서 대안적 세력으로 등장할 수 있는 시점이다. 운동 세력만큼 민중과 민족 그리고 인간을 사랑한 집단이 없었다고 본다면, 그들이야말로 우리 사회를 책임 질 수 있는 유일한 세력이다. 산업화 세력과 민주화 세력의 연합이라는 말장난에서 벗어나야 한다. 그것은 단순한 현실 정치 권력의 문제가 아니다. 그것은 역사를 바꾸는 일이 되어야 한다. 운동 세력이 감히 역사를 바꿀 수 있는가? 나는 그것이 가능하다고 생각한다.

국가주의의 시대를 넘어서기 위하여

    20세기는 국가의 시대였다. 우리의 20세기 역시 수십만 명의 젊은이들에게 군복을 입혀서 전쟁터로 내몬 시기였으며, 수백 수천만 명의 학생과 주민에게 애국가를 부르게 하고 국기에 경례하게 하였으며, 자라나는 학생들에게 '우리의 맹세'를 암송하게 만들었던 가공할 만한 국가주의의 시대였다. 그러한 세상에 태어난 젊은이들은 한 손에는 릴케의 시집을 들고 다른 손에는 총을 들고서 이 한 목숨을 국가와 민족을 위해 바치겠다고 떨어진 군복과 발에 안 맞는 군화를 신고 전쟁터로 나갔다. 고향의 애인을 위해 편지를 쓰는 심정으로 그는 국가와 민족을 위해 자신의 청춘과 정열을 바쳤다. 더러는 자유를 지키자는 우익 진영에 서기도 했지만, 상당수의 젊은이들은 인민과 민족을 지키자는 좌익 진영에 섰다. 이들의 이념은 달랐지만 그들의 정신 세계 속에 들어 있는 열정은 어쩌면 유사했는지도 모른다. 개인을 지키기 위해서라도 민족이 있어야 하는 시대에 국가와 민족은 신이었고 신앙이었다.

    이들 대부분은 전쟁이 끝나기 이전에 시체가 되어 고향에 돌아왔고, 사회주의의 이상을 찾아 산으로 올라간 청년 역시 예외는 아니었다. 북으로 넘어간 수많은 열혈 청년들은 이제 잊혀진 존재가 되었다. 남한에서 살아남은 청년들은 전후의 절망 속에서 살길을 찾아야 했다. 그것은 바로 국가에서 보증하는 지위 한 자리를 차지하는 일이었다. 법조인, 고급 공무원, 정치가가 되는 것이 바로 그 길이었다. 수많은 젊은이들이 법학과와 정치학과를 지망하여 고시에 합격하기 위해 많은 밤을 지샜다. 집을 일으켜 세우고 부모에게 효도하는 출세의 길이 바로 국가에서 한 자리를 차지하는 일이었다. 지금도 가끔 볼 수 있지만, 시골 초등학교나 중등학교 교문 위에는 "몇회 졸업생 ○○○ 사법고시 합격, 행정고시 합격" 등의 플래카드가 자랑스럽게 휘날리는 것을 볼 수 있다.

국가의 시대는 1980년대에 들어서도 계속되었다. 이제 과거에 산으로 올라가 게릴라 전사가 되었던 젊은이들의 후예들이 나타나 인민주의, 민족주의의 정열을 새롭게 불태우면서 이 국가를 뒤집어야 한다고 주장하였다. 1980년 광주에서 국가는 국민을 적으로 취급하여 수많은 국민을 살상하였기 때문에, 젊은이들은 이 국가를 인정할 수 없었고, 다른 국가를 세워야 한다고 생각하게 되었다. 이제 이 국가 내에서 한 자리를 차지하려는 젊은이는 민족과 인민을 생각하지 않고 일신의 편안함만을 도모하는 존재라고 비판의 표적이 되었고, 고시 공부는 숨어서만 할 수 있었다. 과거의 젊은이들이 '우리의 맹세'를 암송하고 군대에 들어가는 것을 자랑스럽게 생각했듯이, 이들은 이 국가를 반대하고 새로운 국가를 세우는 일에 충성을 바치자고 서로 부둥켜안고 맹세하면서 '철의 규율'이 적용되는 조직을 만들었다. 많은 젊은이가 군대에 가서 의문의 죽음을 당하였고, 또 스스로 자신의 목숨을 버리기도 했다.

이렇듯 1980년대까지 우리의 젊은이들은 국가로부터 자유롭지 않았음은 물론 현 국가이든 현재 존재하지 않는 이상의 국가이든, 국가 즉 정치적 공동체와 자신을 동일시하고 그것을 위해 헌신하려는 모습을 보여주었다. 국가의 시대, 그것은 바로 권력이 우리의 삶의 모든 것을 지배하는 시대이며, 또 그러한 질서 속에 길들여진 젊은이들이 개인적으로든 집단적으로든 권력을 장악함으로써 자신의 모든 열망을 실현하고, 불행한 가족과 고통받는 민중에게 새로운 세상을 열어 줄 수 있다고 생각했던 시대였다. 가족을 위해 헌신하려는 젊은이와 국가를 위해 헌신하려는 젊은이, 권력을 잡으려는 젊은이와 권력을 잡아서 세상을 바꾸려는 젊은이들이 이념과 사상에서는 차별적이었으나 행동의 저류에 깔린 멘탈리티는 동일했으니, 그것이 바로 20세기 한국을 이끌어 온 국가주의, 공동체주의인 것이다.

다른 모든 나라가 그러하였듯이 20세기 우리는 이 국가주의의 시대를 반드시 거칠 수밖에 없었다. 개인의 운명이 국가와 민족의 진로에 좌우되는 현실에서 국가주의는 불가피한 경로일 수밖에 없었다. 그러나 봉건 시대의 신을 대신하여 등장한 이 세속 신으로서의 국가는 마르크스가 말했듯이 우리를 또 한 번 소외시키는 실체에 불과하다. 국가는 형식상으로는 자유롭고 평등한 국민의 연합체라는 점에서 인간해방의 가장 중요한 통로인 것은 사실이나, 계급 지배, 인간 억압, 개성 말살, 권위와 명령의 화신이기도 하다. 국가의 건설에는 신분 질서에서 신음하던 노예와 천민의 투쟁의 핏자국이 있지만, 동시에 개성과 인간성의 말살, 군사적인 대립, 대량의 살상이라는 어두운 역사가 있다.

바로 우리의 1990년대의 젊은이들은 바로 국가주의의 어두운 그림자로부터 벗어나는 자랑스러운 첫 세대이다. 이들은 부당한 권위를 부정하고 개성을 추구하고, 권력이니 정치니 하는 것에 대해 관심을 갖지 않는 세대이다. 집단의 목표를 위해 학습을 하고 얼굴을 맞대고 사

생활을 서로 통제하는 조직을 만들기보다는 자신만의 사적인 영역을 구축하고 인터넷 통신망을 통해 가상의 세계에서 무한대의 자유를 추구하는 '개인'의 시대가 온 것이다. 국가주의 패러다임은 바로 이들 젊은이들의 실천에 의해 밑으로부터 무너져 내리고 있다. 이것은 더욱더 진전된 인간 해방으로 나아가는 희망의 징조요, 그들이 누리는 자유 속에는 21세기적 희망이 꿈틀거리고 있다.

그러나 희망을 점치기에는 아직 이르다.

아직 우리 젊은이들은 아직 부정적 국가주의의 유산으로부터 완전히 자유롭지 않기 때문에, 자유와 개성을 추구하는 이들의 행동은 극히 제한적으로만 진보적이다. 즉 이들 역시 국가주의의 자식들이라서 개인의 자유를 어떻게 추구해야 할지, 그리고 개인과 사회는 어떻게 조화시켜야 할지 알지 못한다. 한편으로 이들은 여전히 국가주의의 포로들이며, 국가주의의 부정적 유산을 모르는 만큼 그것을 적극적으로 넘어서는 주체로서도 자격을 못 갖추고 있다. 그 유례를 찾기 어려운 고시 열풍이 그러하며, 불심 검문을 당하고도 아무 생각 없이 주민등록증을 보여주는 무감각한 편의주의가 그러하다. 도서관에서 핸드폰 전화를 받는 당당한 자유를 누리고 있으나, 그러한 자유가 타인의 자유를 침해할 수 있다는 데 대해서는 배운 바가 없다. 이러한 젊은이들을 교육한 자들이 바로 국가와 가족에 충성하거나 국가에 저항하는 것 외에는 스스로 사회 내의 존재로서 자신을 자각하며, 협회나 단체를 만들어서 그 속에서 개인과 집단의 이해를 어떻게 조정할 것인지에 대해 훈련을 받아 본 적이 없는 바로 국가주의 시대의 인물인 기성 세대의 자식들이기 때문이다.

국가를 찾는 데 희생과 고통이 있었듯이, 우리가 당연시하는 '개인'

에게도 역사의 핏자국이 있다. 오늘의 젊은이들은 바로 이 점을 알아야 한다. 오늘의 젊은이들이 이 국가주의의 부정적 유산을 '적극적으로 극복'하려는 열정을 가지고서 사회적 주체로서 자신을 세우고, 국가 대신에 단순히 '개인'을 내세움으로써 국가주의를 넘어서려 하기보다는 이 '핏자국'의 의미를 자각할 때 국가주의의 시대는 완전히 극복될 것이다.

제2부

한국 지성의 현주소
최장집 교수 사상 시비를 보고

　최장집 교수 논문을 둘러싼 시비는 한동안 잊고 있었던 악몽을 다시 떠올리게 만들었다. 『조선일보』는 '언론 자유'의 이름으로 사상 검증의 주체로 나섰고, 그 과정에서 전제와 결론을 잘라 낸 채 필요한 부분만 자의적으로 해석하여 최장집 교수를 '빨갱이'로 몰았다. 이것은 명백하게 사실을 왜곡했다는 점에서 언론의 기본 윤리 문제라기보다는, 내외적으로 공적 기관으로서의 어떤 검증도 받은 바 없을 뿐더러 수십 년 독재 정권의 수족 노릇을 해온 일개 언론이 '공익'의 대변자임을 자처하면서 김영삼 정부 이래로 개혁적인 인사를 쫓아내는 작업에 앞장서고 있다는 점에서 더 큰 문제가 된다. 최 교수측의 가처분신청을 받아들여 일단락될 것 같던 사상 논쟁은 김종필 총리의 발언으로 또 계속 되었다. 김종필 총리는 "최장집 교수의 논문은 학문으로 볼 수 없으며 대통령 주위의 분홍색 사람들이 문제"라고 하여, 우리에게 너무나 익숙한 빨갱이 시비를 반복하였다. 물론 김 총리의 발언은 단순한 사상 시비라기보다는 내각제에 비판적인 최 교수에 대한 불편한 마음을 표현한 것이라고 이해할 수도 있을 것이다. 그러나 '좌익'의 혐의를 받게 되면 곧 사회 정치적 매장을 피할 수 없는 한국에서 일국의 총리가 아직도 빨갱이 운운하면서 이데올로기의 칼을 들고서 자신과 다른 입장을 가진 사람들을 비판하고 있다는 이 현실이 중요하다. 더욱이 지금까지의 기득권 세력이 이와 같은 마녀 사냥식의 사상 탄압이나 좌익 시비가 공공연히 이루어지는 우리의 정치 사상적 풍토를 자유 민주주의라고 강변해 왔다는 점이 더욱 가관이다.

지난 50년 동안 반복되어 온 사상 논쟁은 우리의 자화상이다. 그것은 어떠한 지적인 논쟁도 이념의 프리즘으로 해석되는 냉전적인 이념 대결 구도의 표현이라고 볼 수 있다. 겉으로만 보면 이러한 '좌익'에 대한 집요한 공격은 소신에 찬 우익의 용기 있는 행동인 것처럼 보인다. 그러나 그것은 공공의 도덕과 공공의 미덕에 인도되지 않는 야만적이고 기득 이익 옹호적인 공격성에 지나지 않는다. 인간에게 경험보다 더 중요한 교사는 없기 때문에 한국전쟁 당시 좌익에게 받던 개인적·가족적 피해가 침전되어 평생토록 인간의 정조를 지배하는 것은 이해할 수는 있는 일이다. 어떤 점에서 사상 시비는 바로 한국전쟁의 쓰라린 체험을 안고서 평생을 살아가는 전쟁 세대의 불편한 심기를 반영하는 것이기도 하다. 내가 문제삼고자 하는 것은 그러한 피해 의식 자체가 아니라 그것을 정치적 자원, 이윤 추구의 지렛대로 활용하는 정치 경제 집단이다. 즉 반공이라는 전가의 보도를 휘두르면서 기득권의 단물을 누려 온 분단 50년 동안의 지배 세력이야말로 현대 한국의 정신 문명을 황폐화시킨 가장 암적인 존재인 것이다.

이러한 기득권 집단이 견지하는 우익의 이념은 사실은 '자유 민주주의'와 거리가 먼 것이며, 어떤 점에서는 파시즘에 가까운 것으로, 약자에게 몽둥이를 들이대고 강자에게 무조건 복종하는 무이념·무사상·무원칙의 기회주의라고 볼 수 있다. 자유주의건 사회주의건 민족주의건 그들에게는 별다른 의미가 없고, 누가 어떤 체제가 자신에게 득이 되는가만이 중요하다. 그런데 이들이 해방 직후 이승만의 극우 반공주의 편에 선 이유는 바로 우익이 집권하여 자본주의 체제를 수립해야만 이들의 일제 식민지 시대하에서의 부도덕하고 기회주의적인 전력을 들추어내지 않고 기득권을 보장해 줄 수 있었기 때문이다. 자본주의를 지키기 위해 사회주의의 냄새가 나는 어떠한 이념이나 논리도 엄격히 제한해야 한다는 주장이야말로 유럽에서 발전된 자유 민주주의의 이념이 어느 정도까지 타락할 수 있는지 보여주는 가장 대표적인 예라 볼 수 있을 것이다. 유럽의 파시즘이 바로 사회주의를 공격한다는 명분으로 문명을 뒷걸음치게 했던 대표적인 예이며, 한국의 국가보안법이야말로 사회주의를 척결한다는 명분하에 멀쩡하고 양심적인 수많은 지식인과 학생을 매장시켜 온 파시즘적인 법률의 대표적인 예이다.

파시즘이 그러하였듯이 사상 시비를 일으킨 『조선일보』는 겉으로는 '민족'을 내세우고 있다. 그러나 『조선일보』는 일제 말 내선일체를 미화하였으며 일본의 침략 전쟁을 찬양하였고, 해방 이후에도 지속적으로 독재 정권을 지지하였는가 하면, 정권이 바뀔 때마다 신정권에 아첨하는 행동을 보였다. 우리는 그들이 민족의 이익을 위해서 용기 있는 행동은 한 예를 알지 못한다. 이 경우 민족주의는 바로 국수주의적이고 퇴영적인 국가주의에 다름이 아닌 셈이다. 그러나 우리는 독일의 국수주의적인 민족주의가 유태인 학살을 정당화하였고, 일본의 군국주의적인 민족주의가 아시아의 침략과 대학살을 정당화하였으며, 크로아티아의 민족주의가 보스니아에서 지옥과 같은 참상을 연출하였다는 사실을 알고 있다. 20세기 인류 역사에서 민족주의는 해방의 이념으로 작용하기도 했지만, 오히려 더 많은 경우 타인종과 타민족을 멸시하는 이데올로기, 그들을 탄압하는 명분으로 사용된 점을 우리는 기억하고 있다. 더욱이 이들 민족주의는 대부분 반공주의를 내세우고 있다는 점에서 기실은 민족의 이익을 찾자는 내용이 아니라 다분히 민족내 특정 세력의 이해 관계와 맞물려 있었다. 특히 심리학자 빌헬름 라이히(Reich)가 말하였듯이 이러한 국수주의적·침략주의적 민족주의는 다분히 이들 세력의 콤플렉스에 바탕을 두는 경우가 많은데, 그것이야말로 가장 위험한 것이다. 즉 자신의 약점을 만회하기 위해 자기보다 더 약한 사람에게 두세 배의 보복을 가하기 때문이다. 일본의 침략주의야말로 미국을 비롯한 서구에 대한 콤플렉스에 기초한 것이었다.

민족주의로 가장한 해방 후의 극우 반공주의나 오늘날 『조선일보』의 매카시즘 역시 이와 다르지 않다. 그들은 친일 행각의 원죄 의식에서 벗어나기 위해 광적으로 반공주의에 매달렸다. 한국의 우익들이 갖는 콤플렉스는 바로 친일 콤플렉스이다. 건강한 우익, 자유 민주주의를 위해 애쓰고 투쟁한 경력이 있는 건강한 자유주의 세력에게는 이러한 콤플렉스가 있을 리 없다. 자유 민주주의야말로 본질적으로 개방의 이념이고 해방의 이념이며 관용의 이념이기 때문이다. 그러나 자신을 친일 분자라고 공격하는 좌익이 무서워 우익이 된 사람들은 다르다. 오늘날 일본이나 한국의 초등학교에 존재하는 이지메 문화라는 것도 바로 콤플렉스에 중독된 사회, 콤플렉스를 건강하게 풀 수 없는 사회에서나 나타날 수 있는 현상이다. 즉 자신이 외톨이가 되지 않기 위해 약한 아이를 '왕따'로 만들고, 그 아이를 공격함으로써 자신에게 가해질지도 모르는 공격으로부터 벗어나고자 하는 심리야말로 개인이 스스로의 힘으로 판단하고 자신의 힘으로 서는 것을 훈련받은 경험이 없는 우리의 폐쇄된 정치 문화의 반영이라고 할 것이다.

사상의 자유가 존재하지 않았던 조선 시대에는 사문난적(斯文亂賊)이라 해서 기존의 지배적인 이념에 위협을 주는 사상들을 금압하였고, 그러한 생각을 갖는 인물들을 엄격히 처벌하였다. 그러나 이러한 방식의 사상 탄압은 통치 행위와 종교가 분리되지 않았으며, 통치의 기반이 종교를 비롯한 절대화된 이념에 기초한 사회에서나 가능한 일이었다. 이러한 사회에서는 개인의 사상과 양심의 자유가 사회 질서의 근본을 이루기보다는 왕에게 부여된 신성한 권력이 체제 유지의 기초가 되었기 때문에 사상적인 차원에서 지배적인 이념을 비판하는 것은 곧 체제에 대한 도전으로 받아들여진 것이다. 그러나 이러한 전근대 조선 사회에서조차 상대방이 자신과 다른 입장을 갖는다고 해서 무조건 죽이지는 못했다. 특히 인문학적 교양을 쌓은 양반 지식인들이 지배하는 조선 사회에서 정치 투쟁은 최소한의 사상적 기반이나 명분에 바탕을 두고 있었다. 즉 상대방을 없애려는 정치적 의도가 있었다고 하더라도, 그것은 지식과 실천의 일치라는 기본 정신에 바탕을 두고 있었기 때문에 '공적인 의리'와 '공적인 맑은 의논'을 기준으로 싸웠다. 즉 당시의 이론, 사상 투쟁은 나름대로의 규칙을 어기지 않아야 한다는 정신에 인도되고 있었다는 것이다. 그러나 식민지 시기 이후 지식 사회에서는 이러한 최소한의 명분도 사라졌다. 오직 생존을 위한 기회주의 처세만이 공격적인 논리 뒤편에서 숨쉬게 되었다.

　인간의 행동, 특히 지배층의 행동을 좌우하는 사상과 원칙이 없을 경우, 그 사회는 약육강식의 원리와 게임의 룰 자체가 존재하지 않는 야만의 상황으로 빠지게 된다. 권력 장악과 돈벌이를 위해서라면 수단과 방법을 가리지 않는 행태들이 바로 그것이다. 염치가 통용되지 않고, 자식이 자신을 배울까 두려워하지 않는다. 이 경우 자식을 잘 먹이고 잘 입히려는 동물적인 본능만이 인간사를 지배하는 원칙이 되고, 가족을 벗어난 사회에서는 어떠한 법도 규범도 무력화된다. 법을 지키는 사람이 바보가 되고, 법을 어기는 것이 상례가 되며, 법을 어기고도 권력을 잡거나 돈을 번 사람은 비판받기보다는 선망의 대상이 된다. 그러한 사회에서 살아남은 권력자나 어른들에 대해서 사람들은 머리를 조아리지만 존경하지는 않는다. 그러한 사회에서 생각하는 것은 사치이며, 원칙을 따지는 사람은 융통성 없는 사람으로 간주되고, 오직 약삭빠른 처신과 본능에 충실한 행동만이 암암리에 권장된다. 철학이 없는 사회, 사상이 없는 사회, 생각이 없는 사회, 비판과 토론이 없는 사회는 그 사회를 이끄는 지성의 부재, 사상의 부재와 동전의 양면을 이룬다.

모든 지적인 작업이 정치적으로 해석되는 사회에서 지성은 사치에 가깝다. 모든 정치가나 정당이 오직 하나의 이념만 견지해야 한다고 강요되는 사회에서 자유로운 사고와 창의적인 토론이 꽃필 수는 없을 것이다. 승리의 철학, 약육강식의 철학만이 존재하는 사회에서 독서는 오직 생업의 경쟁 수단일 뿐이며, 토론과 논쟁은 불필요한 군더더기에 불과할 것이다. 그리하여 모든 사람은 정치꾼이 되고 장사꾼이 되어 온 천치는 정치꾼과 장사꾼이 판을 친다. 대학에서는 정치 교수가 열심히 학문 활동을 하는 교수를 무시하고, 이공계의 교수들은 진정하고 독창적인 연구 성과를 내기보다는 기업의 프로젝트 따는 데만 관심을 기울이게 된다. 언론은 공공의 기능보다는 돈벌이에 치중한다. 학생들은 학문보다는 취업과 출세에 온 신경을 기울인다. 사회에 만연한 무이념·무사상·무도덕의 행태는 바로 한국에서의 지성의 부재를 반영하는 것이며, 한국에서의 지성의 부재는 바로 식민지 시기 이래 계속

되어 온 매카시즘과 사상 통제, 흑백의 정치 논리와 매우 깊이 연관되어 있다. 주장과 입장을 내세우는 것이 이렇듯 위험한 사회에서 어떻게 창의적 사고나 감동을 주는 지성이 있을 것이며 시대를 선도하는 사상이 나타날 수 있겠는가? 일찍이 신채호 선생은 20세기 조선인이 인류 문명을 선도하는 일류 국가가 되리라고 했지만, 우리는 아직 그 문턱에도 못 와 있다. 21세기를 말하기에는 아직 분단과 매카시즘의 그림자가 너무나 짙다. 도그마가 된 유교가 조선을 망하게 하였듯이, 도그마가 된 반공주의가 우리 사회를 또다시 질곡에 빠뜨리지 않을까 우려된다.

레토릭으로 남은 한국의 자유주의

1

　1950년대 후반 전쟁의 폐허더미 위에서 소설가 박종화는 다음과 같이 북한군이 남한을 점령하였던 공산 치하의 '지옥'을 벗어나 '다시 찾은' 자유의 기쁨을 노래하였다.

　　……
　　자유대한의 푸른 하늘엔
　　학두루미가 펄펄 나르네
　　춤을 추네
　　얼마나 그리웠던 자유였더냐
　　우리 지금 자유 찾았네
　　사람이 누릴 수 있는 자유를 가졌네
　　……

　이 시가 씌어진 1950년대는 전쟁 자체를 직접적으로 체험할 수 없는 신체 허약자, 병역 기피자 들만이 살아남아서 도시를 방황하였고, 살아남은 사람들도 전사자들 이상으로 전쟁의 상처로 신음하던 때이다. 정치적으로는 "입으로는 미사여구를 늘어놓으면서도 행동면에서는 폭력단의 보스로서 몽둥이를 휘두르며 동포들을 폭력으로 억누르던" 이승만 독재 정치의 말기적 증상이 노골적으로 드러나던 시기였다. 인구의 70퍼센트에 달하던 농민들이 고리채에 시달리고, 30만 명의 절량 농가가 보릿고개로 신음하며, 수많은 고학생들이 피를 팔아 힘겨운 생계와 학업을 이어 가던 때이다. 도시의 청년들은 전쟁의 잿더미 위에서 실존주의에 탐닉하여 극단적인 절망, 허무주의에 빠졌으며 구미 문화의 쓰레기를 주워 섬기는 넋 나간 삶을 살아가고 있었다. 『경향신문』이 강제로 폐간되고 국민의 사상과 양심의 자유를 억압하는 것을 내용으로 하는 국가보안법의 개악안이 통과되었다. 이러한 조건에서 민주주의 혹은 자유라는 말은 정치가의 레토릭이거나 책 속의 현실과 실제 현실을 착각하면서 살아가는 몽상자의 잠꼬대와 같은 것이었다고 해도 좋을 것이다.

그런데 이러한 처참한 가난과 고통의 시대, 우익이 아니면 좌익으로 지목되는 단세포적 사회 심리의 상황, 영어 몇 마디를 할 줄 아는 것이 자랑거리가 되는 사회, '우리의 맹세'와 같은 전체주의적 국민 구호가 암송되는 사회에서 도대체 '자유'의 기쁨을 노래하며 그러한 상황을 학두루미가 펄펄 나른다고 해석한 것은 무엇을 말하는가? 어떻게 절망과 허무의 땅, 실향의 고통을 삭일 수 없는 낯선 땅이 유토피아가 될 수 있겠는가?

만약 그러한 상황을 '자유'라고 한다면, 그것은 사회 혹은 타인으로부터 분리되고, 가족과 고향에서 분리된 자의 슬프도록 고독한 비극적인 '자유'였을 것이다. 그렇지 않다면 그것은 바로 박종화가 외치고 있듯이 지옥과 같은 "공산 치하에서 벗어나" 자유 대한민국에 살아남게 되었다는 생존자의 안도의 한숨 외에는 아무것도 아닐 것이다. 그것은 자유에 대한 본체론적 가치, 즉 인간의 정신과 활동의 기초인 자유를 지키고 그것을 억압하는 모든 형태의 국가 권력·관습·편견으로부터 벗어나려는 의지 혹은 신념과는 거리가 멀고, 스스로가 물질적 욕망, 맹목적인 반공주의, 정신 나간 친미 사대주의의 노예가 되어 버린 추한 모습을 포장하기 위한 수사였을 가능성이 높다. 이승만 정권 말기의 이승만 숭배나 4·19 혁명 당시에 이들이 보여주었던 모습을 통해 우리는 이러한 '자유'의 이념이 자유를 억압하는 세력과의 투쟁을 선언하는 것이 아니라, 자유를 억압하고 가부장적 권위로 내리누르는 가짜 자유주의 세력의 편을 들고, 국가로부터 '개인'을 분리시키자고 주장하기보다는 개인은 국가의 일부라고 강조하는 논리였다는 것을 확인할 수 있다.

실제 지금까지 한국에서의 자유주의는 국가의 공식 지도 이념인 획일주의적인 반공주의의 다른 말이었다. 즉 현대 한국에서 자유주의(liberalism)는 절대주의 억압과 봉건적 미망에 대한 투쟁과 그것으로부터 벗어나기 위한 개인의 해방(liberation)의 이념이었다기보다는, 공산주의와 집산주의로부터의 '국가'의 '해방'의 이념, 국가 대 국가간의 대립 질서 속에서 적대 국가에 대한 투쟁과 증오의 이념이었다. 반공 획일주의와 자유주의는 그 자체로서 형용 모순인 셈이다.

그런데 출발점 당시 한국의 반공주의는 '자유'를 지키자는 이념이 아니라 친일 경력을 은폐하기 위한 자기 정당화의 논리였다. 해방 직후 남북한에서 자연 발생적으로 전개된 친일파 처단 움직임과 그들이 일제에 협력하여 모은 재산을 환수하자는 분위기는 이들에게 위기 의식과 공포심을 가중시켰다. 이들에게 자유는 곧 재산권의 보호, 그리고 자신의 재산권을 보호해 줄 수 있는 체제에 대한 무조건적인 옹호를 의미하였다. 국가주의로서의 반공주의는 곧 일제하에서의 군국주의에 투항하였던 지식인들의 정신 구조를 연장한 것이다. 일제하에서 개량주의적인 민족 운동에 종사하다 급기야는 황국 신민으로서의 여성 계몽에 앞장선 '자유주의자' 모윤숙이 6·25가 터지자 「국군은 죽어서도 말한다」라는 애국 시를 쓰면서 대한민국 건국과 수호의 일등 공로자가 된 것이 그 대표적인 예이다. 1950년대 '자유' 개념의 허구성은 바로 '반공' 개념의 불구성에서 기인한다. 송건호는 한국 반공주의를 다음과 같이 비판한다.

> "우리 나라 반공은 가짭니다. 친일파들은 대세에 좇는 거예요. 원래 친일파와 반공은 다른 개념이지만, 실제로 이들은 똑같은 사람들이에요. 친일파들이 반공을 한 겁니다. 대체로 일제 시대에는 친미국, 친이승만으로 반공 투사가 되었죠. 지나친 말인지는 몰라도 한국의 반공은 진짜 반공은 아니에요."

그가 말하는 진짜 반공이라는 것은 무엇인가? 아마 그것은 긍정적인 이념으로서의 자유주의를 말하는 것일 게다. 그러나 가짜 반공은 이념이 아니라 편의의 논리, 처세의 논리, 상황의 논리, 사대주의의 논리라는 말일 것이다. 즉 현대 한국에서 '자유'의 논리라는 것은 자유를 제약하는 정치·경제·사회 상황에 대한 비판과 저항의 논리가 아니라 친일의 경력을 은폐하고 기득권을 유지하기 위한 동기 위에서 그러한 자신의 태도를 가장 강력하게 비판하였던 좌파들에게 대항하기 위한 논리라는 말이다. 따라서 반드시 한 몸을 이룰 필요가 없는 자유와 반공, 자유와 친미가 언제나 한국에서는 일체화되어 존재하는 것도 바로 이러한 조건 때문일 것이다. 서구에서 근대의 여명기에 피로써 쟁취되었던 자유의 개념은 냉전의 소용돌이 중심에 서 있던 1950년대 한반도에서는 이처럼 누더기의 몰골로 나타났다. 시인 고은이 말하는 것처럼 일종의 독재 체제인 전쟁의 상황에서 자유라는 것은 그 얼마나 사치스러운 개념이었는가? 그것은 라스키가 말한 바 자유의 비결인 "저항하는 용기"와는 거리가 멀었으며, 아마 살아남은 자들의 수치심과 공포가 뒤섞인 신음 소리였는지도 모른다.

2

물론 서구의 역사에서도 자유가 언제나 절대 권력과 봉건적 족쇄로부터의 해방을 지향하는 전복적인 이데올로기로 기능했던 것만은 아니다. 독일의 자유주의자들은 파시즘에 투항하였으며, 정치적 자유를 포기하고 '경제의 자유'만을 구가하였다. 미국의 자유주의자들은 귀족 세력이나 봉건 세력과 심각하게 투쟁해 본 역사가 없다. 특히 냉전 질서가 정착되는 1950년대 미국에서의 자유주의도 한국과 동일한 성격을 지니게 되었다. 밀스(Mills)는 "전후의 자유주의는 정치 철학을 지칭하는 것이었다기보다는 마르크스주의를 공격하는 무기로서 사용되었으며 하나의 레토릭이었다"고 말한 바 있다. 결국 냉전하에서 미국의 자유주의란 프리드만(Friedman)이 주장하는 바 곧 재산권과 자유 무역을 옹호하고 평등주의나 국가 개입주의를 배격하는 사상이었다. 재산권의 배타적인 옹호가 곧 무산자에 대한 지배를 정당화하는 논리라고 본다면, 이러한 자유주의는 곧 "갖은 수사를 통해 자신의 비판자로부터 가진 자의 편중된 권력을 보호하는" 이데올로기일 것이다. 이 경우 자유란 곧 공산주의 및 그들과 동조하고 있다고 간주되는 사람들에 대한 인권의 제약, 자유의 제약을 정당화하는 논리가 된다. 자유주의는 독재와 결합한다. 이것은 자유주의의 가장 타락한 형태이다.

마르크스주의가 그러하듯이 자유주의에 있어서도 하나의 자유주의는 존재하지 않으며, 홉하우스(Hobbhouse)식의 노동자의 권리를 인정하자는 사회 민주주의적인 자유주의에서, 자유로운 기업 활동, 자본주의적 생산이 곧 자유라는 현존 사회주의 붕괴 이후 동구에서 사용된 자유주의, 그리고 냉전하 한국과 미국에서처럼 공산주의에 대항하기 위해 자본의 독재와 군사 통치도 필요하다는 '냉전 자유주의'도 존재한다. 자유의 이념, 혹은 자유의 이념을 견지한 자유주의자들이 어떻게 처신하고 어떠한 사고를 견지하는가 하는 문제는 그들이 처한 역사적 조건, 경제적 기반, 정치적 역학 관계에 따라 달라질 것이다. 대체로 자유의 이념은 언제나 보수의 이념 혹은 전통주의와 대립항 속에서 존재하며, 동시에 자유의 이념을 부정한 진보의 이념, 즉 사회주의 논리와의 대결 양상과 대결 시점에 따라 '자유'와 자유주의는 다양한 내용을 지니게 될 것이다. 즉 자유주의는 가족, 국가라는 공동체 가치와의 대면의 과정, 그리고 특정한 경제 제도의 운영 과정, 그리고 국제 정치적으로는 사회주의라는 새로운 정치체의 등장 및 그것과의 긴장 속에서 자신의 모습을 구체화해 내게 된다.

그래서 자유주의자들은 때로는 군주제, 민주주의, 자유 무역, 노동조합 조직, 국가의 경제 개입, 복지 국가 등에 찬성하기도 했고 또 반대하기도 했다. 그러나 그들은 공동체를 인정하지 않는 점에 있어서는 공통성을 갖고 있었다. 그들은 모두 사적인 것을 공적인 것과 분리하여, 자신과 자신을 둘러싸고 있는 세상과 담을 치고서 자기 내면의 영역을 지키려 하였다. 양심의 자유, 생각의 자유와 그것에 기초한 개인의 자발적인 선택은 자유주의자들이 양보할 수 없는 최후의 성역이었다.

조선조 붕괴 이후 한국에서 자유주의를 말할 때, 식민지 지배, 가족과 국가라는 이중의 억압으로부터 자유주의자들이 어떻게 벗어나려 하였는가 하는 것이 가장 큰 쟁점이 된다. 한국의 자유주의자들은 출발부터 식민지 권력, 가족과 국가라는 집합체로부터 스스로를 분리시키지 않고서는 자유의 가치를 확보할 수가 없었다. 그런데 일제 식민지 지배 체제는 자유주의가 안고 있는 이중의 과제를 분열시켰다. 즉 식민지 국가는 유교적인 가족, 친족, 농촌 공동체를 해체시킴으로써 '자유'의 기반을 열어 주면서도 동시에 자신의 경험과 생각을 자유롭게 말할 수 있는 권리, 그것을 행동으로 옮길 수 있는 권리 등 정치적 자유주의는 철저하게 억압하였기 때문이다. 일제는 아직 물질적·정신적 기반을 갖추지 못한 부르주아를 대신하여 조선의 봉건 세력인 양반 관료들을 굴복시키는 데 성공하였다. 결국 한국의 전통적인 왕조나 양반 질서는 일제에 의해 무참하게 뭉개졌는데, 그것은 그들이 의도한 것은 아니었으나 우리의 근대화와 민주화에 매우 긍정적인 역할을 하였다. 그러나 이것은 동시에 자유주의의 적을 가시권에서 제거하는 효과를 가져왔고, 막 태생하는 자유주의의 균형추를 상실하도록 만드는 역할을 하였다. 즉 일제는 사상과 양심의 자유, 정치적 자유, 결사의 자유는 엄하게 제한하였으나, 양반 지주 세력의 물적 기반은 약화시킴으로써 경제적 자유의 길을 활짝 열어 놓았다. 국가에 순응하는 범위에서 기업 활동은 허용한다는 것이 바로 그것이었다. 그것은 '욕망'의 자유였으며 벙어리 상태에서의 자유였다.

분단과 냉전 질서 아래에서 '자유'에 대한 최대의 적은 반공주의라는 국가주의였다. 그것은 일제 식민지 지배의 흔적을 강하게 갖고 있는 최고·최상의 지배 이데올로기, 즉 국시로 자리 잡았으며, 국가보안법으로 법제화된 강제력이었다. 반공주의와 그 물리적인 실체인 국가보안법은 자유의 가장 일차적인 조건인 양심의 자유, 사상의 자유를 근본적으로 제약하였다. 국가보안법하에서 대중의 일상의 경험들은 자유롭게 표현되지 못했고, 특정한 해석만이 정신·문화의 세계를 독점하였다. 자유로운 선거에 의해 국민의 대표를 선출할 수 있다는 자유 민주주의의 이념은 실제로는 좌익은 피선거권을 가질 수 없다는 근본적인 한계 내에서만 적용되었다. 그래서 이어령이 말한 것처럼 "한국의 작가들은 옛날이나 오늘이나 원고지의 백지를 대할 때마다 총검을 든 검열자의 어두운 그림자를 느껴야 했다." 사회과학자들 역시 마찬가지였다. 사회과학자들은 한국전쟁이 끝난 후 10년 이상 한국 사회를 본격적인 분석의 대상으로 삼지 못했다. 그후에도 오랫동안 허구를 말하는 자유를 가진 소설가들의 은유와 비유가 사회과학자들의 현실 분석을 대신하였다. 1980년대에 와서도 대다수의 사회과학자들은 국가 대신에 '정부'를, 계급 대신에 '서민', '국민' 그리고 '민중'이라는 개념을 사용하지 않을 수 없었다.

자유주의는 국가의 사상 통제에 의해서만 제약된 것은 아니었다. 경제 성장을 향한 국민적인 동원 체제는 자유가 숨쉴 수 있는 공간을 허용해 주지 않았다. 지난날 자본주의 진영에서 '반자유주의'로서 국가주의는 언제나 경제 성장주의와 궤도를 같이한 예가 많다. 우리 나라의 경우 박정희가 "자립 경제의 과업을 달성하지 못하고서는 우리가 부르짖는 민족의 자주, 자립과 국가의 독립, 개인의 자유, 자유 민주주의라고 하는 것은 전부 공염불에 지나지 않는다"고 단언한 바 있다. 그것은 바로 군사 독재의 철학이었다. 이러한 상황에서 '자유주의'가 설 수 있는 기반은 극히 협소하였다. "나라가 망했는데, 자유는 무슨 자유인가?" 하는 일제 시대 저항 운동가들의 논리는 "나라가 빈곤에 허덕이고 있는데 자유는 무슨 자유인가?" 하는 국가 주도 성장주의와 일맥상통하는 점이 있다. 민족 공동체와 국가 공동체가 개인의 운명을 좌우하는 상황 속에서 개인, 개성, 양심, 자율의 가치가 설자리는 거의 없었으며, 이 경우 '자유'는 차라리 사치였다.

그러나 분단된 국가는 '자유 민주주의'를 표방하였고, '정치적 자유'를 억제하는 대신 과거 일제하에서 그러했듯이 경제·종교·문화의 영역에서 자유를 허용하였다. 따라서 경제적 자유와 종교의 자유는 무한대로 확장되었다. 돈버는 일이라면 무슨 짓이든지 허용되었으며, 교회를 건설하고 선교 활동을 하는 것은 완전한 자유의 영역에 속했다. 경제의 자유와 종교의 자유가 투쟁에 의해서가 아니라 거저 주어진 것이었던 만큼, 기업가와 기독교인 들은 자유의 진정한 가치와 의미에 대해서는 거의 생각해 볼 겨를이 없었다. "한국의 많은 시민들이 자유주의가 그렇게 우월한 까닭을 잘 아는 것은 아니다.…… 스스로를 자유주의자로 여기는 시민들의 의견을 살펴보면 자유주의적 빛깔보다 전체주의의 빛깔이 오히려 짙은 경우도 흔하다"는 복거일의 한탄은 바로 경제 활동의 자유와 종교의 자유가 한국 부르주아의 투쟁의 산물이 아니었다는 우리 근대사의 시원에서 유래하는 것이다.

이러한 정치 경제 상황이 한국 자유주의의 기반을 이루었다. 그러나 그것은 동시에 자유주의를 지지할 수 있는 주체의 결여, 중간 계급의 결여, 시민 문화, 즉 도시 문화의 결여에 기인하는 것이다. 도시는 원래 억압과 권위와 관습, 미신 등으로 미만된 봉건의 유습과 농촌 공동체의 질곡으로부터 개인을 해방시켜 주는 문명과 진보의 공간이지만, 동시에 자신의 욕망과 생각을 주위의 눈치를 보지 않고 마음껏 표출할 수 있는 해방구이기도 하다. 도시의 세련됨은 바로 문명과 진보를 상징하는 것이다. 그러나 한국의 도시는 자유의 산실로서보다는 통치의 중심, 쓰레기 적하장으로서 역할을 더 많이 해 왔다. 한국의 근대 도시는 식민 통치의 중심이었으며, 그에 기생하던 집단의 생존의 근거지였다. 해방과 전쟁 이후 도시는 피난자, 범죄자의 해방 공간이었고, 전쟁으로 가족을 잃은 상처받은 사람들의 허무와 방황의 공간이었지, 자유를 향한 건설의 공간으로서는 별로 기능하지 못하였다. 도피자들, 가족을 잃은 자들로 구성된 1950년대 한국의 도시인들은 가부장주의와 권위주의로부터는 점점 벗어나기 시작했으나, 그것에 용감하게 맞서서 새로운 윤리나 규범을 세울 수 있는 한국의 도시 문화를 건설할 수 있는 정신적 여유는 갖지 못했다. 오히려 도시의 청년들이 친족과 가족 내 어른 눈치를 보지 않고 마음껏 거리를 방황할 수 있는 '자유'를 가졌다는 점에서, 그리고 미군들이 남기고 간 영어 몇 마디를 중얼거리면서 프랑스 실존주의 철학을 읊조릴 수 있었던 공간이었다는 한도 내에서만 진보의 편에 서 있었다.

즉 한국의 도시에서는 스스로 판단하고 행동할 수 있는 능력을 갖지 못한 신민(臣民)으로서의 개인, 경제와 종교의 영역에서는 마치 국가나 공동체가 마치 존재하지 않는 것처럼 행동하는 '이기적이고 무도덕적인 개인'이 공존하였다. 자유에 대한 참된 애착은 그것이 가져다줄 개인적이고 물질적인 이득에 대한 전망에서 유래하는 것은 아니지만, 우리에게 자유는 바로 적나라한 이기심의 발동, 욕망의 추구와 동일시되었다. 여기서 자유와 굴종은 동전의 양면을 이루고, 자유는 무책임성과 공존하였다. 정비석의 '자유 부인'은 봉건적인 가정 주부의 굴레에서 '자유'를 추구하는 데는 성공하였지만, 그러한 자유를 지킬 수 있는 능력을 갖춘 새로운 인간형을 보여주지는 못했다. 1950년대 한국에서 나타났던 실존주의와 허무주의, 친미 사대주의는 바로 '원자론적인 자유'의 추구, 혹은 신민의 윤리와 공존하는 한국식 자유주의의 모습이었다.

그 반면 한국에서 도시가 진정한 자유의 산실, 시민이 숨쉴 수 있는 공간으로서 역할을 하였다면, 그것은 1950년대 말 자유당에 반대하는 '정치적 공중의 형성'과 4·19에서 터져나온 저항의 물결이었을 것이다. 4·19 혁명은 '거짓 자유'를 '진정한 자유'로, '욕망의 추구'로서의 자유를 '민주주의에 대한 책임'으로, '반공 자유주의'를 '자유 민주주의로' 변화시키려는 최초의 시도였다. 4·19 혁명은 억압을 자유라고 강변해 온 기성 세대와 한국의 지배층에 대항하여 '경험을 자유롭게 말할 수 있는 용기'를 가진 청년들의 외침이었다. 이 사건을 계기로 한국에서는 과거와는 모습을 달리하는 진정한 자유주의자들이 탄생하게 된다. 5·16 군사 쿠데타와 지방 자치 제도의 폐지, 국가 주도의 성장주의 전략으로 자유의 공간은 또다시 축소되었지만, '자유'를 외쳤던 학생들은 이후 새로운 자유주의 집단으로 살아남게 된다.

3

물론 근현대 한국에서 가장 일반적으로 존재해 왔던 반공 자유주의자, 민족 허무주의자, 얼치기 근대화론자 들을 자유주의자가 아니라고 말할 수는 없을 것이다. 그들은 집단이나 공동체보다는 개인을 중시하였으며, 사회주의 경제 체제를 반대하면서 시장 경제와 자본주의를 구세주처럼 여겼고, 일당 독재 체제에 회의하면서 의회 민주주의를 지지했다는 점에서는 분명히 자유주의자이다. 그러나 그들은 언론 · 출판 · 사상과 양심의 자유가 '반공'을 위해서라면 포기될 수 있다고 생각하였으며, 시장 경제를 옹호하지만 독점 자본의 지배에는 문제를 제기하지 않았으며, 자본과 권력이 유착하여 어떻게 다수의 '선택의 자유'를 제약하는가 하는 점에 대해서는 전혀 고민하지도 않았다는 점에서, '현존 자본주의 사회'에서 존재할 수 있는 자유주의자의 유형 중에서 가장 타락한 자유주의자들에 속할 것이다. 그것은 한국의 자유주의가 '자유'의 정신으로 충만된 자유주의가 아니라 '상처받은 자유주의'였기 때문일 것이다.

그러면 근현대 한국에서는 이러한 타락한 자유주의자들만이 존재하였는가? 그렇지는 않을 것이다. 이들 기득권을 누린 자유주의자들의 이면에는 진실로 자유를 추구하다가 신산(辛酸)을 맛본 존경할 만한 자유주의자들이 존재한다. 김우창이 말한 것처럼 "가장 소극적이면서도 가장 많은 사람들이 쉽게 동의할 수 있는 것은 가장 직접적인 의미에서의 정치적 자유"라고 본다면, 정치적 자유를 위한 투쟁은 곧 봉건적인 권력, 제국주의 지배 체제, 반공주의를 내세운 군사 통치와의 투쟁을 요구하였고, 우리는 한국 근현대사의 궤적에서 인간의 정치적 자유를 억압하는 권력에 대항해 온 상당수의 자유주의자들을 발견할 수 있다. 일제 식민 통치에 맞서서 자주 독립을 주창하였던 서재필 등 독립 협회의 계몽적 지식인들, 3 · 1 운동과 이후의 항일 학생 운동에 가담하였던 청년 학생들, 교육 문화 운동을 통해 일제에 저항하였던 우파 지식인들이 그에 속한다. 해방 이후에는 이승만 독재나 박정희 군사 독재에 맞섰던 개신교 목회자들과 일부 기성 정치가들, 초기 반공주의 필봉에서 점차 반독재의 선봉장으로 나선 『사상계』의 지식인들이 그러한 부류에 속할 것이다.

그리하여 언론·사상 탄압과 전향 공작이 기세를 부리던 1970년대까지 한국에서는 서구에서라면 자유주의자로 지목될 사람들을 반체제·반정부, 심지어는 용공적인 인사로 만들었고, 무이념·무사상의 자기 이익만을 좇아서 행동하는 기회주의자, 출세주의자를 자유 민주주의자로 탈바꿈시켰다. 함석헌, 장준하 등 남한이 좋아서라기보다 북한이 싫어서 월남한 일부 기독교 인사들이 바로 반체제 인사가 된 자유주의자들이었다. 자유주의자들이 숨쉴 공간을 열어 주지 않았던 1970년대 남한의 지배 질서를 향하여 그들은 가장 용감하게 투쟁할 수 있었다. 그러나 그들이 그렇게 용감하게 투쟁할 수 있었던 것은 그들이 단순히 철저한 자유주의자였기 때문은 아니었다. 사실 일제 말기 이후 자유주의의 모국인 미국의 문화를 흡수한 지식인이나 기독교 인사들 중에서 군사 통치에 적극 저항한 사람은 거의 없었다. 미국에서 배운 자유의 이념은 일제 시대에 윤치호가 그러했듯이 유교 문화나 봉건 질서를 반대하는 논리로서는 역할을 하였으나, 우리의 조건에서 자유를 적극적으로 찾아 나아가는 이념으로 기능하지는 못했다. 즉 자신이 처한 민족적·사회적 현실에서부터 출발하지 않는 자유의 이념이 곧 자유의 억압에 대한 투쟁의 무기로 변하지는 않았다는 말이다. 사상이라는 것이 바로 자신에 대한 성찰에서 출발한 것이라고 한다면, 배워 온 이념이 곧 '사상'으로 발전되기는 어려웠던 것이다.

1970년대 반체제 인사가 된 자유주의자들은 기실은 식민지 시기 이래로 민족적 현실에 이미 눈을 떴던 사람들이고, 자유의 실현을 민족의 독립과 견주어 생각해 본 경력을 가진 사람들이었다. 즉 일제하에서 민족의 독립을 찾지 않고서 자유를 찾을 수는 없는 것이고, 일제의 폭정을 물리치지 않고서는 개인이 품위를 지키면서 사는 것이 불가능하다는 사실을 체험한 사람들이었기 때문에, 이승만의 거짓 자유주의와 박정희의 유신 통치에 저항할 수 있는 내적 에너지를 가질 수 있었던 것이다. 반면에 민족의 문제를 회피하고 '개인'의 자유를 찾으려 했던 사람들은 군사주의와 엄혹한 유신 통치에 저항하지 않았다. 즉 이론적으로 자유주의는 공동체 혹은 집단을 우선시하는 민족주의와 양립할 수 없지만, 개인의 운명이 민족과 일체화된 조건에서는 민족을 무시한 자유는 존립할 수 있는 근거가 없는 것이다. 우리는 초기 자유주의자였던 김규식이 어떻게 민족주의자로 변하는가 하는 사실을 통해서도 바로 한국에서의 자유주의가 어떤 방식으로 존재할 수밖에 없었는지 확인할 수 있다.

'정치적 자유'를 위해 투쟁하지는 않았지만 자유주의의 가장 근본적인 원리인 개별자로서 인간의 개성의 자유와 인격의 자유를 추구하면서 유교적인 가부장적인 문화, 명분과 체면의 도덕률, 가족주의 질서를 근저에서 부정했던 사람들 역시 무시할 수는 없을 것이다. "우리 해방은 정조의 해방부터 할 것이니 좀더 정조가 문란해지고 다시 정조를 고수하는 자가 있어야 한다"고 주장하면서 여성에게 들씌워진 유교적 규범을 근본적으로 비판한 나혜석과 같은 선각자나, 물려받은 재산을 탕진하고 처자를 남 보듯이 하면서 오직 시인으로서의 자유로운 삶을 추구했던 김수영 같은 사람들에게서도 이러한 자유주의적 실천의 편린들을 읽을 수 있다. 이들은 정치적 자유를 위해 투쟁하지는 않았지만, 개성과 자유를 제약하는 문화적 굴레를 벗어 버리기 위해 투쟁하였으며, 그러한 투쟁은 정치적 투쟁 못지않게 그들에게 고통을 가져다 주었다. 나혜석을 비롯한 일제 시기 신여성들의 파란만장한 삶은 바로 한국에서 자유주의자로 살아가는 것이 얼마나 험난한 것인가를 웅변적으로 보여준다.

물론 자신의 양심을 지키는 것도 버거운 상황에서 내면의 울림을 소중하게 여기며 양심의 자유를 추구한 사람도 있었다. 이들은 평등 이념으로 개인의 판단 자유를 제약하는 사회주의에 대해서는 거부감을 가졌지만, 동시에 자유의 이름으로 반공을 강요하는 거짓 자유 민주주의와도 화해할 수 없었다. 우리는 김성칠의 일기에서 이러한 자유주의자의 고뇌를 읽을 수 있다. 그는 자신이 본디 "대한민국의 그리 충성된 백성이 아니었다"고 고백하면서, "내 기회주의는 한 번도 어느 한편이 승세인가 하고 기웃거리지 아니하였고, 어느 편이 올바른가 하고 마음속으로 따져 보기는 하였으나 어느 편에 좇아서 보다 더 출세하려는 생각은 털끝만큼도 품어 본 일이 없으므로 내 양심에 물어 보아도 부끄럽지 아니하였다"고 양심의 판단을 가장 중요시하였다. 즉 남북한이 서로 교차하는 난리통에 양측에 대해 "애국자임을 억지로 증명해야 하는" 질서에 거부감을 가진 진정한 자유주의자였다고 볼 수 있다. 그러나 남북한은 그러한 사람조차도 생존할 수 있는 공간을 허용하지 않았다. 그리하여 한국전쟁이 끝났을 때 북한에서는 물론 남한에서도 자신의 양심과 자기 개인의 판단을 가장 앞세울 수 있는 사람은 거의 살아남지 못했고, 이승만의 폭력을 '자유 대한'이라고 찬양하는 사람들만이 자유 민주주의자로 행세하였다.

우리의 비극은, 타락한 자유주의자들에 비해 내면의 판단을 중시하면서 '정치적인 행동'으로 그것을 표현한 양심적 자유주의자들의 수가 너무나 적었다는 사실이며, 초기에 '비정치성'을 강조하면서 양심적 자유주의자로 출발한 사람들 중 상당수는 결국 친일, 친미, 친군사 독재, 대세 추종주의, 인격적 파탄 등으로 특징 지어지는 타락한 자유주의자로 변질되었다는 점에 있다. 일제하 조선의 천재요 선각자였던 춘원 이광수의 일제 말기 친일 행각은 가장 전형적인 예에 속할 것이다. 안창호를 가장 존경하였던 이광수는 안창호를 따라 자치, 실력 양성, 민족 개조를 표방하는 문화 운동을 전개하였고, 그의 문학은 문화 운동의 한 수단이었다. 그가 모든 소설에서 자유 연애를 주창한 것은 혼인을 가족간의 결합으로 정의하였던 유교적 도덕률에 대한 가장 강력한 반발이자, 개인을 가족 위에 두는 자유주의의 기본적인 원칙을 중시한 것이었다고 말할 수 있을 것이다. 그러나 이러한 '탈정치적' 문화 운동은 결국 한국인에게 조그마한 '정치적 자유'의 공간도 허용하지 않았던 일제가 표방한 통치 정책과 결과적으로는 합치하는 것이었다. 그들은 정치적 자유를 포기하고 문화적 자유를 추구하였고, 문명인·개화인을 추구하였으나 결국 문화적 자유조차 누리지 못하는 인격 파탄자가 되었다.

　이들 문화적 자유주의자들이 갖고 있는 공통적인 특징은 1950년대 어떤 외국인이 지적한 것처럼 한국 문화나 역사에 대한 경멸이었다. 한국의 문화에 대한 경멸의 뿌리는 윤치호에까지 거슬러 올라간다. 그는 조선 말기에 고위 관리의 아들로 태어나 많은 재산을 물려받은, 조선의 제일 가는 부자였다. 그는 일본의 제국주의가 부여한 허구적인 자기 의식을 체현한 사람으로서 민족적 아이덴티티가 어떻게 붕괴하

느지를 보여주는 대표적인 사례이다. 그는 미국의 부강한 물질 문명을 접하고서 미국이나 서구를 모든 문명이 추구해야 할 전형이라고 파악, 강자 중심의 세계관을 갖게 되었다. 그는 결국 힘의 논리에서 우위에 서 있는 일본의 지배하에서 '조선 독립 불가능'이라는 사고를 갖고 일본의 내선일체(內鮮一體) 시책에 적극 협력하다가, 계속 발전하리라고 믿었던 일본이 패망하는 것을 바라보면서 자결하기에 이른다.

윤치호의 최후는 바로 근대 한국의 자유주의자의 비극을 집약해 보여준다. 근대화 과정에서 식민지로 전락한 조선의 처지에서 서구와 일본의 보편주의는 곧 자기 부정과 자기 해체를 강요하게 되고, 그것은 자신의 존재를 확인할 수 있는 정신적 기둥의 결여를 의미한다. 여기서는 역사적 경험, 문화적 정체성이라는 것이 들어설 자리가 없기 때문에 우월 문명의 약소 문명에 대한 지배만이 정당화되기에 이른다. 초기 미국의 물질 문명에 감복을 하고 그것을 배우기 위해 노력하였던 선각자들이 대체로 이러한 정신적 자기 분열의 과정을 겪게 된 것도 '보편주의'의 이데올로기적 성격을 바로 보지 못한 데 기인하고 있다. 자유주의 지향을 가진 선각자들이 사회주의의 이념을 견지한 사람들에 비해 일제 말에 친일화의 길로 나아가게 된 경우가 많은 것도 여기에 연유한다고 하겠다. 해방 후 한국 사회를 지배한 친미적 지식인의 행로 역시 이와 다르지 않다. 이 점에서 한국의 자유주의자들은 불행한 코스모폴리탄이었다.

결국 경제·사회·문화·사상과 양심의 자유의 존립을 위해 가장 일차적으로 요구되는 '정치적 자유'를 위해 투쟁한 자유주의자가 극히 희소하였다는 것이 한국 자유주의의 비극이었다고 볼 수 있다. 일제하에서 자유주의는 민족의 문제와 씨름해야 했고, 분단 이후에는 반공주의 국시와 씨름해야 했다. 즉 일제하에서 개인의 자유와 권리를 가장 심각하게 제약하는 정치적인 조건은 바로 일제의 파시즘적 지배 체제에 있었고, 그것을 제거하지 않고서는 자유의 존립 근거가 생겨날 수 없었다. 한국에서 자유주의, 자유 민주주의는 한태연이 주장한 것처럼 언제나 교양과 용기를 가진 지식 계급을 전제로 하는 것이었고, 지식 계급의 비판과 반항에 의해서만 유지될 수 있는 것이었다. 그러나 일제의 파시즘, 해방 후의 이념 대립과 분단에 지치고 지친 한국의 지식인들에게 이러한 교양과 용기를 기대할 수는 없었다. 그리하여 자유는 오직 레토릭으로만 남거나 정치와 절연된 영역에서의 극히 고립된 개인의 정신적 자유로만 남게 되었다. 그러나 여기서도 봉건의 속박에서 벗어나 문화적 자유를 누릴 수 있는 공간이 존재하였는데, 일제하의 자유주의자들 대부분은 정치적 자유를 향해서 투쟁하기보다는 신앙의 자유, 전통적 속박으로부터의 해방, 자유주의 신문화의 향유 등 문화적 자유를 주장하면서 정치적으로는 결국 일제의 황민화 정책, 억압 정책을 용인하는 친일의 길을 걷게 된다.

4

한국 자유주의의 역사는 바로 한국의 사상적 불구성의 역사이다. 앞서도 살펴본 것처럼 한국전쟁 후에 살아남은 한국의 자유주의자들은 사실상 정신적 불구자들이었다. 전쟁이 터지자 미군이 올 것을 학수고대하면서 "하늘에 계신 우리 아버지는 미국의 아버지시오, 이승만의 아버지시오, 트루먼의 아버지시오, 인류의 하나님이라는 말이다. 그러므로 미국 사람과 한국 사람은 한 아버지의 아들이시오 한 형제인 고로 형제가 난을 당할 때 형제가 와서 구원합니다"라고 하였던 남한 지식인의 정신 상황은 이러한 불구성을 잘 드러내 보여준다. 자유라는 보편 이념은 한국과 미국을 한 몸으로 하는 '자유 세계'의 지도 이념이었으며, 그것은 곧 공산주의로부터 자신과 가족을 보호해 주는 '방공호'요 안식처였다. 그들은 자유를 위해서 투쟁하거나 자유라는 가치를 지키기 위해 최소한 자신의 양심과 생각 그리고 자신의 경험을 정직하게 표현하지 못해 왔다. 즉 스스로 자유주의의 원칙을 위배하는 행동을 하지 않을 수 없는 그들의 모순적인 존재 조건이 이들을 정신적인 불구자로 만들었다.

물론 보통의 인간은 그렇게 용감한 존재가 아니다. 겁 많고 소심한 보통의 인간들을 정신적 불구자로 만든 일차적인 문제는 분단이라는 국가 폭력 체제, 그것에 의해 조장된 보수의 완강함에 있을지 모른다. 한국에서 원칙 그대로의 자유주의자로 살기는 대단히 어렵다. 군사 통치하에서는 정치적인 박해를 받을 수밖에 없었고, 고루하고 보수적인 사회 분위기 아래서 자유를 내세우고 실천하는 것은 엄청난 용기를 필요로 한다. 따라서 자유주의자가 권력에 참여하게 되면 파시스트의 입장에 동조하게 되거나 무이념·무사상의 존재가 된다. 일찍이 송건호가 말하였듯이 "지식인에게 경제적인 기반이 없고, 무엇인가 외부의 힘에 의지해서 생활을 유지해 나갈 수밖에 없는 사회에서 지식인의 권력 참여는 반드시 권력에 대한 지식인의 예속으로 나타난다." 이렇게 되면 지식인은 더욱더 비굴해진다. 그나마 한국에서 약간의 자유주의자가 존재한다면 생활을 유지하기 위해 불필요하게 굴종적인 자세를 취하지 않아도 되는 대학 교수들에게서나 가능한 이유도 여기에 있다.

상당수의 자유주의자들은 엄혹한 군사 독재를 거치는 동안 냉소적인 인간이 되었다. 즉 권력에 적극적으로 편승하기에는 자유에 대한 그의 평소의 생각이나 소신이 용납을 하지 않고, 저항을 하기에는 용기가 부족하였기 때문이다. 냉소적인 인간은 중립적인 인간은 아니다. 그의 침묵 자체가 부정의하고 부도덕한 현실을 용납하는 행위이며, 동시에 자유를 위해 투쟁하는 사람들에게 박수를 보내지 않음으로써 그들의 노력을 외롭게 하고 약화시키는 데 일조한다. 냉소는 무기력과 좌절의 표현이고, 이러한 무기력과 좌절은 다른 방식으로 자신의 탐욕을 추구하도록 만들 수도 있다. 결국 냉소주의는 끝까지 냉소주의로 남아 있을 수 없으며, 다른 방식으로 현실 영합적 권력 추구욕으로 발현되는 경우가 많다. 그러나 냉소의 철학은 이기(利己)의 철학이며, 생존의 합리성을 모든 사회적 가치의 우위에 놓는 태도이다. 원인이 어떠하건 이러한 냉소주의자, 정신적 불구자들에게서 고상한 생각이나 남을 감동시키는 이야기가 나올 수 없는 것은 자명하다. 그리하여 '자유를 지키기 위한 용기'를 발휘할 수 없었던 한국의 문화나 사상, 지식과 학문은 이렇듯 왜소화되고 황폐화되었다.

그렇다. 한국의 자유주의자를 정신적 불구자로 만든 바로 그 원인은 생존의 논리를 주의(主義)의 논리 앞에 둘 수밖에 없었던 사정에 기인한다. 일찍이 한용운은 "조선의 주의자로는 그 태도가 너무나 행운유수적(行雲流水的)이어서, 금일에 갑주의자인 듯하다가 명일에는 을주의자가 되고, 남에서 병주의자인 듯하다가 북에서 정주의자가 되어 주의에서 주의로 옮겨다니다 급기야 반역자가 된다"고 질타한 바 있다. 그렇게 된 법칙은 바로 생존의 법칙인 것이다. 생존의 법칙에만 따르는 사람은 생활인은 될 수 있어도 남을 이끄는 사람은 될 수 없다. 이들은 철저한 자유 민주주의의 투사인 것 같으나, 기실은 자유 민주주의를 가장 빨리 버릴 수 있는 사람들이다. 이들의 지지를 받는 정권은 가장 안정되고 튼튼한 것처럼 보이나, 따지고 보면 그처럼 허약한 정권이 없는 것이다. 정치는 상업의 논리에 지배되고 상업은 정치화되어, 정치나 상업 어느 편에도 일관된 원칙은 존재하지 않는다. 양심적 자유주의자의 부재는 양심적 사회주의자의 부재와 일맥상통하는 점이 있는데, 정치적으로 중요한 역할을 맡아서는 안 될 이러한 인간들이 가장 중요한 역할을 맡게 되었다는 사실이야말로 남북한을 관통하는 우리 현대사의 비극이라고 할 것이다.

반공주의라면 세계에서 둘째 가라면 서러워할 나라에서 힘있는 반공을 찾기 어려운 이유, 자유의 천국에서 진짜 자유주의가 없는 이유도 자명하다. 그것은 모든 사람들을 기회주의자로 만들어 온 저 엄혹한 정치 권력을 생각해 보기만 하면 된다. 자유는 선택의 기회 속에서만 존재한다. 그러나 '국시'라는 엄한 통제 체제에 눌려 온 우리는 그러한 선택의 기회를 누려 보지 못했다. 남과 북의 분단, 남북한 국민, 인민으로서의 존재 역시 진정으로 자유로운 선택의 결과는 아니었다. 빈곤에서 탈출하기 위한 경제 성장 지상주의 역시 충분한 동의를 거친 것은 아니었다. 자신의 자유 의지로써 상황을 선택할 수 없는 조건에서 사람들은 자유의 가치를 공개적으로 주장하면서 그것을 실천에 옮기기 어렵다. 이러한 상황에서 자유를 지킬 수 있는 길, 전체 혹은 패거리 문화에 가담하지 않으면서 자신을 지킬 수 있는 유일한 방법은 '나'를 절대화시키면서 '나'의 세계에 침잠하는 방법밖에 없을지도 모른다. 정운영이 인터뷰에서 말한 바 "차가운 이기주의만이 나를 지탱하게 한다"는 정신적인 태도는 마르크스주의 경제학자의 멘탈리티라기보다는 자유주의자의 그것에 훨씬 가깝다.

그러한 자기 영역의 고수, 조직 혹은 집단과의 거리 두기는 타락한 자유주의자, 타락한 지식인이 되지 않기 위한 가능한 방법이었다고 이해할 수 있지만, 현실 정치의 억압에 대해 자유스럽고 저돌적으로 대항하였던 김수영의 자유주의보다는 못한 것이다. 자유주의자가 설 수 있는 입지가 그렇게 좁았다는 것은 인정하더라도, 왜 그렇게 많은 자유주의자들이 냉전 자유주의를 비판하지 못하였으며, 그러한 질서 속에서 기회주의자로 살 수밖에 없었는가 하는 점은 우리의 숙제로 남는다. 아무리 어려운 상황이었다고 하더라도 자유주의자들이 좀더 '자유'에 충실했더라면, 우리의 문화 사상의 지평은 훨씬 건강해졌을 것이고 정치 사회적 무질서도 상당히 극복될 수 있었을 것이기 때문이다.

5

이제 수많은 자유주의자들을 기회주의자, 정신 파탄자로 만들었던 그 험악한 시대가 지나가고 있다. 수많은 지식인들의 영혼을 유린했던 정치적 억압과 처참한 빈곤은 낡은 것이 되고 있다. 국가보안법 개정 논의가 제기되고 있으며, 30년 이상 감옥 생활을 한 장기수들도 준법서약서 없이 출소하였다. 사회적으로는 가족이나 친족 조직과 집단에 충성을 강요하는 분위기도 점점 어색해지고 있다.

1990년대에 들어서 우리 역사상 처음으로 '자유', 즉 상처받지 않은 자유의 시대가 도래하고 있다. "나는 나다"라고 과감히 선포하는 Y세대를 주목해 보자. "남의 시선을 의식하지 않고 살겠다", "내가 좋은 일 한다", "결혼도 선택이다"라고 과감히 주장하는 이들은 "여성도 인간이다", "감정에 충실하는 것이 중요하다"고 선포하였던 일제 시대 신여성의 후예 자유주의자들이다. Y세대는 전쟁과 독재의 강요 속에서, 가족을 잃고서 도시의 이방인이 되어 자유로워진 존재가 아니라, 자신의 삶을 선택할 수 있다는 점에서 자유롭기 때문에 선각자 자유주의자들처럼 고난의 길을 걷지 않아도 될지 모른다. 그렇다면 이들이야말로 개인의 자유와 개성을 지키기 위해서 정신병적인 상황으로 자신을 몰아가지 않아도 되는, 우리 현대사에서 나타난 최초의 자유주의자일지도 모른다. 더 이상 남의 눈치 보지 않고 자신의 개성과 관심과 욕구를 마음껏 펼칠 수 있는 세대의 출현, 그것이야말로 구세대 자유주의자들의 얼굴에 드리운 그늘을 거두어 낼 21세기의 희망이 아니겠는가?

그러나 포스트모더니즘의 담론과 1990년대의 문화적 지향, 성 담론과 동성애론자들의 주장도 사실은 일제 이후 전통적인 한국 자유주의의 연장선에 있다. 그들의 말과 행동은 가족주의 가치, 권위주의로 포장된 민주주의의 허구성과 이중성을 폭로하는 데 있어 가장 전복적이었고 진보적이었다고 볼 수도 있을 것이나, 그들의 '해방적 실천'은 일제 시기 신여성들이 그러하였듯이 주저하는 다수의 사람들을 감동시키지 못하였고, 더욱이 그들이 비판하는 질서를 가장 최종적으로 지탱하고 있는 정치적 지배 질서를 위협하지 못했다. 예를 들어 마광수 교수의 외로운 투쟁은 나름대로 의미가 있는 것이었다고 볼 수도 있으나, 대학 사회의 보수성과 기득권 구조, 문화에서의 권위주의를 침해하는데 별다른 역할을 하지 못했다. 그것은 바로 한국의 자유주의가 가진 전통적인 한계, 즉 가족 가치를 파괴하는 데는 진보적이었으나 국가의 개인의 자유에 대한 억압에 대항하는 데는 거의 무기력하였으며, '주체'를 세우기 위한 투쟁, 정치 사상의 자유를 위한 투쟁 과정에서 어떠한 역할을 수행하지 않음으로써 파괴된 가족 가치를 다른 형태의 가치로 대체하거나 자유주의적인 사회 윤리를 확산시키는 데는 실패했기 때문이라고 할 수 있을 것이다.

한국의 조건에서 보자면 정치가 모든 사회적 영역의 결절점으로 남아 있는 한 정치를 회피하는 자유주의는 언제나 자유의 정신을 발양시킬 수가 없다는 점을 또 한 번 확인할 수 있다. 그러나 오늘의 시점에서 더 심각한 것은 범지구적인 자본주의와 상품화의 물결이다. 앞에서 말한 바 신세대의 자유는 '자본'의 울타리 속에서의 길들여진 자유인지도 모른다. 그들이 자신의 주인이 된다는 것은 이들이 원하는 바 "자신의 일과 관심에 충실하도록" 경제적·정치적 조건이 허용된다는 전제하에서 가능한 일일 것인데, 불행히도 시장 경제는 돈 있는 사람들에게만 자유를 허용하는 속성이 있다. 이렇게 본다면 전쟁과 독재 치하에서 살아남은 소수의 양심적 자유주의자들이 그렇게 원했던 바 권력과 돈으로부터 자기 개인을 지킬 수 있는 공간이 확보된 것처럼 보이는 오늘날 우리는 과연 자유로운가? 자유롭다면 과연 얼마나 자유로운가? 해고의 위험과 실직의 고통이 모든 생활인들을 옥죄고 있는 이 시대에 자유주의자자 된다는 것은 무엇을 말하는가? 오늘날 보이는 검열자나 보이지 않는 검열자가 사라진 대신 '상품'이라는 검열자가 우리를 둘러싸고서, 우리가 자유롭다는 느낌까지도 만들어 주고 있는 것은 아닌가? 어쩌면 한국에서 자유주의자가 최초로 탄생하는 오늘의 시점은 이제 더 이상 자유주의자가 존재할 수 없는 시점일지도 모른다.

한국의 지식 사회, 독립적 지성은 존재하는가

1

1990년대 중반 이후, 대학생들 대상의 강연석상에서 "오늘날 지식인이 어떠한 역할을 해야 하는가?"라는 질문을 받을 때가 종종 있다. 나는 그러한 질문을 받을 때마다 "오늘날 대학생이 아직도 지식인에 속하는가, 아니면 예비 지식인으로서의 역할이라도 할 수 있는 위치에 있는 것일까?"라는 질문을 던져 본다. 조지훈이 4·19 직후 "4년만 마치면 제군도 학사(學士)니 학사는 사(士)라, 제군은 민족의 힘으로 길러지는 선비"라고 말하면서 "이 혁명을 완수하고 밀고 갈 힘이 되고 그것을 계승할 사람은 대학생밖에 없다"고 말했을 때, 당시의 대학생은 분명히 지식인의 일원이었을 것이다. "자유의 종을 난타하는 타수의 일익"임을 자부하였던 4·19 당시는 물론이거니와, "대학생들은 보이지 않는 민중의 염원에 부응해 정치·사회·문화의 각 방면에서 한국 사회 내의 민족 가치 실현을 추구해야 할 책임을 더욱 지는 것이다"라고 외치면서 반(反)유신의 기치를 내걸었던 1970년대 말에도 대학생은 분명 지식인으로서의 자의식을 갖고서 그 시대의 정치적 요구를 자신의 것으로 받아들였을 것이다. 아마 '광주'의 비극적 기억을 '전국민의 기억'으로 환기시키려고 군사 정권에 줄기차게 저항하면서 스스로 노동자의 일원이 되었던 1980년대 초 무렵의 학생 투사들도 지식인과 민중의 관계에 대해 깊이 고민하였을 것이다.

그러나 학생 운동이 퇴조한 요즘의 대학 캠퍼스에서는 '사회의 미래를 지고 나아갈 청년', '예비 지식인'보다는 '오랜 입시 전쟁에서 해방되기도 전에 불안한 장래 문제로 찌들려 있는 군상'들을 더 쉽게 목격할 수 있다. '투사'들이 사라진 학교에는 토론이나 힘찬 문제 제기가 사라졌고, 시 한 줄 소설책 한 권 읽지 않고, 책보다는 영화를, 영화 중에서도 명화보다는 만화 영화를 즐기는 학생들만이 넘쳐나고 있으며, 장학금을 받아야겠으니 B 플러스 학점을 A로 올려 주면 안 되겠느냐며 자신만 봐달라고 억지 쓰는 이기적인 행동들만 부각된다. 술주정과 폭력이 난무하는 대학의 축제 마당, 지하철에서나 버스에서 핸드폰으로 마음껏 떠들거나 강의 시간에 핸드폰을 켜 놓고도 그것이 잘못되었다고 생각하지 않는 모습도 우리를 짜증스럽게 만든다. 대학이 대중교육 기관이 되어 버린 오늘날, 부모의 과보호와 입시의 중압으로 정신 연령의 성숙이 지체된 대학생들은 어떠한 문화에도 자신의 닻을 내리지 못하는 정신적 미아가 아닌가 생각되기도 한다. 지식인, 지성인이라는 개념은 오늘의 대학생과는 너무나 거리가 멀다는 것을 실감하지 않을 수 없다.

그러나 곰곰이 생각해 보면 자신의 학문적 능력 부족을 부끄러워하기보다는 교수로서의 안락한 지위에 만족하는 '대학 선생'들이 더 문제가 아닌가 생각된다. 자신이 뱉어 놓은 말을 여반장으로 뒤집으면서도 아무런 해명 한 마디 하지 않고, 권력이 불러 주면 자신의 주장과 소신이 어떻든 성급히 뛰어가지만 어떤 문제에 대해서도 책임을 지지 않는 지식인들, 패거리 문화에 안주해서 약간의 변화에도 알레르기 반응을 보이는 대학 교수들이 이러한 학생들보다 더 낫다고 말할 수 있을 것인가? 학생들이 지배 문화의 일부로 편입되었듯이, 이제 교수나 언론인도 확실하게 지배 체제의 한 구성원이 된 것일까? 소매에 물이 흘러 들어가는데도 머리 숙이기 싫어서 서서 세수하기를 고집하던 신채호 선생 같은 사람들의 행동이나, 해직의 고통을 당하여 내일의 찬거리 때문에 머리가 어지러워도 '내키지 않는 글'은 결코 쓰지 않았던 1960, 70년대의 언론인이나 학자의 행동도 이제는 '역사책'에서만 찾아야 하는가? 만약 이러한 유형의 '전통적인 지식인'들이 오늘날 같은 자본주의 시대에는 맞지 않는 옛날 '선비'의 잔영이라고 말한다면, 최저 임금 문제로 친구인 클린턴 대통령과 의견이 맞지 않아 더 이상 노동부장관직을 맡을 수 없다고 물러난 미국의 로버트 라이시(Robert Reich) 같은 '자유주의' 학자의 행동에 대해서 우리는 어떻게 평가해야 할 것인가?

텔레비전이나 신문에는 수많은 학자, 언론인이 이러쿵저러쿵 우리 문제를 해석하고 진단하지만, 우리에게 새로운 시야를 열어 주는 신선한 시각이나 주장이 드문 것은 무슨 까닭인가? 대학은 커지고, 대학생은 넘쳐나며, 대학 교수의 숫자는 늘어나고, 자고 나면 새로운 학술 잡지가 만들어지고 있지만, 책방에 가면 과거에 그러하였듯이 여전히 번역서가 판을 치는 것은 무슨 까닭인가? 국가 대란의 상황인 IMF를 맞이하였는데도 그것을 넘어서기 위한 힘찬 대안을 제시하거나, 이 문제를 대처하는 과정에서 유교적 지식인이 목숨처럼 중히 여겼던 사(士)의 정신이나 근대 서구의 전문 직업인(profession) 윤리에 바탕을 둔 행동을 쉽게 발견하지 못하는 까닭은 어디에 있는가?

우리는 IMF를 맞으면서 정치적 토론과 비판이 사라진 정치 공간, 국가의 과제를 책임 있게 제기하는 집단이 없는 사회, 철학적 기초가 없는 무분별한 시장 논리, 이런 것들이 어떠한 참담한 결과를 가져왔는지를 뼈저리게 체험하고 있다. 경제 청문회를 보면 재경원장관도, 청와대 경제수석도, 한국은행장도 모두가 "나 모르는 일"이라 발뺌한다. 외환 위기를 막을 수 있는 마지막 시점에 미국의 일류 대학에서 훈련받은 그들의 경제학 전문 지식은 아무런 소용이 없었다. 경제학자들은 경제학자들대로, 신문 기자는 기자들대로 모두가 1994년 이후 세계화(globalization)의 미래, 정보화의 장밋빛 청사진을 선전하는 데는 앞장섰으나, 지금 와서 보면 그것이 진정으로 우리에게 무엇을 의미하는지, 어떠한 결과를 가져올 수 있는지에 대해서는 누구도 깊이 천착하지 않았으며, 나름대로의 생각을 갖고 있는 소수도 용기 있게 자신의 의견을 표명하지 않았다. OECD에 가입하고, 시장이 개방되고, 금융이 국제화되는 상황을 겪으면서도 그 어느 누구도 시장의 개방, 외국 금융 자본의 한국 유입이 한국 경제와 사회에 가져다줄 위험성을 본격으로 제기하지 않았다. 그들에게 부족했던 것은 경제학 전문 지식이 아니라 그 지식을 우리의 총체적 맥락 속에서 재해석할 수 있는 능력, 정치적 불이익을 감수하더라도 자신의 소견을 발표할 수 있는 지적 용기였다. 그것은 기득권의 단맛을 지식에 대한 책임 의식과 너무 쉽게 바꾼 결과가 아니었나 생각된다.

한때 나는 '무당파적인 자유부동의 지식인'상을 극히 부정적으로 생각하였으며, 지식인의 역할 운운하는 이야기들을 하찮게 생각한 적도 있었다. 생산자의 계급 의식이 '먹물들의 기회주의적 사고'를 쓸어 버리고 배운 사람들이 스스로 민중의 일원이 될 때 양심이니 정의니 운운하는 부르주아적 지식인의 한계를 극복해 낼 수 있다고 기대하던 무렵, '지식인' 담론이 설자리는 없었다. 그러나 한국처럼 '중심이 없는' 사회에서 당면한 정치 경제의 요구에 휩쓸리지 않고서 어떤 문제를 독립적으로 생각하는 일, 그리고 소외층의 고통을 문제의 출발점으로 삼되 전체 사회를 보면서 그 진행과 결과를 정리하고, 그것을 정책이나 사회적 행동으로 연결하도록 계기를 만드는 지식인의 '해석적 활동'이 여전히 중요하다는 점을 새삼 확인하게 되었다. 매스컴의 영향이 엄청나게 커졌고, 이성보다는 감성이 지배하며, 열정보다는 타산이 앞서고, 정보가 지식을 대신하며, 영상 문화의 보급이 '생각하는 사람'보다는 '즐기는 사람'을 더욱 보편화시키고는 있지만, 당면한 정치 경제 질서를 정당화하거나 그것을 비판하는 활동은 여전히 우리 삶의 조건을 좌우하는 데 중요한 부분을 이루고 있기 때문이다.

그렇다면 한국의 대학(생)과 지식인 사회가 이렇듯 '정신 활동'으로부터 멀어진 것은 어디에 기인하는 것일까? 저무는 1990년대에 서 있는 오늘 우리에게 여전히 지식인의 역할이 요구된다면, 그것은 어떤 연유이며 또 어떻게 가능한 것일까?

2

에드워드 쉴즈(Edward Shils)는 자본주의 사회에서 지식인은 "타락한 성직자"라고 말했다. 그는 다분히 지식인을 과학주의, 낭만주의, 혁명주의, 민중주의 등의 이데올로기로 무장하여 정치적인 영향력을 행사하는 무책임한 존재라고 보았다. 거기에는 자율성을 빌미로 한 선동꾼,

전문성을 갖추지 못한 채 자본주의나 기술 관료 엘리트를 비판하는 구 인문주의의 잔영들이라는 의미가 포함되어 있다. 즉 오늘날 지식인이 라는 존재는 그 행위가 옛날식으로 말하면 "백성들에게 천국을 약속하 며 생계를 부지하던" 성직자의 기능과 같다는 것이다. 실제로 지식인 의 기능이란 세계에 대한 해석자로서의 역할이며, 과거 자본주의 이전 에는 성직자나 승려가 주로 수행했던 역할이지만, 현대 사회에서는 중 간층 지식인이 그러한 역할을 계승하고 있다는 것이다.

그런데 인간 영혼의 관장자, 혹은 생명과 안녕을 좌우하는 특별한 존재로서 유럽의 승려가 바로 세속적인 차원에서 인간의 생명과 길흉 화복을 좌우하는 교육·의료·재판의 기능을 부분적으로 수행한 것은 이상한 일이 아니다. 그러나 유교적 질서하에서는 오히려 지배 질서가 인문주의적인 유교 도덕에 기초하고 있었고, 지배 질서 밖에 존재하는 문필가로서의 독립된 지식인의 활동 공간이 있었다. 처사(處士)로 불린 이들 독립적인 지식인은 유교 도덕을 견지하는 점에서 지배 집단의 일 원이었으나, 과거를 통해 관리가 되려 하기보다는 인격의 수양과 독자 적인 학문 체계를 세우고 이를 교육을 통해 실천하려 했다는 점에서 중세 유럽의 성직자와는 다른 부류의 지식인이었다. 즉 중세 서양의 성직자와 달리 조선에서는 의료·법률과 같은 기술적 지식은 낮은 신 분의 사람이나 관리 들이 부분적으로 수행하였으나, 교육 기능은 바로 이들 독립적인 지식인이 가장 중점을 두는 사업이었다. 즉 동양에서는 '배운 자'와 '단순한 지식 혹은 기능을 가진 자'는 구분되어 있었던 셈 이다. 오늘의 관점에서 보면 직업인이 아닌 사람이 동양에서나 서양에 서나 지식인이었다고 볼 수 있는데, 상황의 해석자, 관념의 창출자로서 지식인에 대한 역할 기대는 오늘날까지 이어지고 있다.

근대화의 과정은 바로 국가나 자본가 계급이 전통적 지식인을 대체하는 새로운 유형의 기능적 지식인을 창출하는 과정이었다. 즉 과거 유럽의 봉건 제후나 우리 나라의 왕이 성직자와 유교적인 관리를 질서 유지를 위해 필요로 한 것처럼, 근대 지배 계급인 자본가는 '과학', '시장 유토피아'라는 신흥 종교로 무장한 새로운 기능적 지식인을 필요로 하였다. 자본주의 사회에서 기술자, 관료, 문제를 해결할 능력을 가진 전문가는 지배자의 하위 파트너가 되었다. 의사 · 법률가 · 공학자 · 경영자 · 주류 경제학자가 바로 자본주의 사회에서 '과학 유토피아', '시장 유토피아'를 자신의 활동을 통해 선전하는 새로운 형태의 지식 기능인이다. 이 경우의 지식이라는 것은 과학을 무기로 한 세상에 대한 지배와 장악, 세상이 감추고 있는 비밀의 문을 열어서 그것을 조작할 수 있는 실용적인 능력이며, 이들이 갖는 권위는 바로 세계에 대한 이들의 정당화 능력, 처리하기 어려운 문제에 대한 처리 능력에 기초한다. 이러한 새로운 형태의 기능적 지식인 혹은 자본주의 체제를 옹호하는 이데올로기를 유포하는 지식인은 근대적인 대학 교육 제도를 통해 만들어졌다.

　　결국 자본주의 사회에서 지식인이라는 존재는 지식을 갖추고서 그 지식의 힘으로 권력자나 자본가의 서기 노릇을 하면서, 그들이 원하는 대로 이 세계를 해석해 주고 그것을 대중에게 유포하는 존재라 할 수 있다. 이 점에서 전문적인 지식을 갖춘 기능적 지식인도 넓은 의미의 지식인이라고 할 수 있으며, 더 넓게는 그람시(Gramsci)가 말했듯이 모든 사람이 어느 정도는 다 지식인이다. 그러나 국가 교육 체제의 수립과 국가의 자본에 대한 의존으로 특징 지어지는 자본주의 사회에서 전문성을 갖춘 '지식'이라는 것은 바로 관료 체제나 기업에 의존하지 않을 수 없게 되어 있다. 따라서 지식의 생산과 유포 과정에서 자율성과 자유를 상실하게 되는 자본주의 내 전문가 집단은 지식인과는 점점 거리가 멀어진다. 기능인, 기술 관료와 지식인이 구별되는 것은 바로 이 점에서이다. 예를 들어 1960년대 한국의 신문 기자 중 일부가 소신과 주장을 갖춘 독립적인 필자로서 필봉을 휘둘렀는데 1990년대 기자들의 일상 활동에서 그것이 사실상 불가능해졌다면, 그것은 바로 언론 기관이 곧 기업 활동이 되었기 때문이며, 신문 기자의 활동이 점점 더 기업의 이윤 추구 활동에 종속되었기 때문일 것이다. 1960년대 한국의 교사들은 전통적인 교육자처럼 나름대로 교육관을 갖춘 교육자를 지향하였는데 1980년대 이후 학교 현장에서 그것이 불가능해졌다면, 이 역시 교육 활동에 대한 국가의 독점이 더욱 강화되었기 때문이라고 볼 수 있을 것이다.

이 점에서 본다면 지식인이라는 존재는 분명 근대의 산물이지만, 동시에 자본주의적 사회 관계에 본격적으로 착근(着根)하기 이전, 즉 근대화로의 진통 기간에 그 위상과 역할이 부각되는 존재이기도 하다. 우리는 과거 유럽이나 동양 사회처럼 근대 이전의 역사 단계에서 '전통적인 지식인'이 하나의 사회적 범주로 존재한 경험이 있고 나름대로의 실천적 입지가 있었던 나라가 근대화 과정에서 새로운 유형의 지식인을 창출해 내는 예를 발견할 수 있다. 예를 들어 미국과 같이 애초부터 성직자나 귀족의 전통이 없는 나라에서는 현실의 해석을 관장하는 보편주의적인 지식인이 출현하기보다는 자본주의적 시장 경제에 부응하는 실용적 지식인 혹은 기능인이 더 지배적인 범주가 되었다. 미국의 사회학자 파슨스(Parsons)가 그토록 강조하였던 바 직업주의의 덕목은 바로 보편주의적인 정신을 견지한 독립된 지식인이 설 기반이 없는 미국의 시민 도덕 상황을 가장 잘 보여준다. 이 경우 지식인은 지배 계급의 일원이 되어 버리고, 지배 계급의 물질적인 재생산 과정과는 분리된 독자적인 의견 집단의 설자리는 크지 않다. 대학이 인문주의적인 교양인을 양성하는 데 초점을 두는가, 그렇지 않으면 직업인과 전문인을 양성하는 데 초점을 두는가 하는 점도 바로 이러한 전통과 연관되어 있다.

독립적 지식인이 활동할 수 있는 문화적인 전통과 공간이 있는 사회에서 정치 사회 질서의 비판자로서 지식인이 탄생한다. 물론 이러한 사회에서도 대다수의 대학 교육 이수자들은 체제를 정당화하는 편에 선다. 그러나 그들이 서 있는 현실, 그들이 추구하는 '진리'와 지식이 기성 질서의 정당화 논리와 심각한 괴리를 갖고 있다는 점을 '고통스럽게' 자각하는 소수의 비판자는 '전통적 지식인'상의 문화적 세례를 받아 비판적 지식인으로 변신한다. 즉 대중의 경험 세계와 지배 집단의 정당화의 논리간의 괴리, 정당화의 논리가 갖는 자기 모순성, 이들이 교육을 통해 얻은 자유주의 혹은 인간주의의 교양과 기존 질서와의 심각한 마찰, 또는 소외된 층이 자신의 이익을 대변해 줄 것을 요구하는 상황 등이 복합되어, 이들 지배 계급의 일원 혹은 서기로서 출세의 길을 모색하던 전문가나 지배 질서의 외곽에 흩어져 존재하던 자유로운 사색가들은 점차 체제의 비판자로서 등장하게 된다. 이들 전문가, 교양인, 사색가, 종교인, 문필가 들이 개인적으로 느끼는 정신적인 괴리, 자기 분열이 심하면 심할수록 이들이 새롭게 견지하는 비판의 논리는 유토피아의 성격을 지니기 쉽다. '야만'을 '문명'이라고 강변하는 식민지 지배 질서, 독재를 민주주의라고 가르치는 국가에서 이들은 급진적인 체제 비판자가 되기도 한다. 19세기에서 20세기 중반에 이르는 시기는 바로 이러한 유형의 지식인이 가장 적극적으로 활동한 시기였다. 후발 자본주의 국가에서 부르주아 출신 지식인들이 체제 전복을 기도하는 혁명가로 변신한 것도 이 때문이다.

물론 자본주의 경제 질서는 자본주의에 반대하는 지식의 생산과 발표의 '자유'를 극도로 제한하기 때문에, 지식인이 숨쉴 수 있는 공간은 자본주의 사회 관계의 착근 정도와 맞물려 점차 좁아지는 경향이 있다. 극단적으로 말해 분업이 고도화되어 모든 사람이 직업인이 되고 자격증을 갖춘 전문가의 사회가 되면, 이제 '시대의 해석자'로서 보편주의 정신을 견지하는 지식인은 설자리가 없어진다. 그렇게 되면 모든 사람은 자신의 직업 세계 속에서의 지식은 풍부하나, 그 세계를 벗어나서는 무지한 존재가 된다. 결국 현대 자본주의 문명은 바로 모든 사람을 이러한 기술적인 직업인으로 변화시키는 체제이고, 그것은 자본주의 분업·경쟁 체제가 요구하는 것이기도 하다. 기술주의, 과학주의라는 것은 바로 자본주의의 종교이고, 그러한 종교의 세례를 받은 사람들에게 설득이나 해석은 불필요하게 된다. 왜냐하면 생명은 의학의 발전이 해결해 주고, 생활의 고통은 물질적인 성장이 해결해 줄 것으로 간주되기 때문이다.

이제 철학자는 대학이나 고등학교에서 옛날 사람들의 철학을 가르치는 교사로서 밥을 해결해야 하며, 문필가는 억만장자가 된 기업가의 전기를 써 주는 전기 작가로 변신해야 하고, 학자는 기업이 필요로 하는 기술이나 경영 기법을 만들어 주는 역할을 하면서 생존을 도모해야 한다. 기업이 필요로 하지 않는 역사·철학·문학을 탐구하는 사람은 굶어죽기를 각오하거나, 그렇지 않으면 자본주의 사회에서 지치고 힘들어 하는 사람들을 달래 주고 그들의 휴식 시간을 때워 주는 대중 역사・대중 철학・대중 문학을 생산하는 존재로 만족해야 한다. '자격증'이 없는 사람은 점점 더 이 사회에서 불필요한 존재가 되어 버린다. 다니엘 벨(Daniel Bell)이 미국에서 지식인으로 분류할 수 있는 사람들은 자기 세대 뒤로는 없다고 말한 것이나, 자코비(Jacoby)가 『마지막 지식인』에서 1960년대 미국의 반전 세대가 지식인이 되지 못하고 체제와 맞물려 돌아가는 직업인이 되어 미국의 보수화에 일조하였다고 한탄한 것도 바로 이를 말해 주는 것이다.

3

일찍이 한국의 대표적인 우익 언론인이자 문인이었던 선우휘는 "한국의 지적 풍토는 한 마디로 지극히 래디컬하다. 그 사고가 근원적일수록, 그 행동이 과격할수록 더 잘 받아들여지는 풍토다"라고 탄식한 바 있다. 그는 "지성은 반드시 반항을 뜻하며, 그 행동은 반드시 현실 부정적인 것이어야 하는가?"라고 물으면서, 끝내 "나는 왜 한국의 지식인이 그렇게 래디컬한지 이해할 수 없다"고 답을 내리고 있다. 아마 한국에서 반공주의나 자유주의를 옹호하는 사람이면 누구나 이와 비슷한 의문 혹은 불편한 심정을 가졌을 것이다. 군사 독재 시절에는 적어도 '반정부적 행위로 교도소 한 번 가보지 않고서는 어디 가서 명함을 내놓지 못하는 분위기'가 있었던 것이 사실이기 때문이다.

돌이켜보면 식민지 이후 우리의 지배 질서는 친일파, 군국주의자, 친미파, 반공주의자 들이 이끌어 왔고, 이들이 돈과 권력의 단물을 마음껏 누려 왔지만, 그들은 살아 있을 동안에도 정신적으로는 전혀 존경을 받지 못하였으며, 죽어서는 다산 정약용이 말했듯이 "시체가 미처 식기도 전에 그 사람이 있었던가"도 기억되지 못하는 존재가 되었다. 반면에 일제 시기 이래 살았던 사람 중에서 우리의 기억 속에 남아 있거나 존경할 만한 인물로 추앙받는 사람은 하나같이 죽도록 고생한 사람들이었고, 살았을 당시에는 거의 알려지지 않았거나 인정받지 못하던 사람들이었다.

권력과 돈의 단물을 누린 사람은 왜 존경받을 수 없는가 항변할 수도 있을 것이다. 형식 논리적으로는 편하게 살면서도 존경받을 수 있는 인간이 될 수 있을 것이다. 그러나 실제 역사에서, 특히 한국과 같이 고난의 현대사를 겪어 온 사회에서는 그것이 불가능했다. 즉 자신의 입장과 생각을 세우려는 사람, 민족과 국가의 미래를 고민하는 사람, 일관된 입장을 견지하려는 사람, 자신이 옳다고 생각하는 것을 가르치거나 글로 쓰려는 사람은 예외 없이 권력으로부터 탄압을 받았으며, 설사 직접적인 탄압을 받지 않았다고 하더라도 생계 유지의 절박한 요청 앞에서 자신의 생각을 포기하는 경우가 많았다. 따라서 애초에는 올곧은 생각을 갖고서 출발한 사람도 변신과 훼절, 전향의 과정을 겪지 않을 수 없었다. 한국에서는 자유주의자이건 마르크스주의자이건 독립적인 지식인이 된다는 것은 곧 투사가 되는 길이었다.

그러므로 선우휘가 품은 의문에 대한 답은 너무나 명백한 것이다. 만약 일제의 식민지 체제가, 한국전쟁통의 남북한의 위정자들이, 분단 이후 남한의 권력자들이 자유로운 사고를 추구하는 지식인이 설 수 있는 자리를 조금만 마련했더라도 단지 래디컬하다는 이유로 존경하거나, 반대로 보수적 생각을 갖는다고 비판받는 일은 없었을 것이다.

그 동안 역대 정권을 거치면서 권력의 정당성을 갖추지 못한 지배자들은 '생각하는 사람'들을 대우해 주기는커녕 그들의 '회의주의'를 못

견뎌 하였고, 인간의 사상과 양심을 통제하는 죄악을 저질렀다. 이 점에서 박정희가 저지른 죄과는 대단히 큰 것이다. 그는 '데모'의 비애국성, 언론의 무책임성, 지식인의 옹졸성을 질타하면서, 스스로가 국가와 민족의 장래를 책임 지는 존재라 자임하고서 다른 방식의 애국의 길을 봉쇄하였다. 학생들은 심심해서 데모하는 것이 아니고, 언론은 기사거리가 없어서 비판하는 것이 아니며, 지식인은 국가와 민족을 사랑하지 않아서 군사 정권에 협력하지 않은 것이 아니었다.

그러나 히틀러가 그러하였듯이 독재자들은 언제나 '책임성'이라는 명분과 자신이 지식을 독점하고 있다는 자만 위에, 사색과 토론을 통한 진리의 추구, 합의와 설득을 통한 대중적 지혜의 창출을 두려워한다. 그런 다음 그들은 학생, 지식인, 언론이 두려워서 침묵하는 것을 자발적으로 침묵하는 것으로, 먹고살기 위해서 협력하는 것을 적극적으로 협력하는 것으로 착각한다. 군사 정권이 우리 역사에서 저지른 가장 큰 잘못은 바로 일제 식민지 시기를 거치면서 어떤 자생적 이념이나 사상도 만들어 내지 못하는 불구적인 존재로 위축되어 버린 지식인들을 권력의 힘을 통해 또 한 번 죽인 것이었으며, 그들에게 생각할 공간을 남겨 주기보다는 권력과 금력에 굴종해야 살아남을 수 있다는 '소시민의 철학'을 심어 주었다는 점에 있다고 생각한다.

아카데미즘, 혹은 자유롭고 독립적인 사고라는 것은 대다수 국민이 절대적인 빈곤과 고리채에 신음했던 1960년대 초의 상황에서는 일종의 사치였다고 말할 수도 있을 것이다. 그러나 그보다 더 심한 환란을 당한 조선 시대에도 임금이 산중 처사의 지혜를 구할 때는 장사꾼을 대하듯이 하지는 않았다. 그것은 이들 역시 밥을 먹어야 하는 존재이기는 하나, 돈과 권력의 힘으로써 이들을 유혹하는 것은 참 배움과 지식을 추구하는 이들에 대한 인격 모독이었기 때문이다. 세상을 다스리거나 돈을 벌어서 사람들을 먹여 살리는 처지에 있지 않은 지식인이 당면의 현실에 대해 '무책임'한 것은 어느 정도 사실이다. 그러나 '책임성'을 현행 질서 유지에의 기여나 당장의 가시적 이윤 창출 혹은 효율성 증진으로 해석할 경우, 오늘의 질서 유지는 내일의 더 심한 무질서로 나타날 수 있고, 오늘의 이윤은 내일의 고통으로 연결될 가능성이 높아진다. 권력의 힘으로 을러대고 돈으로 유혹하면 넘어가지 않을 장사가 없을 것이다. 그러나 여기서 비극은 시작된다. 모두가 타락하고, 변절하고, 모든 사람이 상식보다는 단기적 이익과 편의주의에 호소할 때, 누구도 자신의 목소리를 외치지 못할 때, 사회는 붕괴할 수밖에 없기 때문이다. 한국의 근대, 한국의 자본주의라는 것은 바로 그런 것이었다.

사실 일본에 협력한 이광수와 최남선은 조선의 천재였으며, 박정희 정권 이후에 평가교수단의 일원이 되고, 국민교육헌장을 기초하고, 장관이 되고 정치가가 된 학자, 지식인 들은 당대에는 가장 우수한 인재였음에 틀림없다. 그러나 그 우수한 인재들이 민족의 장래, 사회의 장래를 밝히는 등불이 되지 못하고 권력의 하수인이 되어 민족이나 사회를 잘못 이끌지도 모르는 권력의 서기가 되었다는 사실이야말로 우리 역사의 비극이라 하겠다. 자신이 협력했던 정권이나 지도자가 무너졌을 때, 그들은 정신적으로도 육체적으로도 폐인이 되었다. 그것은 이들이 정치에 참여했기 때문이 아니다. 자신의 생각이나 소신과 무관하게 정치에 참여하고 지배 세력에 협조하였기 때문이다. 만약 그들의 정치참여, 정부에의 협조가 자신의 평소 생각이나 소신을 펴는 기회로서 활용되었더라면, 그들은 다시 대학으로 되돌아와서 학문적인 업적을 쌓을 수 있었을 것이다. 일본의 개화 선각자인 후쿠자와 유키치(福澤諭吉)가 왜 일본의 독립을 촉진하기 위해서는 학자들이 관리가 되기보다 민간에서 독립하여 학자로서 활동하는 것이 더 중요하다고 말했는지 우리는 이해할 수 있다.

지식인의 정신적 파탄은 개인적 불행으로 그치지 않고 지식인 일반, 나아가 사회 전체를 폐허화시킨다는 점에서 중요하다. 일제 시대에도 이광수와 최남선의 변신을 본 식자들은 이들의 모습을 보면서 절망하고 회의하고 자학하였다. 그들이 돌아서는 것을 본 평범한 상식인들은 정치에 등을 돌리고 허무주의에 빠졌으며, 다른 편으로는 "살아남는 것이 진리"라는 한국식 생의 철학을 내면화하였다. 그리하여 오늘날에도 어떤 사람이 신문에 나고 텔레비전에 얼굴이 자주 나오면 "아, 저 사람 곧 정치권으로 가겠구나"라고 짐작한다. 정치권으로 간 다음 그의 행동에 대해서는 누구도 질책하지 않는다. 이러한 짐작의 이면에는 "당신이 콩으로 메주를 쑨다고 해도 나는 나의 길을 간다"는 지식 분자에 대한 엄청난 불신, 정치가나 권력자에 대한 기본적인 불신에 기초한 허무주의적인 다짐이 동시에 존재한다. 여기서 교육과 설득은 필요없다. 학교에서는 "교통 신호를 지킵시다"라고 배웠지만, 신호를 지키는 사람이 덕을 보지 않는다는 것을 알고 있기 때문에 지키지 않겠다는 보통 사람들의 다짐, 바로 그것이다.

박정희를 비롯한 군사 정권이 지식인을 능멸하고, 권력의 힘을 벗어날 길이 없다는 것을 간파한 영리한 지식인이 그러한 질서에 편승한 결과는 바로 오늘의 문화적·도덕적 위기, 나아가 정치 경제의 위기로 현상화되고 있다. 책임성을 독점하겠다는 지배자들의 언명은 진정으로 책임 지려는 사람을 사회에서 없애 버렸다. 선거에서 승리를 지상

목표로 하는 정치가, 공무원의 무책임과 무소신, 상상을 초월하는 부패와 부정, 돈을 받고 동료를 채용해 주는 대학 교수의 도덕적 타락이 바로 그것이다. 오늘날 한국이 문화 후진국이 된 것도 바로 '생각하는 사람'이 자신의 생각을 체계화하고 그것을 유포할 수 있는 기회를 없앤 결과, 그들을 기회주의자로 만든 결과, 대학을 국가의 부속품으로 여긴 결과가 아니고 무엇인가?

한국 지식 사회의 황폐화란 바로 지배의 편에 서면서도 상대적인 독립성을 갖고서 지배 질서를 옹호해 주는 양심적인 자유주의자의 부재, 바로 그것에서 기인한다. 따라서 한국에서 진리를 찾는 사람은 투사가 되었고, 이들 투사는 래디컬한 사상에 더 매력을 느꼈다. 일제나 대한민국이 만든 대학은 식민지 질서, 분단 질서, 자본주의 질서를 옹호하는 지식인을 길러 내기 위해 설립되었지만, 그러한 기관에서 교육받는 일부 사람은 체제 비판적인 지식인이 되는 역설적인 결과를 낳았다.

4

그렇다면 이처럼 지난 시절 정부를 비판하고 감옥에 간 사람들이 귀감이 되는 지식인이었는가? 1960, 70년대 민주화 운동에 앞장선 학생과 지식인은 한국 지식인의 이상형인가?

물론 투옥과 해직을 각오하면서 반정부 성명을 내고 남북을 오가며, 억압받는 대중과 함께한 문인, 학자, 종교인들은 그래도 우리 역사를 발전시킨 장본인들이었다고 볼 수 있다. 스스로 민중의 일원이 되어 그들의 삶을 개선하기 위해 노력한 1970, 80년대의 학생 출신 노동 운동가들이야말로 자신이 견지한 철학과 이념, 세계 인식을 실천으로 옮기려 했던 존재였음에 틀림없다.

그러나 비판의 논거, 행동을 뒷받침할 수 있는 일관된 입장과 사상이 갖추어지지 않으면, 그러한 행동은 다른 사람을 자극하고 일시적인 변화를 가져오는 데는 기여할 것이나, 궁극적으로 자신과 사회의 변화를 이끌어 내기에는 역부족일 수밖에 없을 것이다. 여당이건 야당이건 정치권으로 진출한 과거 많은 운동권 출신 국회의원들이 우리에게 보여주는 무기력한 모습과 아름답지 못한 행동들, 사회의 씨줄과 날줄에 얽혀서 이상을 뒤로한 채 살아가고 있는 1970, 1980년대 학생 운동 세대의 모습이 그것을 잘 보여준다. 이들이 한때 보여주었던 비판과 실천이 우리 사회의 변화에 기여했다는 점을 자족할 수도 있을 것이나, 그것은 너무나 아전인수격인 자위에 불과하다고 본다. 나는 이들이 그 후에도 어떤 형태로 목소리를 내거나 계속 행동하지 못하는 것은 반드시 이들이 엄청난 정치적 억압을 받았거나 생존의 압박을 느꼈기 때문만은 아니라고 생각한다. 그것은 바로 지식인에게는 생명과 다름없다고 할 바로 지식의 내용, 일관된 생각의 내용이 부재한 데 기인하는 것이 아닌가 생각한다. 래디컬한 지식인 역시 우리 역사의 아들들이라고 생각한다면, 그들의 행보 역시 한국의 지식 풍토, 대학 사회, 교육 체제로부터 길러졌음에 틀림없다.

사실 공부 안 하는 대학생, 공부 안 하는 교수, 공부 안 하는 공무원, 공부 안 하는 정치가의 모습은 어제오늘의 일이 아니다. 1950년대 한국 대학가 서점에서 가장 많이 팔린 책은 연애 소설과 법률 서적이었으며, 그것에 대해 당시의 학자들이 개탄하는 글을 여기저기서 읽을 수 있다. 1960, 70년대의 대표적인 지식인인 송건호는 "지금의 대학생은 대체로 독서를 하지 않는다는 것이 공통 경향이다. 공부방이라는 것을 들여다보면 노트 몇 권, 학과에 필요한 교과서, 참고서 몇 권 꽂혀 있고, 어쩌다 달 묵은 잡지가 두어 권, 아니면 요즈음 베스트셀러라고 한창 화제가 되고 있는 묘한 이름의 책 한두 권이 꽂혀 있는 정도이다"라고 비판한 바 있다. 이미 기성 세대가 된 오늘의 30, 40대는 옛날에는 모든 대학생들이 다 열심히 독재 정권에 반대하여 데모하고, 모두가 국가와 민족의 장래를 염려하면서 정의감에 넘쳤던 것으로 과거를 미화하는 경향이 있지만, 내가 아는 바 그것은 상당한 과장이다. 권력의 서슬이 시퍼럴 때 경찰에 잡힐 것을 각오하고 데모에 나선 학생은 극히 일부에 불과했으며, 대다수의 학생은 당시의 유인물에서도 질타하고 있듯이 "카드 놀이와 미팅에 열중했으며 학내 사태에 무관심한 채 극히 실존적이고 개인적인 문제에만 매달렸다."

교수들 공부 안 한다는 이야기도 1960년대 이후 오늘까지 줄곧 나온 소리였다. 미국에서 학위를 받고 돌아온 젊은 교수들 중에도 일부는 초기에는 열심히 공부하지만, 자신이 배워 온 것을 풀어서 먹고살 수 있는 기간인 5년을 넘긴 후에도 계속 새로운 분야를 개척하고 연구하는 교수는 거의 없었다. 원로 교수 중에서 젊은 학자들의 존경을 받는 사람은 매우 드물었다. 학생들은, 과거에도 그랬고 요즈음에도 그렇지만, 주로 젊은 교수의 강의를 찾는데, 그 이유는 그래도 젊은 학자들에게 배울 것이 있다고 생각하기 때문이다. 한때 젊은이로서 패기만만했던 교수들이 나이가 들어서도 학생들의 인기를 생각하지 않고 당당하게 가르치면서 야단 칠 수 있는 사람은 그리 많지 않다. 우리 학계에서는 스승과 제자의 관계가 성립하는 경우가 드물다. 교수에게 필요한 것은 인격 이전에 학문인데, 끊임없이 가르칠 내용을 만들어 내지 못하는 교수가 스승이 되기는 어렵기 때문이다. 물론 야스퍼스(Jaspers)가 말한 것처럼 "학생들이 훌륭하지 못한 학교에서는 최고로 훌륭한 교수도 무기력해진다"고 한다면, 취직과 출세만이 관심거리인 학생들에게 대석학이 나타난들 무슨 소용이 있었겠는가?

한국처럼 유별나게 학생들이 공부 많이 하는 나라가 없는데, 공부해야 할 사람이 공부를 안 한다는 것은 무슨 소리인가? 그것은 한국에서 공부를 한다는 사람들은 입신출세를 위한 지식의 축적 외에는 관심을 기울이지 않았다는 말이다. 그들에게 필요한 것은 자격증과 졸업장을 따기 위한 공부였지, 그 이상도 이하도 아니었다. 그것은 입신출세에 필요한 지식 외의 지식, 즉 어떻게 살아갈 것인가, 이 역사와 사회를 어떻게 바로 해석할 것인가 하는 물음에서 출발하는 공부는 애초부터 매우 희귀했다는 것을 말한다.

한국의 대학은 입신출세의 발판이었지, 학문의 전당, 토론의 무대, 사상의 진원지로 기능한 적이 없다. 1960, 70년대는 장차 사회에 나가서 필요한 사귐을 얻고 졸업장을 따는 곳이었으며, 1970년대 말에서 1980년대 말까지는 반정부 투쟁의 근거지이면서 졸업장 따는 곳이었고, 1990년대 들어서는 다시 졸업장 따는 곳으로서 건재하고 있다. 그래서 한국의 대학사를 쓰려는 사람은 데모의 역사 외에는 별로 쓸거리가 없다. 우리 나라 대학의 역사는 지식의 역사가 아니다. 대학에는 지식인이 존재하지 않았다. 설사 대학 교수 지식인이 존재했다고 하더라도, 그들은 잡지 등 학교 밖의 매체나 조직을 통해 역할을 했지 교수로서 역할을 한 경우는 많지 않았다. 한국에서 대학의 권위는 애초부터 존재하지 않았다는 것이 내 생각이다. 서울대학교나 고려대학교에서 데모가 많이 일어난 것은 정치 현실에 민감한 학생들이 많이 모였기 때문에 가능한 것이었지, 대학의 교수나 학문적 분위기 혹은 학풍과는 전혀 관계없는 일이었다.

1990년대 들어서 학생 운동이 급격히 쇠퇴하고 데모에 참가했던 학생들도 쉽게 생각을 바꾼 것 역시 이제 상품의 질서가 한국에 본격으로 착근한 결과라고도 볼 수 있지만, 되돌이켜보면 지난 시절 대학과 대학생들, 나아가 지식 사회가 걸어온 궤적의 귀결이라고도 볼 수 있다. 지난 시절 학생들의 의식화 과정은 선배들에 의한 사상의 주입이지, 스스로 사고하고 판단할 수 있는 인간의 배양과는 거리가 멀었다. 그들은 왜 정부에 반대해야 하며 자본주의는 왜 나쁜 것인지를 스스로의 논쟁과 치열한 탐구를 통해 깨닫는 기회를 갖지 못하였다.

민족 해방파(NL)는 계급론을 공부하지 않았으며, 민중 민주파(PD)는 우리의 역사 문화와 민족 문제를 깊이 생각하지 않았다. 이들은 상대방의 주장을 통해 자신의 주장을 세우는 훈련을 받은 적이 없고, 자신의 주장만 독백처럼 반복하는 훈련을 받고서 데모하러 나갔다. 실존적 고민을 해결할 수 있는 사상적 지침을 갖지 않은 채 얻은 철학 지식은 그들의 삶의 지표가 되지 않았다. 고등학교 때까지 주입식 교육을 받았듯이 대학 들어서도 선배들로부터 주입식 교육을 받았다. 그리하여 그 많은 학생 운동가가 배출되었건만, 운동의 경험을 새로운 지식 체계의 수립으로 연결시킨 운동가는 거의 없었다.

대체로 투쟁은 용감하고 자랑스러웠으나 사고는 너무 단순했다. 생각은 하늘에서 맴돌았으나 생활은 관습과 전통에서 벗어나지 못했다. 권력을 비판했으면서도 너무 쉽게 권력을 통해 문제를 해결하려 하였다. 대중들을 변화시키려 했으나 오히려 변한 것은 그들이었지 대중들이 아니었다. 마루야마 마사오가 일본의 좌파를 향해 비판했던 것처럼, 한국의 래디컬들은 "낡은 의식이나 인간 관계를 이용하는 것이 손쉽고

빠른 길이라 생각하였으나", 그러한 행동들은 운동이 퇴조하는 시점에
와서는 뼈아픈 복수가 되어 그들에게 다가왔다. 세상을 바꾸기 위해서
는 실천이 중요하지만, 실천을 위해서는 더 튼튼한 기둥이 필요했다.

이 점에서 나는 얼치기 서구화, 사상적 · 지적 전통의 단절이 우리
지식 사회에 원죄와 같이 작용하고 있다는 점을 강조하고 싶다. 일본
제국주의는 전통적인 유교적 지식인의 단점은 물론 장점까지도 무참
하게 짓밟았다. 미 군정의 진주와 한국전쟁은 미국적인 것을 보편적인
것으로 이해하도록 만들었다. 앞서 말한 것처럼 일제의 통치와 한국전
쟁과 분단은 지식인을 기회주의자로 만들었다. 자신의 조그마한 생각
을 펼 수 없는 사회, 그리고 그러한 생각이 어디에서 연유한 것인지 깊
이 천착해 볼 수 없는 사회에서 배운 사람들은 자신의 머리로, 자신이
서 있는 입지를 살피려는 지적 용기를 갖기보다는 서구의 논리를 빌리
는 전문가로서 자족하였다. 학문 사회는 서구, 특히 미국의 대학에서
배우고, 한국에 와서는 그것을 전파하려는 사람들이 이끌어가게 되었
으며, 그들로부터 배운 학생과 비판적인 청년 지식인 역시 그러한 사
고틀에서 벗어날 수 없었다.

'자유'의 개념, '민주주의'의 개념, '계급'의 개념은 우리 사회의 맥
락 속에서 비판적으로 검토된 적이 없다. 자유와 민주주의라는 근대적
개념들은 파괴와 비판의 이념으로는 작용했으나, 건설과 교육의 이념
으로는 체화되지 못했다. 1950년대 말 이후 수천 명의 학생들이 미국
으로 유학 가고, 그들이 돌아온 1960년대에 우리 사회에서는 서구의
자유주의를 학습한 학자들이 넘쳐났지만, 사상과 양심의 자유를 근본
에서부터 옹호하면서 군사 정권을 반대한 사람은 거의 없었다. 역설적
이지만 군사 정권의 억압에 반대한 사람들의 대다수는 서구 자유주의

의 세례를 받지 않았던 민족주의자, 민족주의로 무장한 종교인들이었다. 결국 우리에게 자유주의는 실천으로 연결될 수 있는 사상 혹은 지식이 아니었던 셈인데, 그것은 바로 자유의 이념이 우리의 존재 조건, 사회 상황에 대한 깊은 성찰과 고민의 산물이 아니라, 그러한 존재 조건을 잊어버리기 위해, 절망과 허무에서 탈출하기 위해 택한 도피처로서의 성격이 강했기 때문이다. '자유'의 개념과 '민주'의 개념은 학문적인 용어로만 사용되었으며, 사상으로서 철학으로서 현실의 해석 체계로서는 거의 천착되지 못하였다.

구체에 매개되지 않는 '보편'은 삶의 철학으로 뿌리 내리지 못하고, 생경한 관념의 나열로 그친다. 위기가 닥치면 그러한 관념들은 관습과 편의주의에 자리를 양도한다. 독립의 체험, 자유의 체험, 텍스트를 통해 생각의 밑천을 얻은 경험이 없고, 자신의 생각을 끝까지 밀고 나아가는 문화적인 자신감과 용기를 갖지 못한 이들 불행한 지식인은 권력과 자본의 엄청난 흡인력에 쉽게 빨려 들어가 버린다. 그리하여 한때 빛나는 현실 참여의 경력을 가진 한국 교회의 신학이라는 것은 너무나 보잘것이 없고, 세상을 뒤집을 것처럼 기세가 등등했던 1980년대 변혁의 이념은 이제 사람들의 뇌리에서 사라져 가고 있다.

5

신생 국가에서 지식인의 영향력은 최초의 근대화 혁명기, 즉 국가의 건설기를 지나고서는 지속되지 않는다고 한다. 이제 이데올로기적 지도력 대신에 전문적인 식견이 중요해지는 시대가 도래하기 때문일 것이다. 역사에 대한 책임감과 소명 의식 대신에 법과 행정의 합리성과 전문성이 중요해지고, 과거 지식인이 갖고 있었던 총체적 사회 변혁의 요구와 해석은 이제 관료 기구나 정당, 대학에 스며들어 각 부문 영역의 제도나 기구를 움직이는 정신과 정책으로 구체화되기에 이른다.

우리의 역사를 되돌이켜보면 지난 30년간의 군사 독재 기간, 아니 3·1 운동 이후 80년 동안의 학생 운동사는 바로 지식인으로서의 학생의 근대 국가 건설 운동이었다고 볼 수 있다. 그들을 민주화 투쟁으로 내몬 것은 전문성과 식견이 아니라 양심과 도덕, 책임감과 소명 의식이었다. 그것은 근본이 서 있지 않은 사회에서 근본을 세우기 위한 운동이었다.

그러나 우리는 이와 같은 초기의 변혁적 지식인의 제도 내화, 즉 통일된 근대 국가 건설의 과정을 제대로 거치지 않은 채 '만물이 상품화되는' 1990년대를 맞이하였다. 즉 1987년 이전까지의 민주화 투쟁과 민족 통일 운동이 일종의 국가 건설을 지향하는 혁명기적 운동의 연장이었다면, 그러한 운동의 성과는 1987년 이후의 민주화 과정에 제대로 착근, 제도화되지 못하였으며, 그러한 조건에서 자본의 세계화, 신자유주의, 신세대와 소비 문화의 출현을 맞이하게 된 것이다. 대학의 경우를 예로 들어보자면, 어떠한 자생적 이론이나 학문적 전통을 수립하지 못한 채 출발한 한국의 대학은 이제는 "상품 가치가 있는 성과물과 사람을 만들자"는 상업주의와 경쟁의 논리에 사로잡히기 시작하였으며, 국가와 국민에 대한 개념도 수립하지 않은 채 지탱되어 온 관료 조직은 이제 '소비자'의 요구에 부응하는 서비스 조직이 되어야 한다는 '작은 정부론'의 이데올로기를 무비판적으로 받아들이고 있다. 아직 민족 문학, 민중 문학도 제대로 수립되지 않았는데, 이제 '말장난과 기교'만으로 채워지는 신춘 문예 투고작들은 예술성과 사상적 깊이를 가진 문학의 시대는 지났다고 말한다. 사상은 없었는데 사상의 시대는 지났다 하고, 지식이 없었는데 지식의 시대는 가고 정보의 시대가 왔다고 하며, 지식인을 찾기 어려웠는데 이제 지식인의 시대는 가고 전문가의 시대가 왔다고 한다.

 이데올로기와 소명 의식으로 무장한 총체적 변혁을 지향하는 지식인의 시대는 지났다는 점에 대해서 나도 어느 정도는 동의한다. 그러나 우리보다 훨씬 전문화되고 직업 윤리가 확보되어 있는 미국과 같은 사회에서도 노암 촘스키(Noam Chomski) 같은 지식인은 사회의 양심으로서 역할을 수행하고 있으며, 프랑스에서는 부르디외(Bourdieu)를 비롯한 학자들이 가두에서 실업 문제 해결을 외치고 있다. 이들은 기술 관료나 직업인이 자신의 일에 책임을 진다는 명분하에 파렴치하게 자행되는 국가의 부도덕과 부정의를 고발한다. 사르트르(Sartre)가 강조했던 "지배자의 이데올로기에 대항하는" 비판적 지식인의 입지가 좁아져 가고 있는 것은 사실이나, 고도로 자본주의화된 사회에서도 그들의 역할은 아직 종료되지 않았을 뿐더러 새롭게 강조되는 측면도 있다. 그것은 바로 '일차적인 인간', 소비의 주체로 호명되고 있는 인간들에게 자신을 인간으로 그리고 삶의 주체로 되돌아보게 만드는 역할이 여전히 중요하기 때문이다. 혁명의 전위인 지식인이 당의 관료가 되었을 때 소련 사회주의의 붕괴는 예고되고 있었으며, 지식인을 자본의 노예로 만든 오늘의 자본주의는 심각한 정당성의 위기를 맞고 있다. 모든 사람이 소비와 기호에서 동질화되는 사회에서는 이단자가 필요하다. 그들은 다른 세계의 존재를 보여줄 수 있는 존재이다. 자본주의 사회에서 지식인이 완전히 독립적 존재가 되는 것은 대단히 어렵지만, 그들이 지적인 독립성을 지키려고 노력하면 할수록 지배 질서를 뒤흔들고 새로운 질서를 창출하는 데 중요한 역할을 할 수 있다.

그러나 우리 사회는 이러한 동시대적 과제 이전에 여전히 근본의 문제와 씨름하고 있다. 역사의 발전 단계는 중첩될 수는 있으나 비약은 없기 때문이다. 그것은 소화되지 않는 개념과 관념의 편린들을 주무르면서 우리의 물질 문명과 정신 세계가 부정합적으로 지탱되고 있기 때문이다. 즉 우리는 그 동안 수입되어 온 제도와 개념 들인 '국가'를, '민족'을, '시장'을, '자유'를, '평등'을 우리의 것으로 고려하면서 선택해야 하는 큰 과제를 여전히 안고 있다. 그것은 바로 우리의 구체적 현실에서 출발해서 보편의 정신을 갖는 지식을 만들어 내는 일이다. 언론이 전통적인 지식 생산처인 대학을 압도하고, 오락과 소비 문화가 젊은이들의 정신을 사로잡고 있는 오늘에도 인간의 삶이 존재하는 한, 그리고 현재가 역사에 의해서 다분히 좌우되는 한 생각하는 집단은 있어야 하며, 그러한 집단에 의해 생각들은 만들어져야 한다.

그러나 사고의 중심이 하나일 필요는 없으며 많으면 많을수록 좋다. 사고하는 사람은 정당에도 기업에도 노동조합에도 언론사에도 정부에도 시민 사회 단체에도 필요하다. 그것이 가능하기 위해서는 사고하는 사람을 길러 내는 대학 혹은 제도권 외곽의 지적인 서클이 바로 세워져야 한다. 또 대학 혹은 지적인 서클이 세워지기 위해서는 일관되게 사고하는 지식인이 존재해야 한다. 이들 일관된 입장이나 생각을 갖는 사람들이 있어야 비판이 가능하고 토론이 가능하며, 비판과 토론이 있어야 대안이 만들어지고 더 심오한 생각들이 만들어질 수 있다. 이러한 일관된 생각을 갖는 사람이 수백, 수천일 필요는 없고 또 소수여도 좋다. 그러나 지식 사회의 문화적 토양이 없이는 이러한 소수가 만들어지지 않으며, 때로는 소수의 생각이 전 사회를 움직일 수도 있기 때문에, 그것은 지식인 개인의 인식과 실천의 문제라기보다는 우리 사회 전체의 문제인 것이다.

이제 우리는 이 '상품'의 질서를 비판할 수 있는 안목을 가진 신지식인, 구체와 보편을 결합할 수 있는 신지식인, 얼치기 서구화와 돌진적 근대화 과정에서 맹목적으로 수용해 온 개념들을 하나하나 비판적으로 재해석하여 우리의 것으로 소화하는 능력을 가진 지식인, 문화적 실천을 정치적으로 해석하면서 총체적 시야를 놓치지 않는 21세기형 새로운 지식인의 창출을 위해 함께 노력해야 할 것이다. 앞으로의 학생 운동은 바로 그러한 지식 사회를 만들기 위한 학술 문화 운동이어야 하며, 사회 운동 역시 교육 운동이자 문화 운동이어야 한다. 그런데 여타의 운동이 그러하듯이 그것은 바로 정치적인 투쟁일 수밖에 없을 것이며, 대학 사회, 지식 사회와의 투쟁이고, 곧 자신과의 투쟁일 것이다.

'신지식인'론의 문제점

　김대중 정부는 창조적 지식 기반을 가진 국가 건설을 위해 필요한 신지식인을 "학력과 관계없이 부가가치를 능동적으로 창출하거나 새로운 발상으로 일하는 방식을 개선하는 사람"으로 정의하면서 신지식인의 모델을 발굴·확산하는 운동을 전개하고 있다. 현 정부 그리고 신지식인 운동을 이론적으로 뒷받침하는 학자와 언론은 한국이 21세기 선진 국가가 되는 데 필수 조건인 지식 기반이 제대로 갖추어져 있지 않음을 걱정하면서, 그 대안으로서 "고정 관념을 깨는" 실용적 인간형의 확대를 제창하고 있다. 그것은 신지식인의 모델로서 제시된 사람들의 면면을 통해 확인할 수 있는데, 이들 모두가 자신의 직업 세계에서 발상을 전환하여 높은 '부가가치'와 소득을 올린 사람들이다. 김대중 정부의 '신지식인'론은 료타르(Lyotard)가 말한 바 보편적 이성을 추구하는 '전통적 지식인'을 부정하고 단순히 전문적·기술적 지식의 소유자를 찬양하려는 것이 아니라 '지식' 개념의 엘리트주의를 파괴한다. 따라서 현장에서의 경험지와 방법지를 교육에 의한 전문적 지식보다 더 중요한 것으로 평가하고 있다.

　신지식인은 활동의 최종 목적과 방향에 대한 책임 의식을 가진 사람보다는 현재 자신이 수행하고 있는 업무에서의 기술적 판단과 혁신의 능력을 가진 사람을 말한다. 신지식인의 모델들은 과거 전통적 지식인의 모델과는 달리 인간 공동체에 책임 의식을 갖는 존재가 아니라 자신의 전문화된 영역에서 정해진 규칙들에 대한 충실성, 업무의 개량과 새로운 방법의 도입에서 남과 다른 노력을 기울인 사람들이다. 신지식인 모델 설정은 '보편적 책임성'을 대신하여 구체적인 결과와 그것의 유용성을 통해서 사회 속에서 자신의 역할을 수행하는 후기 산업 사회의 새로운 직업군의 등장에 부응하고 있다.

신지식인 운동이 "고급 지식의 소유자만을 지식인으로 여기는 경향"을 비판하면서 대학 졸업장이나 자격증이 없는 사람일지라도 사회적으로 응분의 대접을 받고 또 나름대로 성공한 삶을 살 수 있도록 하자는 것인 만큼, 그 취지에 대해서는 나도 이견이 없다. 그러나 이 신지식인 운동은 지식 기반의 구축과 신지식인의 창출을 강조하면서도 한국에서 지식 기반의 구축이 왜 이루어지지 않는지, 또 신지식인의 모델이 왜 지금까지 광범위하게 창출되지 않았는지에 대해 묻지 않기 때문에, 문제의 본질을 건드리지 않은 채 슬로건 제시 방식의 운동으로 전락할 가능성이 높다고 본다. 특히 정부에서 제시하는 신지식인 모델들이 '학력'과 '자격증'을 갖지 못한 사람들의 일상적 경험과 배치될 경우에는 이러한 '사례 발굴'식의 신지식인 운동은 그 동안 지식인으로 대접받지 못해 온 사람들을 격려하기는커녕 오히려 좌절시킬 수도 있으며, 한창 지적 탐구 활동에 몰두해야 할 젊은이들로 하여금 기능을 지식과 혼동하고, 기초 지식의 축적은 게을리 한 채 아이디어나 창의성이 그냥 하늘에서 떨어지는 것이라고 오해하도록 유도할 수도 있다는 점을 우려한다.

우선 정부가 강조하는 '지식'은 응용 능력, 창의성, 조직과 실무에서의 혁신 능력 등 경영의 합리화와 기업의 효율성을 추구하기 위한 지식, 아이디어 맨이 양산되는 상황과 동의어가 될 수 없을 것이다. 오늘날과 같은 지구적 자본주의 시대에 지식이라는 것은 단순히 개인의 정보력과 판단력으로 성취될 수 있는 것이 아니라, 일차적으로는 정보에 접근할 수 있는 조직적 자원 및 시장 장악력을 가진 자본의 힘에 좌우된다고 볼 수 있는데, 한국의 신지식인론은 지식의 생산 유통 메커니즘과 무관하게 개별 인자의 창의성이 생산적인 성과를 낼 수 있다는 점을 은연중 암시함으로써, 실제 한국에서 좋은 아이디어와 노력으로 새로운 기술을 개발한 중소 기업이 결국 자금력 부족과 대기업의 횡포 때문에 빛을 보지 못하고 사라져 간 수많은 사례들을 무시하고 있다.

한국의 중소 기업들, 심지어는 대기업들조차도 현재의 선진국에 기반을 둔 거대 다국적 기업이 지배하는 세계 경제 질서 아래에서 이들 기업들이 갖고 있는 정보와 지식의 범위를 넘어서서 독자적인 지식과 기술을 축적하는 것이 너무나 어렵다고 판단하기 때문에, 독자적 기술이나 특허품을 개발하기보다는 오히려 외국의 다국적 기업의 하청업체로서 자족하는 경향이 있는 것이 사실이다. 따라서 이들 기업이나 개인으로 하여금 독자적 지식이나 정보의 축적을 자극하기 위해서는 정보와 지식이 자본력과 무관하게 얻어질 수 있다는 환상을 주입할 것이 아니라, 기업이나 개인이 스스로의 지식 기반 구축에 매력을 느낄 수 있는 국가 사회적 차원의 인프라 구축에 강조점을 두는 것이 바람직하다.

한편 '신지식인론'은 현재의 세계 경제, 세계적 차원의 지식 생산과 유통이 미국을 중심으로 하는 세계의 지적·도덕적 지배 구조에 의해 뒷받침되고 있다는 사실을 무시하며, 지식 생산의 거점인 미국의 대학과 문화 정보 기관이 한국을 비롯한 반주변부 국가의 지식 생산 자체를 통제하고 있다는 점을 간과하고 있다. 문화적 식민화 혹은 지적 식민화로 개념화되어 많이 거론되는 현실이 바로 이것인데, 즉 지식 생산에서의 중심/주변의 구조는 주변부·반주변부 국가에서 독자적인 이론이나 지식 생산물이 축적되는 것을 가로막되 이들 주변 국가는 오직 응용적인 지식, 실용적인 지식의 생산에만 자족하도록 유도하고 있다. 결국 지난 50년 동안 한국에서 독자적인 지식 체계나 이론이 구축되지 않았던 이유도 한국인의 두뇌나 창의성이 모자라서라기보다는 외국의 이론을 수입하여 현지에서 응용하는 것이 더욱 편리하도록 만들어 준 한국의 정치 경제적 의존 상황에 기인하고 있다고 볼 수 있다.

이러한 지적 식민지화의 경향은 하루아침에 생겨난 것이 아니다. 지금까지 우리의 지식 사회는 외국의 이론을 빨리 정확하게 수입하는 사람을 가장 대우해 왔고, 그들이 대학 사회를 지배하면서 자신의 입지를 정당화해 왔다. 이러한 지식 풍토 속에서 '참고서'가 '교과서'가 되어 버리고, 자신의 교과서를 만들어 내는 작업들을 격려하고 또 그러한 작업에 진력하기보다는 오히려 '교과서가 없는' 한국 현실을 비웃기만 해 왔다. 사실 서울대학교를 비롯한 일부 대학이 이미 십수 년 전부터 대학원 중심 대학을 지향했음에도 불구하고 오늘에 와서도 그것이 현실화되지 못한 이유 또한 바로 여기에 있다. 대학원이 중심이 되기 위해서는 가르칠 내용, 특히 독자적인 교과서와 지식 내용이 준비되어 있어야만 한다. 그런데 우리는 대부분의 학문 분야에서 우리의 힘으로 집필한 교과서가 없고, 우리의 지식을 집대성한 사전이 없으며, 교육은 있으되 연구가 없다. 그러니 학생들은 학부를 마치고 한국에서

석·박사 과정을 다녀야 할 이유를 찾지 못하게 된다. 교수들 역시 미국의 유수 대학에서 학위를 받고 온 사람이 훨씬 실력이 있다고 인정받기 때문에, 이들은 제자들에게 한국에서 학위 과정을 밟기를 권하지 않는다. 따라서 독자적 지식 기반을 구축하기 위한 노력은 무시되고, 선진 자본주의 국가에서 생산된 지식을 전파하는 현지 대리 기관만이 존재하게 된다.

특히 현재의 정부에서 신지식인으로 거론하고 있는 유형이 지금까지 대접받지 못했던 가장 중요한 이유는 제도권 교육이 창의성, 응용력, 실용적인 능력을 기르는 방향으로 진행되기보다는 학력의 추구, 즉 간판 따기로 일관되어 왔기 때문이다. 즉 한국에서 학력주의 혹은 학벌주의야말로 신지식인론이 그토록 강조하고 있는 바, 현장의 '방법지'를 발전시킬 수 있는 기회를 봉쇄하고, 그러한 능력을 가진 사람을 좌절시키는 가장 결정적인 장벽이다. 따라서 정부에서 아무리 신지식인의 모델을 발굴하고 격려한다고 하더라도, 실제 사회를 살아가는 데 학력, 즉 간판이 개인의 복리와 발전에 훨씬 더 결정적인 힘을 발휘하는 사회적 조건을 그대로 둔다면, 신지식인의 모델 발굴 작업은 일회성의 선전으로 그칠 가능성이 크고, 학력을 갖지 못한 많은 사람들의 냉소주의를 심화시킬 우려가 있다.

신지식인 운동을 주창하는 측에서는 지금까지 우리 지식 사회가 지나치게 비실용적·공리공론적 비판 지향성을 갖고 있었다는 점을 지적하고 있다. 그러나 내가 보기에 식민지 시기 이후 한국에서는 목전의 이득을 가져다주는 실용적 지식만이 지나칠 정도로 찬양되어 왔다. 일제 시기 테라우치 총독의 교육 정책은 바로 한국인을 오직 실용적인 인간으로만 만들기 위한 것을 최고의 목표로 한 것이었다. 그리하여 한국인들이 주로 기술 학교, 상업 학교에 진학하여 생업을 도모하는 데만 신경 쓰도록 하는 우민화 정책을 밀고 나아간 것이다. 박정희 정권 역시 경제 성장과 근대화를 추구한다는 목표하에 실용적 인간의 육성에 큰 비중을 두었다. 이들 모두 정치 권력에 대해 비판적 안목을 지닐 수 있는 추상적 지식의 추구를 부정적으로 바라보았다. 오늘 김대중 정부가 추진하는 신지식인 운동 역시 이 점에서 전혀 새로운 것이 아니다. 오히려 식민지 시기 이래 지속되어 온 바 체제 순응적인 실용주의적 인간 육성론의 연장 속에 있다고 볼 수 있다. 그것은 김영삼 정부의 세계화론이 그러하였듯이, '이성'과 '계몽'과 '공동체'를 압박하려는 보수 세력의 경제 지상주의의 혐의가 짙다.

추상적이고 이론적인 지식의 추구를 금기시한 이러한 논리야말로 지식 지배자의 논리이며, 생산성 향상이라는 명분하에 피지배자를 영원히 피지배의 위치에 머물러 있도록 유도하는 지배 논리이다. 왜냐하면 응용적 지식은 원리적 지식이 없이는 불가능한데, 원리의 지식은 추구하지 말고 응용의 지식만 추구하라는 것은 원리는 다른 곳, 실용지를 추구하는 사람이 접근할 수 없는 윗선에서 따로 마련하겠다는 말과 다르지 않다. 즉 당장의 유용성이 없는 원리, 즉 지식의 인프라가 없이는 응용적 지식은 나올 수 없는 것임에도 불구하고 용용과 실용만을 강조하는 것은 지적·정신적 노예 상황을 유도하는 것이다.

창의적 지식은 결코 하늘에서 떨어지는 것이 아니다. 그것은 자신의 문제를 해결하기 위한 오랜 고민의 산물이다. 자신의 문제를 해결하기 위한 고민과 토론을 격려하고, 그 결과물이 사회적으로 확산되고 공유될 수 있도록 하는 것이 곧 지식 기반의 구축이다. 당장의 유용성이 없는 것처럼 보이는 지적인 작업이나 생산물이 축적되지 않고서는 창의성도 아이디어도 나올 수가 없다. 우리는 신지식인의 사례들을 찬양하기 이전에 한국에서 왜 독자적이고 창의적인 원리 지식, 이론 지식이 축적되지 않았는지를 먼저 검토해야 한다. 그리고 산학 협동을 강조하기 이전에 먼저 한국의 대학, 즉 원리를 생산하는 지식 생산의 '공장', 즉 학교의 상황을 먼저 검토해야 한다. 신지식인론이 한때의 유행에 그치지 않기 위해서는 지난 근대 100년의 지식의 역사를 먼저 성찰할 필요가 있다. 우리의 일그러진 지식 생산 구조를 살펴보지 않은 채 미국의 미래학자나 경영학자들의 몇 마디를 금과옥조로 받아들이는 일부 학자나 언론인의 주장에 나라가 들썩들썩하는 것이 아닌가 걱정스럽다.

왜 아직도 지식인인가

    오늘날 우리가 추상적으로 설정된 역사의 방향과 그에 대한 책임성을 전제로 둔 채, 사람들에게 지적인 엄격함과 정직성, 강인함을 강조할 수 있는 시대에 살고 있지 않다는 것은 분명하다. 오늘날 역사의 짐을 혼자 짊어진 것처럼 시대의 과제 앞에 자신을 내던지던 선구적 지식인의 모습은 '박물관'에서 볼 수 있을 정도로 어색한 것이 되고 있다. 그러나 이러한 '보편'의 가치를 앞세우면서 세상과 타협하지 않았던 지식인의 모습이 점차 드물어진 것은 지식인들 스스로가 현실에 쉽게 굴복하거나 아예 사상 전향을 감행했기 때문이라기보다는, 투쟁과 갈등의 중심이 국가의 활동 영역에서 자본의 영역으로 이동한 현실에 기인하는 것이 아닌가 생각된다. 오늘날 만물이 상품화된 시대에 들어서서 자본의 지배는 지배/피지배의 현실을 비가시화시키는 특징을 지닌다. 그리하여 대중의 무관심을 조장하거나 상품의 공급으로 그들에게 즐거움을 제공해 줌으로써, 결핍과 소외의 영역을 주변화시켜 내고, 구조적 상황을 개인적이고 실존적인 조건으로 치환한다. 그리하여 상품이 신의 지위에 올라서면서 신은 인간을 일 대 일의 관계로 호명하고, 사람들간의 연대의 기반은 허물어진다. 료타르(Lyotard)가 말한 지식인의 종언이라는 것은 이것을 두고 하는 말이다.

벨(Daniel Bell)은 지식인은 '국가'적 목적을 분명한 말로 규명해 내고자 하는 사람이라고 한 바 있다. 즉 지식인 보편 가치를 내세우면서 투쟁의 한 주체로 등장하게 되는 것은 국가를 누가 장악할 것이며 국가의 이념을 무엇으로 할 것인가라는 의제가 던져지는 상황에서이다. 지난날 지식인이 혁명가가 된 것은 바로 기존의 국가 건설의 주체를 지식인들이 도저히 용납할 수 없었기 때문으로, 스스로가 국가의 새로운 주체로 등장하려는 시도였다. 그것은 적과 나의 이분법의 구분 속에서 치러지는 일종의 전쟁이었다. 국가 권력을 향한 투쟁은 바로 '악의 무리'를 물리치고 '선'의 무리가 그 자리를 대신한다는 종교적 성격을 지니고 있었으며, 그러한 성스러움의 명분하에서 생활 대중들을 '보편'의 목적을 관철시키기 위해 무리하게 동원하는 오류도 저질러졌다. 한국전쟁시의 좌·우 세력이 각각 민간인에게 저지른 살육, 폴 포트 정권하에서 저질러진 대량 학살은 '지식'이 종교의 성격을 지닐 때 어떠한 위험이 초래될 수 있는지를 보여주는 극명한 사례이다.

지식인이 혁명에 몸을 던짐으로써 스스로는 해방될 수 있다. "지식계급은 특권 계급의 주구가 되며 또 수족이 되며 노예가 되어 활동하는 것이 아닌가?", "지식인은 끊임없이 동요하며, 이중적이고 기회주의적인 태도를 취한다"는 모든 비판으로부터 완전히 결별하면서 이제 역사 앞에 떳떳한 자세를 취할 수 있다. 그러나 지식인의 자기 해방이 반드시 민중의 해방을 가져오는 것은 아니다. 그것은 지식이 종교가 되고, 지식이 유토피아가 되는 과정이 언제나 그러하듯이, 지식인의 '상황 돌파' 행동은 민중의 삶의 현실을 자기의 방식대로 '공동체'의 관념으로 재구성한 것이기 때문이다. 따라서 지식인이 구축한 '공동체'는 불의와 부정한 질서에 대항하여 엄청난 파괴력을 지닌 것이기는 하나, 다른 측면에서 보면 봄에 내린 눈처럼 하루아침에 녹아내릴 수 있는 취약한 것이기도 하다. 이것은 지식인의 관념성에 기인하는 것임에 분명하지만, 그것은 그 자체로서 나쁜 것만도 좋은 것만도 아니다.

국가의 영역에서 자본의 영역으로 지배가 전이하였다는 것은 곧 지식인이 견지하는 '관념'의 공동체를 해체하는 작업의 다름 아니다. 포스트모던의 사상이란 바로 국가를 넘어선다는 명분하에 자본 시대의 도래를 다르게 표현한 것이라고 말할 수 있다. 료타르는 지식인이란 인간, 인류, 국가, 국민, 프롤레타리아트, 창조자 혹은 이런 종류의 실재의 위치를 차지하면서 보편적인 가치를 구현하는 주체라고 말하면서, 이러한 지식인은 이러한 위치에서 상황과 조건을 분석하고 기술하며, 이러한 주체가 실현되거나 점진적으로 실현되도록 무엇을 해야 하는가를 규정하는 사람이라고 보았다. 그런데 보편적 이념의 쇠퇴는 보편적 주체의 이념을 구현하기 위해서 노력하는 지식인의 설자리를 없앴으며, 가능한 최상의 수행성, 즉 최상의 투입/산출(지출과 수입)이라는 기술적 기준에 의해 움직이는 오늘날의 정밀 과학 · 첨단 기술 · 인문 과학 분야에서 교육받은 자들, 즉 신기술 · 민간 · 경제 · 사회 · 군사 · 행정의 집중화로 인한 중간 책임직 · 고위 책임직의 위치에 서 있는 사람들을 주역으로 부각시켰다고 말한다. 그는 결국 '근대성'이 만들어 낸 편집증으로부터 해방되는 것, 그것은 바로 지식인의 무덤을 의미한다고 보았다.

오늘 김대중 정부가 추진하는 신지식인 운동은 '지식인'의 개념을 새롭게 정의함으로써 '이성'과 '계몽'과 '공동체'를 압박하려는 신자유주의 공세의 일환이라고 평가할 수 있다. 김대중 정부는 창조적 지식 기반을 갖춘 국가 건설을 위해 필요한 신지식인을 "학력과 관계없이 부가가치를 능동적으로 창출하거나 새로운 발상으로 일하는 방식을 개선하는 사람"으로 정의하고 있다. 현 정부는 한국이 21세기 선진 국가가 되는 데 필수 조건인 지식 기반이 제대로 갖추어져 있지 않음을 반성하면서, 그 대안으로 이처럼 '고정 관념을 깨는' 실용적 인간형을 설정하고 있다. 신지식인의 모델로서 제시된 사람들의 면면을 보면 신지식인 운동이 무엇을 지향하는지 알 수 있다. 즉 '신지식인'은 모두가 자신의 직업 세계에서 발상을 전환하여 높은 부가가치와 소득을 올린 사람들이다. 김대중 정부는 현장에서의 경험지와 방법지를 교육에 의한 전문적 지식보다 더 중요한 것으로 평가하고 있다. 사르트르가 비판하는 기술적 지식인이건 현 한국 정부가 추진하는 신지식인이건 앞에서 말한 '보편적 이념'을 담지하고, 그것을 주체 형성을 통해 현실화하려 하는 전통적 지식인을 비판하고 넘어서려는 자세에서는 마찬가지이다.

신지식인론은 활동의 최종 목적과 방향에 대한 책임 의식을 갖는 지식인보다는 현재 자신이 수행하고 있는 업무에서의 기술적 판단과 책임성을 갖는 사람을 중시하고 있다. 신지식인은 이제 인간 공동체에 책임 의식을 갖는 것이 아니라, 자신의 전문화된 영역에서의 정해진 규칙들에 대한 충실성만을 갖는다. 따라서 신지식인론은 직업 의식 혹은 전문가의 직업 윤리에 기초하여 '보편적 책임성'을 대신하여 구체적인 결과와 그것의 유용성을 통해서 사회 속에서 자신의 역할을 수행하는 후기 산업 사회의 직업군의 등장에 부응하고 있다. 그것은 지식을 다루는 일이 종교적 신성함과 결부되었던 중세와 봉건 시대의 모든 흔적들은 사라지고, 세속의 가치가 도덕적 예언을 대신하는 시대에 도달했음을 알리는 징표이다.

그러나 인간의 삶은 언제나 존재에 대한 설명과 삶에 대한 의미 부여를 요구한다. 직업이 돈과 결부되고 일이 수입과 결부되는 삶은 결코 존재에 대한 근원적인 답을 제공해 주지 못한다. 즉 인간은 예언자가 더 이상 필요없는 시대에 살 수 없다. 그것은 인간이 개인으로서 살 수 없는 이유와 마찬가지이다. 극도의 세속화, 본질에 접근하지 못하는 언어, 기호들의 나열은 결코 유토피아를 대신할 수가 없다. 세속화의 극단, 그것은 바로 벨이 말한 자본주의의 문화적 위기에 다름 아니다. 그것은 '말'이 불필요한 사회가 아니라 '말'을 은밀하게 억제하는 사회이다. 국가에 의해 말이 억제되면 비판의 말이 폭발할 수도 있지만, 오늘날처럼 정형화되고 도식화된 즐거움에 의해 말이 억제되면, 이들의 침묵의 비밀을 들추어내어 거짓 예언자를 고발하는 예언자가 필요해진다. 대중은 해방된 것이 아니라 새로운 방식으로 침묵을 강요당하고 있다. 그들은 과거나 지금이나 전체를 볼 수 있는 능력을 박탈당하고 있다. 이러한 조건에서 '들추어내는 세력'이 없다면 문명은 야만으로 변할 것이다.

슘페터는 "대중은 결코 주도권을 쥐고 어떤 의견을 확고하게 펴지 못한다. 따라서 의견을 분명하게 개진한다거나 그러한 의견을 일관성 있는 태도와 행동으로 실천하는 것은 대중들에게는 더욱 어려운 일이다"라고 말한 바 있다. 우리의 사정도 이와 다르지 않다. 국가에 의해 침묵당한 대중들은 이제 자본의 압력에 의해 또다시 침묵의 물결에 휩쓸려 가고 있다. 과거나 오늘이나 그들은 이해 관계를 축으로 세상을 보고, 이해 관계 때문에 침묵하며, 이해 관계 때문에 자신이 경험한 것이 전체인 것으로 생각하면서 살아간다. 그것은 사회 전체적으로 보면 기성의 질서에 순종하는 모습으로 나타난다. 이들이 순종하는 자세에서 벗어나기 위해서는 개인의 노력만으로는 여전히 부족하다. 기술적인 문제 해결 방식, 경험된 현실 그 자체로는 희망을 주지 않기 때문이다. 지식이 공유되어 희망과 결합될 때 행동이 시작된다.

결국 오늘의 상황에서 국가 건설기에 요구되던 거대한 담론, 도덕적 예언자가 요구되지는 않는다. 경험주의, 기술주의, 전문주의의 함정에서 벗어나도록 도와 주는, 비가시화된 지배 질서의 내막을 폭로해 주고, 그것이 인간다운 삶의 질서와 배치된다는 것을 보여주는 그 무엇이 필요하다는 것이다. 그것은 기술주의 문명의 파괴적 성격, 도덕적 황폐화에 대한 구원의 필요성이라고 해도 좋을 것이다. 종교의 시대가 끝난 것이 아닌 것처럼 지식인의 시대도 아직은 끝나지 않았다. 그러나 상품이라는 신흥 종교가 대중을 미혹하는 오늘의 시점에서 지식인의 입지, 실천의 방식은 과거와 다를 수밖에 없을 것이다. 즉 정치가 실천의 전부를 차지하는 시대는 지났다. 오늘의 시점에서 억압에 대항하여 '분노'만을 표출하기보다는 분노를 미학으로 승화시키고 있는 멕시코 사빠띠스따의 마르꼬스는 지구적 자본주의 시대에 나타난 새로운 형태의 지식인인지도 모른다.

민중과 지식인

　민중과 지식인의 관계, 혹은 민중 의식이라는 해묵은 주제가 요즘 『당대비평』에서 논쟁거리가 되는 모양이다. 즉 민중이 단순히 역사의 희생자가 아니라 파시즘 혹은 권위주의 정권을 지탱시킨 하나의 기둥이라는 주장이 논란거리가 되는 것 같다. 민중들이 한편으로는 역사의 희생자이기는 하나 다른 편으로 지배 권력의 헤게모니에 포섭되어 파시즘 권력에 대한 복종 의식을 내면화한 다음, 가시적인 폭압이 사라진 뒤에도 여전히 수구 세력의 등장을 묵인·방조하는 자세를 취하고 있다는 것이다. 1980년대에 풍미했던 과도한 민중 메시아주의가 민중을 혁명의 주체로 미화하였다가 운동의 퇴조 분위기 속에서 성급하게 민중 환멸론으로 돌아섰던 일들을 되돌이켜보면, 오늘의 시점에서 이러한 주장들이 제기되는 것은 별로 놀라운 일도 새로운 일도 아니다. 정치적 민주화 국면에서도 그에 부응하는 사회 민주화가 진전되지 않는 사실을 뼈저리게 느꼈거나, 사회적 관행이나 구성원의 습관의 비민주성이 정치적 민주화 자체의 발목을 잡은 일들을 체험한 사람이라면 누구나 이러한 지적에 공감할 수 있다. 더구나 문화 혹은 습관에 대한 강조는 주로 운동의 퇴조기에 나타나는 현상이므로 오늘날 사회과학과 역사학에서 문화, 혹은 부르디외가 말하는 아비투스(habitus)에 대한 관심은 이러한 세계사적인 분위기를 반영하는 것으로 보이기도 한다.

과연 중요한 것은 문화요, 의식이요, 그 아래에 깔려 있는 무의식이요, 습관이요, 망탈리테(mentalite)다. 사람들을 사로잡고 있는 저 습관의 단단한 껍질을 부수지 않고서는 역사가 진전되지 않는다. 지금까지 좌파 혁명가나 운동가 들은 이 점을 너무 안이하게 생각했기 때문에, 결국 혁명의 대의가 민중의 습속과 관행 속에 뿌리 내리고 있는 권력 물신주의, 권위주의, 기회주의, 부르주아적 사고의 잔재에 의해 참담하게 무너지는 일을 겪지 않을 수 없었다. 당 독재론이 최고 권력자 1인의 독재로 퇴화되어 버리고, 계급 투쟁의 담론이 사적인 보복으로 현상화된 것도 바로 이러한 낡은 습관의 잔재를 버리지 못한 민중들이 갑자기 나라를 다스리는 자리에 서게 되었을 때 나타난 불행한 현상이라 할 수 있다. 민중의 이러한 퇴영적인 모습은 중국의 '문화 혁명'에서 나타난 것처럼 이상주의적인 청년 지식인들의 과격한 투쟁 노선을 정당화해 주기도 했고, 때로는 그들에게 큰 상처와 환멸감을 남기기도 했다.

그러나 민중의 의식과 무의식 속에 남아 있는 저 구시대의 잔재들, 권력에 대한 굴종 의식과 권력 물신주의(power fetishism), 단세포적인 이기주의 등을 현상 그 자체로만 강조하면 진실의 오직 한 측면만을 본 것이다. 우리는 민중이 그러한 모습을 갖게 된 연유에 대해 더 관심을 기울여야 한다. 왜냐하면 역사에서 주인으로 대접받지 못하고 살았던 사람들의 태도나 의식은 모순적인 정치 경제 조건하에서 언제나 왜곡되어 있을 수밖에 없는데, 그것은 관찰자의 입장에서는 언제나 피상적으로만 정리되기 쉽기 때문이다. 민중들이 비민주적이고 노예적인 품성을 획득하게 된 일상의 체험을 단지 외부에서 혹은 관찰자의 입장에서 밖에서만 들여다보면 그들의 모습은 긍정적인 측면보다는 부정적인 측면이 더 많다. 파울로 프레이리(Paulo Freire)가 강조한 것처럼 민주주의라는 것은 하나의 생활 방식이고 습관인데, 억압과 독재하에서 살았던 사람은 민주주의적인 습관을 획득할 기회를 갖지 못하기 때문이다.

따라서 그들의 의식과 태도를 위에서 아래로가 아니라 '아래에서 위로 올려다보면서' 현상학적으로 직시해야 사실의 총체에 도달할 수 있다. 이러한 총체적인 접근을 하지 못하면, 과거 1980년대의 대학생 혹은 청년들이 그러했듯이 민중을 지나치게 이상화하거나, 다른 편으로 도구화하는 우를 범할 수 있다. 그러한 청년들은 결국 자신의 변신을 정당화하기 위해 민중에게 책임을 전가하는 경향이 있는데, 이 경우 민중은 사실상 아무것도 달라진 것이 없다. "국민의 의식이 문제다", "노동자들이 진정으로 각성해야 하며 정치 의식을 획득해야 한다"라는 비판 혹은 지적은 누구나 아주 쉽게 뱉을 수 있지만, 그 말로는 아무런 실천적인 대안도 끄집어 낼 수 없다. 사실상 그것은 이광수의 민족 개조론만큼이나 무의미한 말이다. 왜냐하면 언제 어떤 상황에서도 민중이 상황 돌파의 독립 변수인 경우는 거의 없으며, 또한 이러한 지적들은 그들이 조직되어 있을 경우의 예상 가능한 행동과 민중 일반의 개인적인 행동을 구별하지 않고 있기 때문이다. 습관과 의식은 비판의 대상이 되기 어렵다. 습관을 형성한 역사적 상황을 먼저 문제삼지 않을 경우 그러한 진단은 반드시 허무주의에 도달하게 된다.

나는 대학 초년 시절이던 1970년대 후반 어느 여름 의식화의 길을 겪은 후 처음으로 배운 자의 입장에 서서 민중의 처지를 고민해 본 적이 있다. 그것은 학교 당국과 경찰의 감시를 피해서 갔던 농활의 현장에서였다. 우리가 찾아갔던 농촌 마을에는 선배 학생들이 비판하던 '관변'측 부녀회장이 있었다. 선배들은 이 아주머니는 거의 구제 불능의 반농민적·반민주적 인사라고 후배인 우리에게 강조하였다. 심지어는 농민들을 잘못 인도하는 '독소'와 같은 존재라는 인상도 심어 주었다. 선배 학생들이 설정했던 민중의 상은 박정희의 반민중 정책에 대해 비판적 의식을 갖고 있는 투쟁가로서의 농민이었다. 우선 우리는 대다수의 농민들이 우리가 예상했던 만큼의 비판 의식을 갖지 않고 있다는 점에 당황했다. 그래도 하루의 작업을 마친 후 저녁의 분반 활동 시간 혹은 작업 시간중 이들과 대화를 할 수 있는 틈이 생기기만 하면 박정희의 농민 말살 정책, 저곡가 정책을 비판하면서 그들의 동의를 이끌어 내려 애썼다. 그런데 예상했던 대로 그 문제의 아주머니는 사사건건 우리의 주장에 딴지를 걸거나 찬물을 끼얹는 발언을 해서 우리를 실망·분노케 하였다. 그 분위기에서 그 아주머니는 우리의 '적'이었다. 부녀회장으로 새마을 운동 조직 등 각종 관변 단체에 들락날락하면서 상당한 이권을 챙기는 존재로 의심되기도 했다. 모든 학생들은 그녀를 기피하였고 그녀를 증오하였다.

그런데 우리가 농활을 마치고 돌아오는 정선선 기차간에서 나는 그녀를 다시 발견할 수 있었다. 지금은 정선 5일장 관광 코스로 개발되어 서울 사람들이 그 기차를 많이 이용하고 있지만, 그때는 장터에 나물이나 밭작물 등 자그마한 물건이라도 내다 팔려는 무지렁이 촌사람들만이 타던 오지 열차였기 때문에 열차간은 텅 비어 있었다. 나는 우연하게 그녀와 마주앉게 되었는데, 그녀는 내게 광주리에 강냉인지 무엇인지를 담아서 시장에 가는 길이라고 했다. 그때 나는 내 눈을 의심하였다. 며칠 전 동네에서 보았던 그녀는 관청의 끄나풀이었으며 그러한 지위를 누리는 기득권층이었는데, 정선선 기차 안의 그녀는 서울로 가는 우리 대학생들, 특히 몇 명의 여학생들 모습과는 너무나 뚜렷하게 대조적인, 삶에 찌든 촌 아주머니였기 때문이었다. 그녀의 촌스러움, 화장기 없는 거친 얼굴, 논바닥처럼 갈라진 손바닥이 유난히 강하게 내 눈에 들어왔다. 그 자리에서 그녀는 권력자, 기득권층이 아니었으며, 앞으로도 이 시골구석에서 험한 밭일을 하면서 살아갈 수밖에 없는 농민의 아내일 뿐이었다. 정선을 떠나는 우리 대학생들과 시골 동네 부녀회장의 처지는 너무나 극명하게 대비되었다. 그 순간 나는 그녀를 우리 농활의 방해꾼, 관청에 빌붙어서 기득권을 챙기려는 반농민적인 존재라고 생각해 온 내 자신을 크게 되돌이켜보게 되었다.

나는 당시 정선선 열차 안에서 내가 가졌던 순간적인 감정을 누구에게도 털어놓지 않았다. 어느 역에선가 그녀는 내렸고, 우리는 다음 역에서 서울로 가는 태백선 열차를 갈아탔다. 그녀는 이제 우리 시야에서 완전히 사라졌다. 아니 정확히 말하면 그녀는 그 삶의 자리에 그대로 남아 있었고, 열흘 동안의 농활 기간 동안 농민들을 의식화시키겠다고 야단법석을 떨었던 우리는 서울로 돌아와서 그들을 완전히 잊어버렸다. 그후에 그녀가 어떻게 되었는지 관심을 갖거나 기억하는 이는 아무도 없었다.

이것은 나의 작은 경험이지만, 내가 사회과학 공부를 하면서 '의식화된' 다음부터 민중과 지식인의 문제를 고민하게 된 최초의 의미 있는 기억이다. 그후로 나는 민중 혹은 대중이라는 말을 조심스럽게 사용하게 되었다. 그리고 그 뒤 전업 사회학자가 된 나에게는 '계급'이라는 말도 신중하게 사용해야 할 용어가 되었다. 그리고 이후에 나는 민중을 위해 헌신하지도 못했으며, 계급 투쟁을 강조하는 사람들과도 정신적 거리를 두게 되었다. 지식인의 담론과 그들의 삶이 큰 거리가 있다는 사실만 안타깝게 확인하였으며, '부채 의식'을 가진 채 그들에게 언어와 담론의 폭력을 행사해서는 안 되겠다는 소극적인 태도만을 유지했다.

이후 박사 논문을 쓰는 과정에서 많은 노동자·노동 운동가를 만났으며, 최근에는 민간인 학살 진상 규명 운동에 나서면서 피해자 유족인 농민들을 비교적 많이 만났다. 1999년 한 학술 심포지엄에서는 어떤 발표자가 광주민주화운동 보상 문제를 논의하는 자리에서 광주민주화운동 당시 '가방끈 긴' 참가자들과 '가방끈 짧은' 노동자 민중 출신 참가자들간의 보이지 않는 갈등이 발생했다는 지적을 한 바 있다. 나는 이 모든 과정에서 동일하게 나타나는 어떠한 현상이 있다는 사실을 감지하고 있다. 내가 이미 발표한 『한국사회노동자연구』, 『분단과 한국사회』, 『전쟁과 사회』에 한국의 민중들에 대한 내 생각의 일단은 드러난 바 있다. 그러나 아직은 이론의 깊이가 얕아서 한국 민중사, 한국의 민중 의식에 대해 아직 체계적으로 정리하지는 못하고 있다.

많은 동료 연구자나 독자 들은 나의 주장에 공감을 표시하기도 하면서 "민중들을 너무 수동적으로 그린 것은 아닌가?"라고 비판한다. 특히 최근에 발표한 『전쟁과 사회』를 읽고 나서 일부 서평자들은 민중의 변혁적 측면과 역동성을 간과하고 너무 수동적이고 예속적인 존재로만 묘사했으며 비관적인 시각을 갖고 있다는 비판도 했다. 이러한 비판을 듣고서 나는 전쟁이라는 특수 상황이 민중에게 어떠한 독자적 사고와 행동의 입지를 박탈했기 때문이 아닌가 생각도 해보았다. 그렇다면 지난 1970, 80년대는 과연 전쟁 상황과 얼마나 달랐던가? 내가 기억하기에도 노동 문제에 눈을 뜬 노동자들에게 지금까지 한국의 노동 현장은 전쟁이 아닌 적이 없었다. 그리고 '목구멍이 포도청'인 노동자들이 굶어죽을 각오를 하고 자기보다 몇십, 몇백 배 힘이 강한 사용자나 경찰에게 대든 경우는 많지 않았다. 상황 그 자체로 보면 그들의 모습은 대단히 굴종적이었지만, 나는 먹고살기 위해 이 험한 세상에서 납작 엎드려 살아온 민중들이 파시즘 권력의 조력자라는 생각에 동의하지는 않는다. 그러한 생각은 민중이 지배층, 지식인과 같은 정도의 선택의 기회와 사고의 자유를 가졌다는 전제를 갖고 있기 때문이다. 이것은 중간층 혹은 부르주아적 출신 배경을 갖는 지식인이 너무 자신의 처지에서만 민중을 보는 태도와 무관하지는 않을 것이다.

나는 왜 여전히 1980년 광주민주화운동이 광주 사람들의 문제만으로 기억되고 있는가, 1979년의 부마항쟁의 정신이 60억 원을 들인 부산의 민주공원으로 왜소화되어 버리고 오늘날 부산 시민의 민주주의 의식으로 연결되지 않는가, 그리고 대기업 노동조합이 평소에는 그렇게 투쟁적인 언사를 남발하면서도 결정적인 순간에 가서는 자기 밥그릇 문제에 치중하는가, 왜 전쟁 전후 피학살자 유족들이 자신의 고통과 한을 전국적인 이슈로 발전시키지 못하고 자기 지역만의 특수한 문제로 축소시키고 있는가 하는 유사한 문제들을 마음속에 담아 두고 있다. 바로 이 문제의 근원에는 민중의 고통을 일정한 방향으로 향하게 만드는 강력한 억압 구조와 허용된 바 문제 해결 구조가 버티고 있다. 작은 보상으로 그들을 회유하면서 큰 문제에는 아예 접근조차 못하게 하는 구조말이다.

따라서 이러한 태도들의 근저에는 한국 민중이 살아온, 달리 선택하기가 대단히 어려웠던 나날의 축적들, 그리고 그들의 정신을 마비시키고 그들을 자유로운 존재로 남겨 두지 않았던 권력과 자본의 역사가 살아서 움직이고 있다. 바깥에서 보면 민중들의 이러한 모습은 대단히 부정적인 양상을 지니고 있다. 배가 고파 군에 입대했다가 동족을 살해하는 일에 가담한 군인이나, 서울 와서 공장에 들어가 남부럽지 않게 살아보겠다고 하다가 구사대원이 된 노동자의 일그러진 모습들은 분명 개인의 도덕성 탓만은 아니다. 그들을 용서하자는 것이 아니라, 그렇게 그러한 선택을 하게 된 조건들의 맥락을 먼저 살펴보아야 한다는 것이다.

『당대비평』 2000년 가을호에서 문부식이 강조한 것처럼, 광주 사태 피해자들이 이제 민주화 운동가로 보상을 받게 되었는데, "왜 꼭 국가 유공자가 되려 하는가?"라고 비판을 한 바 있는데, 이는 적절한 비판이기는 하나 비판 이전에 한 번 더 생각해야 할 지점이 있다. 즉 그들이 정말 대접받는 국민으로 살아왔다면 그러한 발상을 하지 않았을지 모른다. 그런데 우리 농민과 노동자 들은 한 번도 국민 대접을 받아 보지 못했다. 일제 시대 이래 관청은 그들을 돌보는 기관이 아니라 뺨을 때리고 고혈을 짜는 무시무시한 괴물이었다. 그들은 '국민'이 아니었으므로 그들에게 공민으로서의 책임 의식을 기대할 수는 없었다. 우리는 국민으로 대접받지 못한 한국 민중의 피해 의식이 어떻게 부정적인 양상으로 나타나는가를 살펴볼 필요가 있다. '피해자의 보상 심리'는 당당한 인간 혹은 인격체로서의 인정을 받는 방향으로 향해지는 것이 아니라, 할 수 없으면 포기하고 할 수 있다면 가능한 자신의 것을 최대한 챙기려는 태도로 나타나게 된다. 그것은 헤겔이 강조한 바 '자유'를 맛보지 못한 노예들의 불행한 의식 상태다.

기업이 무너지고 나라 경제가 거덜나는데도 기업 차원에서 더욱 완전한 복지와 높은 임금의 보장이 가능하다고 생각하는 한국 노동자의 근시안적 모습은 안타깝기는 하지만, 그들이 왜 그러한 방식으로 보상을 받아 내려 하는가 하는 점을 함께 고려해야 그 부정적 행동의 근원을 알 수 있다. 영동 노근리의 미군 학살 피해 주민, 거창 신원면 지역의 피해자 유족들이 자신들만이 정말로 억울한 순수 '양민'이므로 우리 문제가 우선 해결되어야 한다는 논리하에 다른 피해자들과의 연대를 기피하는 행동도 모두 이것과 관련되어 있다. 그것은 무서운 이기주의다. 그러한 동료의 이기주의에 직면한 민중들 자신이 서로를 불신한다. 그리고 그들의 이기주의에 지친 지식인 운동가들은 다시는 그들과 함께하지 않겠다고 다짐하면서 이들의 곁을 떠났다.

그러나 우리는 민중들이 그러한 태도를 갖게 된 상황 맥락, 그들의 가용한 선택지에 대해 성찰해 보아야 한다. 그들의 경험과 시야 속에서는 그러한 방식으로 행동할 수밖에 없게 되어 있다. 그것은 그들이 달리 행동할 길을 알지 못하며, 달리 행동해서 성공한 예를 알지 못하기 때문이다. 민중들의 이러한 점에 대한 성찰은 곧 지식인 자신에 대한 성찰 작업이 될 것이다. 병들어 있는 것은 민중이 아니라 사실은 지식인일 가능성이 높기 때문이다. 민중들을 피상적으로 이해하지 않는다면 민중들의 이기주의를 극복하는 과정에서 지식인과 민중이 함께 변화되어야 할 점들에 대해 교훈을 얻을 수 있다.

'가진 사람'이 모든 일을 마음대로 할 수 있는 불합리한 세상에서 말도 안 되는 억울한 일을 매일 겪고 있는 민중들이 보이는 가장 보편적인 반응은 불평과 욕이다. 부르크네르는 불평은 "반항의 타락된 상태를 나타내는 것이고, 우리에게 불가능한 것(부, 완전한 자기 개화, 축복)을 암시하면서 우리가 처한 상태에 결코 만족하지 말도록 부추기는 민주적인 발언"이라고 말한 바 있다. 불평은 세상을 변화시키기 위해서 아무것도 하지 않는 행동이자 체념의 표현이고 "사소한 불운에 대한 야합"이므로 사실상 세상을 변화시킬 수 없다. 결국 불평만으로 그치는 민중들은 분명히 이 불합리한 질서의 유지에 동조하는 것이다. 그런데 그는 불평이 "삶의 방식"이라고 강조한다. 민중들의 일상적인 삶의 방식은 바로 불평하면서 사는 것이다. 불평이 민중의 삶의 방식인 이유는 그렇게라도 하지 않고서는 자신의 삶을 지탱할 수 없기 때문이며, 그렇지 않은 방식으로 행동할 수 있는 길, 즉 직접 저항하는 길을 알지 못하거나 그러한 행동을 쉽게 선택할 수 없기 때문이다.

매일 불평을 하기는 하지만 드러내 놓고 저항하지는 못하는 민중들의 일상을 염두에 두고 보면, 한편에서는 민중들이 그러한 불평을 저항으로 연결시킬 수 있는 잠재력을 가진 존재라는 점을 인정할 수 있고, 다른 편으로는 평생을 불평 속에서 살면서 결과적으로 부정의한 세상일이나 억압적이고 권위적인 지배 체제를 유지시키는 데 기여하거나, 때로는 자그마한 권력과 돈의 유혹에 사로잡혀 자신의 인격과 자존심을 팔아넘길 수도 있는 존재라는 점을 인정할 수 있다. 그들은 억압적이고 반민중적인 체제 아래에서 오랜 세월 살아오는 동안 자신의 삶의 주인으로 서 보기 어려웠기 때문에, 자신이 무엇을 적극적으로 선택할 수 있으며 또 희망할 수 있다는 사실을 자각하지 못한다. 그들은 바로 자유인 혹은 근대적 공민으로 훈련되지 못했다. 파시즘, 군사 독재, 권위주의 체제하의 민중은 모두 이러한 특징을 지니고 있다. 사실상의 군사 파시즘 체제였던 일제 말의 체험, 그리고 분단 50년의 체험은 근대적 공민(citoyen) 대신에 모든 것을 위쪽에 맡겨서 선택의 방향을 오로지 권위 있는 자의 결단에 기대하는 충실하지만 비열한 '신민'을 계속 만들어 냈다.

결국 우리는 민중을 이해하기 위해서는 그들의 생활을 통한 학습의 과정을 고려해야 한다. 민중에게 학습은 학교 교육을 통해서보다는 일터의 생활을 통해 얻어진다. 경험보다 더 중요한 교사는 없으므로 학교 교육이나 매스컴은 이들의 체험을 통한 학습을 압도할 만한 힘을 갖지 못한다. 물론 원론적으로 보더라도 노동 계급의 형성은 주체와 구조의 상호 작용의 산물이다. 영국의 노동사학자 톰슨(E.P. Thompson)은 『영국 노동계급의 형성』에서 이 점을 강조하였다.

노예적인 정서와 문화를 갖는 민중들은 고통이 인내의 한계를 넘을 때, 분노가 극에 달할 때 강한 저항 의식을 보여주기도 한다. 그런데 이들의 저항 행동 중에는 자신의 주장을 사회의 진보와 전혀 연결시키지 못하는 집단적 이기주의의 모습을 지닌 경우도 있다. 아니 민중들의 최초의 저항은 모두가 이러한 집단 이기주의의 양상을 지닌 것이라고 봐도 과언이 아니다. 설령 그것이 집단 이기주의의 양상을 지닐지언정 그들이 개인적으로 불평만 하다가 이제 저항 행동을 감행했다는 것은 대단히 의미심장하다. 엥겔스가 강조하였듯이 저항이라는 것은 바로 노동자의 '인간 선언'이기 때문이다. 더 나아가 그러한 행동이 미치는 결과, 그러한 행동에 대한 탄압, 행동 과정에서 보여준 동료들의 모습을 통해 그들은 단순한 피해자 의식에서 벗어날 수 있는 가능성을 획득할 수 있기 때문이다.

물론 이러한 저항이 단순한 이기주의의 표현으로 그치는 경우도 많다. 따라서 저항 그 자체가 민중들이 주체로 등장할 수 있는 충분 조건이 되지는 못한다. 교육이 개입할 수 있는 지점이 여기이다. 교육은 상황에 대한 해석이고, 자신의 행동을 전체적 맥락에서 고찰하도록 해준다. 교육의 정신으로 인도되지 않는 행동, 집단적 의사 소통과 반성의 공간이 없는 행동은 오히려 자신의 피해자 의식과 집단 이기주의를 더욱 강화시키기도 한다. 즉 저항은 자유 정신, 주체화로의 학습 과정이 되어야 하는데, 때로는 그 반대의 결과를 낳을 수도 있다는 말이다.

그런데 일부 지식인들은 민중들의 저항 일반을 계급 투쟁이라고 찬양하고, 저항을 하지 못하면 계급 의식이 없다고 말하는 경향이 있다. 그들은 저항 속에 숨어 있는 왜곡된 모습을 보지 못하며, 저항하지 않고 불평만 하는 상태에서 잠재되어 있는 힘을 파악하지 못하는 셈이다. 여기서 민중의 저항에 대한 지식인의 역할이 문제가 된다.

지식인이 민중을 저항으로 유도할 경우에는 반드시 결과에 대한 책임 문제를 고려하여야 한다. 지식인들은 저항한 이후 감옥에 갔다와서도 살 수 있는 길이 여러 갈래 있지만 민중은 그렇지 않다. 1970년대에 어떤 노동자가 쓴 「순이에게 보내는 글」이라는 수필을 보면 "목사나 신부나 기독교 기관 사람들은 탄압을 받아 운동을 못하게 되면 갈 곳이 있고 살 수 있는 길이 있지만, 우리 노동자는 해고되면 그날로 집안 식구가 살길이 없다. 그렇기 때문에 알면서도 적극적으로 운동에 참가하지 못하는 것이다. 우리는 우리 처지에서 살길을 찾아야 하는 것이다"라고 동료에게 말하고 있다. 그들은 사태의 진면목을 알고 있다. 따라서 그들이 쉽게 저항하지 않는 것은 그들 나름대로의 합리성이 있는 셈이다. 민중들이 간직하는 내재적 합리성을 무시하고, 지식인이 자신이 설정한 합리성과 당위성을 강요할 경우 문제가 발생한다. 이 경우 저항으로 인해 치러야 할 대가가 민중들에게 더욱 심각한 고통을 가져올 때, 지식인들은 그것을 함께 해석하고 다음의 행동을 준비할 수 있는 행동 지침과 교육 자료를 준비하고 있어야 한다. 만약 지식인들이 그러한 역할을 하지 않은 채 빠진다면, 민중의 뿌리 깊은 불신과 불평의 퇴적층에 새로운 층 하나를 더 쌓아 올리고 이제는 그것을 자신의 삶의 철석같은 원칙으로 굳히는 결과를 초래한다.

시민 운동과 노동 운동의 거리감을 설명하는 데도 무슨 입장과 노선의 차이를 강조하기보다는 시민 운동가와 노동 운동가의 상호 이해 불가능성을 살펴보는 것이 더욱 유용하다. 시민 운동가들에게는 노동자들이 이기적인 집단으로만 나타나고, 노동 운동가들의 입장에서 보면 시민 운동가들은 민중의 가장 중요하고 심각한 고통을 도외시하는 체제 영합적인 운동가로 비쳐진다. 한국의 노동조합 운동은 확실히 공민의식의 뒷받침을 받지 못한 이기적 운동의 성격을 지니고 있지만, 현행 기업별 노조 체제하에서 노동자들이 벼랑에서 떨어지지 않기 위해서 임금 인상과 기업 살리기 운동에 나서는 것 외에 이들이 어떤 대안적인 선택을 할 수 있는가 생각해 보면 문제는 그리 단순하지 않다. 그러나 노동자들의 이러한 모습을 목격하고 체험한 지식인 출신 노동 운동가들은 수 차례의 고민 끝에 결국 '시민'의 상징 속을 받아들이고 자신의 길을 나선 바 있다. 지식인들이 떠나간 뒤에 노동자들은 이제 자기 스스로의 힘으로 노동조합 조직 작업을 이루어 냈다. 그러나 이들이 만든 노동조합은 불행히도 그 조직의 성격상 사용자에게 협력할 수밖에 없는 반쪽만의 노조, 즉 기업별 노조였다.

공공성 혹은 공익성은 참 좋은 말이다. 그런데 민중들이 공익성 혹은 공공적 마인드를 갖기 위해서는 자신의 단기적 이해와 관심을 접고 자신의 입장을 객관화시킬 수 있어야 한다. 그러기 위해서는 민중들은 자신의 요구와 이익을 주장하는 과정에서 타인의 이익의 침해 가능성 혹은 그것이 갖는 사회 역사적 의미에 대한 어느 정도의 이해에 도달해야 한다. 그러나 이익이 결정적으로 침해되어 회복할 수 없는 상태에 있거나, 극히 억울하고 부당한 일을 당한 사람들에게 공익성이란 단어는 차라리 사치에 속한다. 지식인이란 존재는 자신의 입장을 객관화시켜 낼 수 있는 존재이기는 하나, 그들 역시 자신의 생존이 위기에 처하거나 민중들이 겪은 것과 같은 곤란함과 장벽에 부딪쳤을 때도 그러한 객관화 능력을 견지할 수 있을지는 미지수이다. 이 점에서 지식인이 반드시 객관적 판단을 할 수 있는 존재라는 가설은 의문시된다. 어떤 때는 지식인들이 민중을 가르쳐야 하는 위치에 서는 것이 아니라 이들로부터 가르침을 받아야 하는 위치에 서기도 한다. 삶에 부대끼는 일은 지식인이 생각하는 것과는 다른 편에서 진리와 맞닿아 있는 일이기 때문이다.

지식인들이 구조 조정의 위기 앞에서 회사를 살리자고 부르짖는 노동자들에게 "당신 회사는 문제투성이이므로 퇴출되어야 한다", "그 회사의 퇴출을 막는 것은 오히려 공익에 반하는 것이다"라고 쉽게 말하기는 어렵다. 그들의 지적이 타당하다고 하더라도 그것이 노동자들에게 먹혀들어 가기 위해서는 그 회사가 그 지경이 될 때까지 회사의 운영에 노동자들의 목소리를 어느 정도 반영했는가를 먼저 물어야 하고, 회사가 그 모양이 될 때까지 그 회사의 경영 상황을 알고 있거나 회사의 잘못된 경영 상황을 알고도 침묵했던 정부의 해당 부처 고위 관료, 언론인, 회계사, 감사, 변호사 등의 책임을 먼저 추궁해야 한다.

백성은 '이식위천'(以食爲天), 즉 "먹는 것을 가장 중히 여긴다"는 우리 조상들의 가르침은 백성은 먹는 일에만 신경 쓰는 존재라고 비하하여 해석할 수도 있지만, 동시에 먹는 일이야말로 세상 모든 일의 근본이라는 식으로 해석할 수도 있다. 모든 주의나 주장은 바로 먹는 문제에서 출발해야 한다는 점은 여전히 진실이다. 그러나 어떻게 하는 것이 민중들로 하여금 먹는 문제를 완전히 해결하고, 그 다음에 진정한 자기 실현과 해방의 길로 나아갈 수 있는 것인지는 언제나 논란거리이다. 그 점에서 지식인들이 사회 운동이나 사회의 비전 설정에 개입해야 할 여지가 남아 있는 셈이다.

앞에서도 강조한 것처럼 나는 우리 민중의 비뚤어진 모습을 보고 크게 한탄하고 좌절하는 사람 중의 하나이다. 그러나 지난번 한국 방문 시 홍세화가 강조한 것처럼 잘살지는 못하더라도 그래도 먹는 문제를 어느 정도 해결하고 자기 실현의 문제까지 고민하는 지식인들에게 더 많은 책임이 있다. 그들은 이들 민중과 함께하고 있는 세상에서 자신이 지금 무엇을 하고 있는지를 먼저 돌이켜보는 것이 필요하다.

물론 "지식인들이 민중에게 헌신해야 한다"고 말하는 것은 더 이상 적절치 않은 것 같다. 그러나 당파성이라는 이름으로 노동자들의 자생적인 사고, 경제적 이기주의적인 측면을 그대로 긍정하는 태도를 지녀서는 안 될 것이다. 노동자의 해방은 먼저 지식인의 해방에서 출발해야 한다. 지식인의 자기 해방 그것은 지식인이 자신이 안다고 생각하는 것이 과연 진리인지 그리고 그것이 실재를 반영하고 있는지 되물을 수 있는 능력을 갖는 것이다. 그리고 검토와 비판, 비교와 종합을 거쳐 그것에 대한 확신이 섰을 때 그러한 지식에 충실해지는 것이다. 지식 노동은 생산자의 노동과는 분명히 성질을 달리한다. 하나의 측면에만 시야를 고정시키고 그것을 진실이라고 믿는 지식인은 사실 노동자들보다 더 경직된 존재이다. 지식인의 자기 해방은 노동자의 해방과 함께 가야 한다.

제3부

학벌주의를 넘어서

1. 들어가는 말

    학벌주의는 우리 사회가 안고 있는 가장 큰 병이다. 나는 학벌주의를 극복하는 것이야말로 오늘날 한국 사회가 해결해야 할 가장 큰 과제이며, 이 학벌주의의 극복이 없이 21세기 선진 사회를 건설하는 것은 거의 불가능하다고 생각한다. 학벌주의 사회에서 남부럽지 않은 학벌을 가진 대다수 지식인들은 이 문제를 심각하게 생각하지 않는 경향이 있다. 그들 중 일부 양심적인 지식인들은 지배 계급, 계층, 권력 구조, 소외, 착취, 불평등, 분배, 사회 정의 등 교과서적 개념들을 자주 거론하지만, 그들 역시 우리 사회에서 자신들이 말하는 불공정한 질서가 어떠한 양상으로 나타나고 있는지를 근원적으로 이해하지는 못하고 있는 것 같다.

    오늘도 나는 말로는 이러한 고상한 개념들을 운위하면서 이 체제를 비판하고 있으나, 스스로가 이러한 학벌주의 사회의 수혜자인 많은 대학생 청년들을 만나고 있다. 나는 그들이 어떠한 말을 하건, 학벌주의라는 고질적인 문제에 대해 어떠한 태도를 취하는가에 따라 그들이 우리 사회의 변혁을 구체적으로 고민하는 사람인가 아닌가를 판별하려고 한다. 이들의 모습은 마치 입만 열면 한국 사회의 변혁을 말하지만 자기가 몸담고 있는 대학의 조그마한 비리에도 몸을 사리고 있는 상당수의 '진보' 지식인들의 애매모호한 태도와도 같다고 할 것이다. 사실 노동자를 위한다는 많은 뜻있는 지식인들조차도 "나는 아무런 연줄도 없는 사람입니다", "우리 사회에서 서울대, 명문대를 나왔다는 것은…… 실력을 넘어선 숨은 신분 계급의 작위를 얻는 것입니다"라고 출옥의 변을 토한 노동자 시인 박노해의 '깊은 슬픔'을 알지 못한다고 생각한다.

사실 나 자신도 1980년대를 거치면서 이 문제를 사고의 중심에 둔 적은 없었다. 나 역시 그러한 학벌주의에 편승해서 지금껏 살아왔고, 그것에 기초한 사회의 관행들을 심각하게 의문시하지 않으면서 '고상한' 이념을 논해 왔기 때문이다. 그러나 나는 1990년대 들어서 이념의 썰물이 지나간 자리에서 움쭉달싹하지 않고서 버티고 있는 바윗덩어리 같은 우리 사회의 기저에 깔린 모순들을 새삼 확인하게 되었다. 가족주의와 연고주의가 그것이고, 그것 중의 하나가 바로 학벌주의였다.

최근에 나는 학생들에게 계급·계층론을 강의하고 이와 유사한 주제로 연구 논문을 쓰는 사회학자로서 이 문제에 대해 더욱 깊이 생각하게 되었다. 사실 나는 평소에는 나름대로의 심각한 학벌 콤플렉스를 갖고 있을 우리 학교의 학생들에게는 조심스러워서 말도 잘 꺼내지 못했다. 내가 열을 내고 이 문제를 이야기해 봐야 "당신은 자기 문제가 아니니까 그냥 편하게 이야기한다"는 핀잔을 들을 수밖에 없을지도 모른다. 그러나 나는 우리 사회의 지배 질서와 기득권 구조가 어떻게 형성되어 있으며, 또 그것을 변화시키려면 어떻게 해야 하는가를 고민하는 한 학자로서, 이 문제의 중대성을 새롭게 인식하게 되었다. 나는 우리 학교의 학생들은 물론 학벌 콤플렉스를 갖는 오늘의 젊은이들이 더 이상 이 학벌주의를 회피하지 말고, 그것과 과감히 대결하라고 말하고 싶다.

2. 학벌주의는 무엇인가

학벌주의는 현대판 신분제이다. 그러나 신분(estate)이라고 한다면 출생에서 사망까지 인간에게 붙어다니는 귀속적 지위를 의미하는 것이므로 학벌이 전통 사회에서 나타나는 신분과 같은 것은 아니라고 말할 수도 있다. 학벌은 물론 상당 부분 개인의 능력으로 취득된 것이고, 그 것을 취득하는 데 있어서 근본적인 제약이나 장벽은 존재하지 않는다. 그런 점에서 오늘의 학벌주의는 전근대 사회의 신분제와 동일한 것은 아니다. 그럼에도 그것을 현대판 신분제라고 하는 것은 무슨 까닭인가? 그것은 바로 학벌, 즉 대학의 졸업 '간판'이 현상적으로는 개인의 능력에 의해 취득된 것이라고 하더라도, 오로지 중·고등학교의 학업 성적에 의해 한번 취득된 다음에는 평생토록 지속되어 개인의 삶을 거의 결정적으로 좌우하기 때문일 것이다. 즉 학벌은 분명히 개인의 능력에 의해 얻어진 것이나, 실제로는 능력주의 원칙을 크게 위배한다는 점에서 신분제적 성격을 갖고 있다.

학벌주의는 현대 자본주의 국가에서 보편적으로 나타나는 바 학력주의(credentialism)에 기반을 두고 있으나 그와는 다른 보다 퇴영적인 성격을 갖고 있다. 자본주의 사회에서 학력 제도, 국가 공인 졸업 인증 제도라는 것도 기실은 학력 취득 기회의 실질적 차별성을 은폐하는 하나의 이데올로기라고 볼 수 있을 것이다. 학벌주의 역시 이러한 학력주의가 견지하는 바, "능력이 있으므로(즉 학벌이 있으므로) 중요한 직책을 맡고 또 그에 합당하는 보상을 받는다"는 논리에 기초하고 있다. 그러나 학벌주의는 단순한 학력주의와는 달리 특정한 학교의 졸업생들이 사회에 진출하여 자신들만의 폐쇄적인 집단을 형성, 기득권을 획득하거나 지속시키는 데 서로간에 협력 체제를 구축하며, 또 그러한 학벌을 갖지 못한 사람들도 그러한 관행을 비판하면서도 어느 정도는 이를 받아들이고, 자신과 자신의 자녀들도 가능하다면 그러한 폐쇄적인 무리의 구성원이 될 수 있도록 하기 위해 노력하는 것을 의미한다. 이것은 사람들이 재벌 집단의 행태들을 비판하기는 하나 자신과 자신의 아들들은 재벌 기업의 구성원이 되려고 노력하는 것과 동일하다고 볼 수 있다.

　학벌은 주로 고등학교와 대학교의 졸업장을 의미하는데, 과거 평준화 이전에 학교를 다닌 사람들에게는 출신 고등학교까지 문제가 될 것이나, 오늘날에는 주로 대학의 졸업장, 곧 명문 대학의 졸업장으로 집약된다고 해도 과언이 아니다. 학벌주의란 바로 이 졸업장 취득, 아니 특정 학교를 입학한 사람들에 대해 그들의 입학 여부와 졸업 자격증을 그들의 개인적인 소질과 능력과 인격 이전에 고려하고, 그것에 기초하여 개인의 모든 능력과 자질을 평가하며, 채용과 승진, 사회적 인정과 권력 자원의 배분 과정에 참여시킬 것인가 말 것인가의 기준으로 삼는 것을 의미할 것이다. 우리 사회에서 이 학벌은 한번 취득되면 다시 바꾸기 어렵고, 또 다른 평가나 경쟁에 의해 번복되기 어렵다는 데 문제의 심각성이 있다.

　학벌이 능력주의에 기초한 것 같으면서도 능력주의에 위배된다는 것은 무엇인가? 그것은 우리 사회에서의 학벌이란 바로 고등학교의 입학 성적과 대학 입학 시험에의 성패에 좌우되는 것인데, 입시에서의 성적은 한 개인의 특정 시점에서의 특정 능력만을 평가하고 있기 때문이다. 인간의 능력은 암기력과 수리력뿐만 아니라 상상력과 추리력 등 여러 가지 차원을 갖고 있으며, 또 지적인 능력 외에도 대담성, 진취성, 도전심 등 비(非)지적인 능력도 존재한다. 인간의 삶을 좌우하는 데는 때로는 지적인 능력보다는 이러한 정신적 능력이 더 중요한 영향을 미치는 경우도 많다. 그 전에 어른들이 "학교 때 우등생이 사회에서 열등생"이 된다고 말한 것도 바로 이것을 두고 하는 말이다. 그러나 입시에서 평가는 오직 암기력과 셈 능력에만 거의 국한되고, 그것도 십대 중반의 수년간의 지적인 능력에만 국한된다. 인간의 능력은 이십대가 지나서 본격적으로 발휘될 수도 있고, 또 한창 고민이 많고 예민한 청소년기에 학업보다는 다른 일에 신경을 쓰는 것은 매우 자연스러운 일이기도 하다. 그런데 문제는 인간의 능력 중에서 지적인 능력만을, 그리고 지적인 능력 중에서도 그 일부만을 평가할 수 있는 이 입시라는 제도가 인간의 모든 것을 평가하는 기준으로 행세하면서 학벌주의의 기초가 된다는 데 있다.

진정한 능력주의 사회는 학력을 단지 하나의 기준으로만 참고하고, 여타의 능력을 다양하게 고려하며 또 능력을 평가할 기회를 여러 번 제공하는 사회일 것이다. 즉 특정 고등학교나 대학의 졸업장이라는 것은 오직 한 번의 시험으로 결정될 뿐이고 인간의 능력은 개인의 연령이나 환경에 따라 변할 수 있는 것이므로, 평가의 기회를 계속 부여해 주면서 패자들에게 부활할 수 있는 기회를 계속 열어 주는 사회가 능력주의에 기초한 사회일 것이다. 그런데 학벌주의 사회에서는 겉으로는 새로운 도전의 기회가 열려 있다고 말하면서도 청년 시절 한두 번의 평가를 가장 중시하고, 이후의 다른 평가에서 아무리 우수한 결과가 나와도 최초 평가만큼의 비중을 두지 않는다는 점에서 문제를 안고 있다.

물론 이 능력주의가 현대 자본주의 사회에서 과연 존재할 수 있을지에 대해서도 의심스럽기는 하다. 왜냐하면 학벌을 결정하는 입시나 여타의 평가에서도 경쟁 과정이 언제나 공정하지는 않기 때문이다. 1960년대 이후 우리 나라의 각종 조사를 보면, 농촌보다는 도시의 아이들이, 가난한 집안보다는 부잣집 아이들이 학업 성취도나 학습 의욕에서 언제나 앞서는 것으로 나타나고 있다. 잘사는 집의 부모가 못사는 집 부모보다 애초부터 지적으로 우수하다고 강변할 수도 있으리라. 그리고 지적으로 우월하니 잘살게 되었다고 볼 수도 있을 것이다. 그러나 빈부의 격차, 환경의 격차가 학생들의 학업 성취도에 결정적으로 중요하다는 것은 이미 많은 사회학자나 교육학자들이 지적한 바 있다. 부모의 관심에서도 그러하거니와 교사들도 잘사는 집 아이들을 편애한다. 못사는 집 아이들 역시 그러한 환경에서 진학과 학업 성취에 관심을 갖기는 어렵다. 반대로 내일의 끼니를 걱정하지 않아도 되는 잘사는 사람들은 자녀들을 좋은 대학에 보내는 것을 집안의 운명과 직결된 것으로 파악하고, 아이들 교육에 총력을 기울인다. 그들은 자신이 가진 경제적 자산을 학력이라는 자산으로 바꾸어 자신의 사회적 지위를 계속 보장받을 수 있는 조건과 기회를 누리고 있다. 1960년대 이래 초·중·고등학교의 치맛바람이라는 것, 오늘날 강남의 고액 과외는 대체로 이러한 부모들에 의해 조장된 것이다. 이른바 '능력'이라는 것은 이렇듯 계급적인 차별에 의해 애초부터 조건 지어진다.

따라서 우리는 입시에서의 성공을 순수하게 개인적인 능력의 산물이라고 보기는 어렵다. 물론 가난한 집에서 '일류' 고등학교나 '일류' 대학에 입학한 학생이 나오는 것도 사실이다. 그러나 그 수와 비율은 상당히 제한되어 있고, 최근 들어서 그 비율은 점점 더 줄어들고 있다는 보고가 있다. 즉 잘사는 집 아이들이 대학에 진학하고 '일류 대학'에 진학할 가능성은 점점 더 높아져 왔다. 그러니 옛날 삼성의 창업자인 이병철 씨는 마음대로 할 수 없는 것 세 가지 중 하나로 자식을 들었지만, 학력이라는 것은 점점 돈과 바꿀 수 있는 것으로 변했다. 오늘날에는 이제 국내의 '일류 대학'에서 그치지 않고, 미국의 모모 대학, 모모 대학원이 하나 더 추가되었다. 연말이 되면 우리는 신문지상을 장식하는 미국의 ○○○ 대학 동문회, 망년회 등의 광고와 보도를 쉽게 접하게 된다. 그것은 바로 학벌주의에 기초한 우리 사회의 기득권 집단의 페스티벌이다. 이 동문회에서 서로 만나 정보를 교환하고, 필요한 일이 있으면 서로 연락하여 해결할 수 있는 방법을 모색하며, 취직을 시켜 주고, 국가 대사를 논의하기도 한다. 학벌에 의해 만들어진 장벽은 하나의 카스트(caste)가 되어, 외부자의 진입을 통제하며, 능력의 벽을 넘어서는 질서로서 화석화된다.

우리 사회의 일류대 병, 유학병은 바로 학벌주의 사회에서 생존과 발전을 도모하고자 하는 학부모들의 전략적인 선택의 산물이다. 일류대를 나왔다는 것이 한 사람을 평생 따라다니면서 정신적·물질적으로 만족감을 주는 사회에서 누군들 일류대를 가려고 하지 않을 수 있겠는가? 학벌주의란 바로 한 번의 대학 입학으로 집안의 운명과 개인의 팔자를 고칠 수 있다는 사상을 유포하는 거대한 사회적 교환 체제이며, 사람들로 하여금 능력이 있으면 출세한다는 신화를 갖도록 만들어 주는 하나의 국민 교육 이데올로기이고, 그러한 과정에서 실패한 사람들에게 이 질서에 도전하기보다는 열등감을 갖고서 순응하면서 그냥 살아가도록 만드는 지배 질서이다.

3. 학벌주의가 왜 문제인가

물론 우리 사회에서의 성공과 실패에서 학벌만이 변수가 되는 것은 아니다. 학벌이 없는 사람도 물질적으로 성공할 수 있고 또 행복하게 살 수도 있다. 학벌이 좋은 사람들 중 상당수도 남보다 가난하고 불행하게 산다. 그런데도 왜 학벌주의가 문제가 되는 것일까? 왜 학벌주의의 타파가 우리 사회의 건강성 유지와 변혁에 관건이라고 생각하는가?

우선 유사 신분제인 학벌주의는 앞에서 말한 바 실질적인 능력주의를 위배한다는 점에서 사회 정의의 실현에 실질적인 장애물이 된다. 학력 사회라는 것은 겉보기에는 능력대로 인재를 충원하고, 모든 사람들로 하여금 능력을 기르도록 자극하는 체제인 것처럼 보인다. 전형적인 학력 사회인 미국은 바로 능력주의가 가장 잘 실현되는 사례로 거론된다. 그러나 미국에서도 학력이라는 자격증은 계급이라는 배경에 의해 크게 제약되고 있다. 즉 미국이야말로 부자들이 아니면 아이들을 질 좋은 사립 학교에 보낼 수 없고 좋은 대학에 보낼 수 없는 나라다. 교육을 주로 시장의 논리에 맡기는 미국에서 돈은 곧 질 좋은 교육을 얻을 수 있는 가장 좋은 기반이며, 이 질 좋은 교육은 수입을 보장해 준다. 따라서 미국의 학력주의라는 것도 어떻게 보면 계급 질서를 정당화해 주는 이데올로기의 성격을 갖고 있다.

그러나 미국의 학력주의는 여러 번의 경쟁 제도에 의해 패자에게도 재도전의 기회를 주기 때문에 한 번의 '간판'이 인생을 좌우하는 한국에 비해서는 그래도 낫다고 하겠다. 한국의 학벌주의는 그 배경에 있어서는 미국과 동일하게 시장의 논리에 의해 학력 취득이 거의 좌우되고 있으나, 이 시장은 대단히 불완전한 시장이다. 즉 경쟁의 기회가 여러 번 그리고 비교적 공정하게 주어지는 것이 아니라, 한번 탈락한 사람의 재도전 기회가 사회적·정치적 장벽에 의해 실질적으로 가로막혀 있다. 따라서 한국의 학벌주의는 부분적으로는 탈락자의 재도전 의지를 북돋아 주고, 철모르는 청소년들에게는 겁없이 덤빌 수 있는 기회를 제공해 줄지 모르나, 기실은 탈락자들을 좌절과 실의에 방황하도록 만들고, 열등감과 자기 파괴의 상황에서 많은 시간을 보내도록 만드는 가장 나쁜 사회적 신호 체계이다. 수많은 젊은이들이 학벌주의 때문에 좌절감과 콤플렉스를 맛보고 있다고 상상해 보라. 그런 사회에서 어디 활력과 생동감이 넘칠 수 있겠으며, 젊은이들의 재기발랄함이 사회의 에너지로 활용될 수 있겠는가?

학벌주의는 입시 위주의 교육, 좀더 정확하게 말하면 모든 교육적 실천을 입시라는 목표에 종속시키게 된다. 유수 대학의 졸업장에 미래의 복지가 직결되는 사회에서 고등학교까지의 공부는 입시라는 목표 아래 종속되지 않을 수 없다. 그리하여 입시에의 성패가 개인은 물론 학교의 우열을 좌우하게 되고, 그러한 목표를 무시하는 학교가 존립할 수 있는 기반은 대단히 협애해진다. 학교의 교육은 입시에 성공할 가능성이 높은 학생 위주로 이루어지고, 그렇지 않은 대다수의 학생은 무관심 속에 방치된다. 입시에 성공할 가능성이 높은 학생에게는 가정과 학교의 모든 관심이 집중되며, 그들이 비록 여러 가지 부정적인 사고나 행동을 하더라도 묵인되고 용서된다. 그리하여 인격을 함양하기 위한 교육, 도덕을 함양하는 교육은 뒷전으로 물러나고 입시와 연관된 학습만이 교육 사회를 지배하게 된다. 오늘의 학교는 바로 입시에 성공할 가능성이 있는 학생들에게는 불필요한 자만심과 다른 한편으로 경쟁의 스트레스를, 입시로부터 멀리 떨어진 학생들에게는 감당할 수 없는 좌절감과 열등감을 심어 준다. 제도권 학교와 교사는 입시가 성공의 지름길이며 또 그 길은 누구에게나 넓게 열려 있다는 허구를 끊임없이 퍼뜨리는 지배 질서의 대행자이다.

학벌주의는 인간 교육을 실종시킬 뿐 아니라 부도덕적이고 공익의 관점을 갖지 않는 엘리트를 만들어 내는 역할을 한다. 지난 1950년대의 한국 현대사를 살펴보면 엘리트로 지칭될 수 있는 부류의 사람들이 타의 모범이 된 예는 많지 않다. 오히려 사회의 정의를 세우는 일에 첨병 역할을 해야 하는 정치인, 법관 중 상당수는 모범은커녕 심각한 범죄 집단이 되어 사회적 지탄을 받을 만한 일을 많이 했다. 우리의 교육이 오직 입시에 성공하여 개인적으로 출세하는 데 맞추어져 왔으므로, 그렇게 자라난 엘리트들이 자신의 성공은 곧 자신의 노력의 결과이며, 그 열매를 자신만이 누려야 한다고 생각하는 것은 이상한 일이 아닐지도 모른다. 따라서 공익 혹은 공동체에 대한 그들의 관심과 윤리 의식은 한심한 수준이다. 많이 배운 사람들의 행동, 특히 범죄적인 행동의 해독은 보통의 시민이 일상에서 저지르는 해독보다 사회에 몇 배 혹은 수백 수천 배의 악영향을 미치게 된다. 오늘도 사회의 공장인 가정과 학교에서는 자신의 입신 출세를 위해 공부에 몰두하는 수많은 미래의 엘리트를 만들어 내고 있다.

그러나 사회적인 차원에서 볼 때 학벌주의의 더 심각한 폐해는 바로 같은 '출신 대학' 사람들이 형성하는 패거리가 우리 사회의 민주화를 심대하게 제약하고 있으며, 노동자들을 비롯한 사회적 약자들이 조직화되어 자신의 이익을 표현할 수 있는 기회를 봉쇄한다는 데 있다. 즉 현대판 신분제로서 학벌주의는 같은 출신 대학 사람들이 조성하는 사회적 이동과 진입의 장벽 때문에 우리 사회의 능력에 따른 인재의 할당을 가로막고 있다는 것이다. 이른바 일류대, 특히 서울대는 바로 학력주의로 상징되는, 우리 사회가 안고 있는 문제의 중심에 있다.

교육 기관으로서 서울대가 자신의 역할과 사명에 충실하지 못하고 있다는 것은 이미 여러 차례 지적되어 온 바 있다. 그러나 그보다 더 중요한 것은 한국 사회에서 서울대가 차지하는 역할이다. 강준만 교수를 비롯한 일부 뜻있는 학자들은 서울대가 우리 사회에서는 권력이자 계급이라는 사실을 이미 지적한 바 있다. 한국에서 학벌주의라는 것도 사실은 서울대주의라고 해도 과언이 아니다. 학벌주의란 곧 서울대 입학과 졸업이 갖는 경제·정치·사회·문화적 특권 구조라고 말할 수 있다. 물론 서울대 동문이 우리 사회에서 '성골'을 형성한다는 일각의 지적은 다소의 과장이 섞인 것이라고 볼 수도 있다. 좀더 정확히 말하면 한국에서는 서울대 학사와 미국 유수 대학의 석·박사 학위가 결합될 때 성골에 가까운 지위를 얻게 될 것이다. 물론 한국에서 서울대가 가난한 집안 출신 학생들이 사회적 이동을 할 수 있는 통로의 역할을 해온 것도 어느 정도는 사실이다. 그러나 서울대가 소수의 개인에게 상승의 통로 역할을 하는 것보다는 사회 전반적인 차원에서 오히려 계층 이동을 차단하는 역할을 하는 측면이 훨씬 더 지배적이라고 볼 수 있다. 현대판 신분 질서를 재생산하는 축으로서 서울대의 위상은 한국 사회를 움직이는 권력 기관의 출신 대학별 구성에서 가장 전형적으로 표현된다. 국민에 의해 선출되는 국회의원은 그렇지 않다고 하더라도,

정부 기관이나 언론사 등 내부의 힘의 역학에 의해 승진이 좌우되는 조직에서는 훨씬 더 서울대 성골론이 잘 적용된다. 이 점은 정부 기관, 법조계, 학계 등에서 가장 두드러진다.

서울대 문제는 서울대 출신들의 사회적 장벽 구축의 문제가 아니라 학벌에 의한 사회적 분단을 야기한다는 데 있다. 즉 서울대는 실력보다는 간판이 취업 기회를 좌우하도록 만드는 한국식의 학벌 사회를 재생산하는 중심축을 이룬다고 볼 수 있다. 서울대의 장벽은 연세대, 고려대 등 다른 대학 동문들의 거의 맹목적인 단결을 강화시키는 결과를 가져온다. 그리하여 서울대 중심주의는 사회 전반에 학벌주의를 점점 더 부추기고, 동문간의 단결과 서로간의 봐주기 관행을 사회 전영역으로 확산시킨다. 그러한 비이성적이고 부도덕한 패거리주의는 단순히 능력에 따른 채용과 승진의 문화를 제약한다는 데서 그 폐해가 그치는 것이 아니다. 그것은 조직의 발전을 위한 내부의 민주주의, 의사 소통, 효율성 증대 등 거의 모든 점에서 부정적인 영향을 미친다. 자기 후배들을 동료 의사로 채용하는 병원은 그것을 통해 빈발하는 의료 사고를 은폐하는 방패막이를 삼으려 하고, 자기 후배를 교수로 채용하는 대학 교수는 서로간에 마찰을 피하고 학문적인 비판으로부터 스스로를 보호하면서 편안하게 교수 생활을 즐기려 한다. 그리하여 서울대의 간판을 갖지 못한 수많은 재능 있는 사람이나 또 유수 대학의 간판을 갖지 못한 대다수의 젊은이들이 자신의 능력을 발휘해 볼 수 있는 기회를 애초부터 박탈하고, 반대로 진입에 성공한 사람들은 내부자들간에 서로 봐주면서 기득권의 단맛을 즐기게 된다. 그러는 가운데 사회는 썩어 들어간다.

대부분의 여성, 상당수의 능력 있고 잠재력을 가진 사람들의 재능을 사장시킨 전근대 신분 사회가 자본주의 시장 경제에 의해 붕괴될 수밖에 없었듯이, 간판을 얻지 못한 수많은 재능 있는 젊은이들을 좌절의 구렁텅이로 몰아넣는 오늘 한국 사회의 학벌주의는 바로 한국 사회를 침체시키는 현대판 신분 질서인 셈이다.

4. 학벌주의는 어떻게 극복되어야 하나

한국에서 학벌주의가 이러한 문제점을 안고 있음에도 불구하고 쉽게 극복되지 않는 이유는 무엇인가? 그것은 신분 질서가 그렇게 불합리한 제도였음에도 수백 년, 수천 년을 유지해 온 것을 연상해 보면 잘 알 수 있다. 학벌주의와 신분제에서 공통된 점이 있다면, 그러한 제도와 질서 속에서 최대의 피해자라고 할 수 있는 사람들이 그러한 질서를 당연시하면서 수용하거나 또는 저항할 수 없을 정도로 그것의 이데올로기적인 힘이 막강하기 때문이다. 신분제가 과거의 기독교와 유교의 차별주의적인 세계관에 의해 밑받침되었던 것처럼, 오늘의 학벌주의는 학력주의, 능력주의라는 강력한 자유주의 이데올로기에 의해 뒷받침되고 있다. 즉 학력이 자신의 지적 능력의 가장 확실한 척도이며, 따라서 학력에 의한 임금, 보상, 권력의 차별화가 정당하고 또 바람직하다는 논리가 거의 일방적으로 유포되고 또 사람들에게 불가항력적으로 받아들여지고 있기 때문이다.

모든 사회 현상이 그러하듯이 그것은 학벌주의나 학력주의나 단순히 지배 계급의 의도적인 산물은 아니며, 사회적 역학, 그 역학의 결과로서의 제도와 관행의 정착, 그러한 관행을 받아들이는 사회 구성원의 실천을 통해 재생산된다. 학력주의가 자본주의 일반의 지배 질서와 그 정당화의 방식을 기초로 재생산된다면, 학벌주의 역시 한국의 독특한 정치 사회적 역학의 산물일 것이다. 즉 학벌주의의 정당화 방식은 미국과 같은 학력주의 사회에서와 같은 순수 자유주의 이데올로기에 의한 정당화와는 다르다. 한국에서의 학벌주의는 학력주의에 바탕을 두고 있기는 하나, 그보다는 오히려 학벌에 의한 장벽의 설치나 차별화를 저지할 수 있는 시민 사회의 저발전 상황에 의해 조장되고 있다고 봐야 할 것이다. 즉 시장과 거래의 합리성과 투명성이 보장되지 않는 한국 사회의 조건에서 가장 믿을 만한 거래는 가족적 유대가 확보되어 있는 집단 내에서의 거래이며, 이처럼 유사 가족적 거래의 관행이 근대화 과정에서 학벌주의로 현상화되었다고 볼 수 있는 것이다. 즉 위험하고 불투명한 정치 경제적 조건에서 믿을 만한 사람끼리 뭉치기 구조가 '간판'을 공유하고 있는 사람들간의 뭉치기로 현상화되고, 그것이 학벌주의로 발전되었다는 것이다. ○○대 출신이라는 공통성은 ○○ 지역 출신이라는 것과 마찬가지로 사람들간의 교섭과 교류를 편리하게 해 주고 거래의 비용을 축소시키는 장점이 있다. 따라서 그러한 관행을 계속 유지하려는 요구가 그러한 관행을 굳히는 결과를 초래하게 되는 것이다. 만약 그러한 거래를 하는 집단이 우리 사회의 권력과 자원을 배분하는 위치에 있다면, 바로 그들의 거래가 우리 사회의 자원 전체의 배분을 좌우하는 새로운 신분 집단으로서 등장할 수 있을 것이다.

학벌주의가 통용되는 또 하나의 이유는 반공·분단 체제의 지속이다. 분단 상황은 정치적으로는 우익 독재 체제라고 볼 수 있는데, 이 질서를 유지하기 위해서는 자유주의적 능력주의와 성취론을 극대화함과 동시에 모든 사회 구성원을 이러한 능력주의의 포로로 만들 필요가 있다. 만약에 우리 나라의 입시 전쟁에서 패할 것이 분명한 학생들이 공부 잘해서 출세할 수 있다는 생각을 버린다면 우리 사회가 어떻게 될 것인지 상상해 보라. 사회 질서라는 것이 탈락자의 저항을 조직적으로 봉쇄하는 것을 의미한다면, 능력주의의 신화 속에서 학생과 학부모를 학교에 묶어 두는 것은 한국 사회의 질서 유지를 위해 더 없이 필요한 일이다. 실제 한국에서의 대학 입시는 고등학교 학생의 3분의 1 정도에만 해당되는 축제/좌절의 국가적 행사이지만, 실제로는 온 국민을 동원하는 축제/좌절의 한마당이다. 그런데 이 입시의 축제라는 것은 대체로는 입시를 통해 개인의 출세와 가족의 번영의 길을 트고자 하는 사람들은 물론이고, 그러한 과정에서 소외되어 있는 사람들에게 엄청난 체제 통합의 힘을 갖고 있다고 볼 수 있다. 학력주의와 마찬가지로 학벌주의가 단순하게 그러한 관행 밖에서 대안을 추구함으로써 극복될 수 있는 성질의 것이 아니라, 그 제도와 관행 그 자체와 정면 대결하지 않고서는 극복되지 않는 이유가 여기에 있다.

즉 학벌주의는 한국 사회의 전반적인 개혁 차원에서 접근해야 한다. 교육의 문제가 곧 사회 문제이며, 사회 개혁과 함께하지 않는 교육 개혁이 실패할 수밖에 없는 것은 지난 시기 수십 차례의 입시 제도 변경의 역사를 보면 잘 알 수 있다. 과거에는 중학 입시, 고등학교 입시만 없애면 문제가 해결될 수 있는 것처럼 생각하였다. 그러나 고등학교 입시가 없어지니 이제는 대학 입학에 모든 비중이 실리게 되었고, 만약 대학 개혁을 한다면 대학원 입시로 또 문제가 이전될 것이다. 즉 사회적 개혁을 수반하지 않는 입시 개혁은 학벌주의를 완화시키기보다는 오히려 지속시켜 왔다. 약간의 긍정적인 역할이 있다면 고등학교 입시를 없앰으로써 출신 고등학교 학벌주의를 없앴다는 점에 있을 것이다.

　이런 이유 때문에 나는 오늘의 학벌주의는 서울대의 전면적인 개혁에서 출발해야 한다고 생각한다. 물론 서울대는 학벌주의를 야기한 책임의 주체는 아니다. 즉 학벌주의가 서울대 중심주의를 만들었지 서울대와 서울대 출신의 패거리주의가 문제의 원인은 아니다. 그러나 서울대는 학벌주의의 모순을 체현하고 있는 상징적 구심이다. 따라서 서울대를 '대학 중의 대학'이 아니라 '하나의 대학'으로 만들지 않고서는 학벌주의가 없어지지 않을 것이다. 최근 들어 10여 개의 대학이 추진하는 연구 중심 대학 개편론은 제2, 제3의 서울대를 만들겠다는 방안이므로 별다른 성과도 얻어 내지 못할 것이다. 즉 서울대를 국립대 중 서울 소재의 하나의 국립 대학으로 만들어 (가칭) '한국국립대'의 인문 사회과학 기초 학문 분야로 특화된 서울 캠퍼스로 만드는 일이 가장 우선되어야 한다고 본다. 이러한 작업이 갖는 가장 중요한 의미는 서울대라는 존재가 갖는 상징과 특권을 없애고, 우수한 학과나 학부, 특화된 학과와 학부 중심으로 우수한 대학의 개념을 바꾸자는 것이다. 그리하여 입학이 '게임의 종료'를 의미함으로 해서 대학의 입학과 더불어 서울대를 비롯한 이른바 2, 3류 대학의 모든 대학생이나 교수가 대학 교육의 질을 높이기 위해 노력할 필요가 없는 오늘의 잘못된 풍토를 바꾸어야 한다는 것이다. 위계 서열화된 대학의 구조를 그대로 둔 채 대학간의 경쟁을 유도한다는 것도 사리에 맞지 않다. 그것은 재벌 체제를 그대로 둔 채 진행되는 금융 구조 조정 작업이 재벌을 더욱더 키우는 결과를 가져오는 것과 같다. 물론 이 문제는 국가적 대사이므로 국가가 국민의 여론을 수렴하여 충분한 논의를 거쳐 추진해야 할 문제이다.

또 하나 지적하고 싶은 것은 학벌주의의 최대 피해자인 대학생들이 적극적으로 교육 개혁의 주체로 나서야 한다는 것이다. 앞에서도 말한 것처럼 학벌주의의 질서 속에서 탈락자들이나 소외자들은 자신에게 실패의 책임을 돌리기 때문에 개혁의 주체로 나서기가 대단히 어렵다. 그들은 비판의 주역이 되기보다는 콤플렉스의 노예가 되기 쉽다. 능력주의가 지배 이데올로기의 가장 큰 기둥이 되는 사회에서 이것은 어느 정도는 불가피하다. 그러나 문제를 곰곰이 생각해 보면 학벌에 의한 차별화의 구조가 사회적으로도 얼마나 낭비적일 뿐더러 탈락자에게 잔인하고 비인간적인 체제인가를 금방 알 수 있다. 따라서 수많은 소외된 학생들은 자신에 대한 애정과 자신감을 갖고서 이러한 질서를 극복하기 위해 노력해야 한다. 오늘의 시점에서는 그것이 자신과 사회를 구할 수 있는 길이다. 아마 후대의 사람들은 오늘날 학벌주의라는 현대판 신분제를 극복하기 위해 어떻게 노력했는가를 갖고서 이 시대를 살았던 사람들에 대해 역사적 평가를 할지도 모른다.

학급 붕괴 현상을 통해 본 한국의 국가, 계급 그리고 청소년

1. 머리말

학급 붕괴 혹은 학교 해체는 학생들이 학교의 수업을 노골적으로 거부하는 일종의 태업(sabotage)이다. 그것은 학생들이 학교의 규율 체제, 학교의 교과 과정, 교사와 학교의 도덕적 권위, 학교를 통해 얻을 수 있는 사회적으로 '교환 가능한' 자격증 획득을 거부하는 것이다. 오늘날 중·고등학교에서 상위권에 속해 있으며 장차 명문 대학에 진학할 가능성이 높고, 또 그 졸업장을 갖고서 좋은 취직 자리를 얻을 수 있다고 생각하는 학생들은 학교의 수업을 거부하고 있지는 않지만 학교가 아닌 학원 수업 혹은 과외 수업을 더욱 매력적인 교육으로 받아들이고 있으며, 반대로 성적이 하위에 있거나 현재 실업고에 진학하여 대학 입학은 물론 장차 좋은 취직 자리를 획득할 가망성이 별로 없다고 생각하는 학생들은 학교 수업을 노골적으로 거부하고 있다. 결국 오늘날 학교는 이 두 유형의 학생들 모두에게 의미 있는 교육 기관으로서 역할을 하지 못하고 있는 셈이다. 전자의 학생들에게 학교는 진학을 위한 '수단'으로서 어느 정도의 기능을 갖고 있으나 '학원'에 비해서는 열등하거나 심지어는 부수적인 수단일 따름이며, 후자의 학생들에게 학교는 수용소 혹은 '감옥'과 다를 바 없다. 이것이 오늘날 학교 해체 혹은 학급 붕괴의 실상이다.

다른 모든 나라에서 그러하듯이 제도권 교육이 국가 지배 질서의 기둥이라고 할 때, 학생들의 태업으로서 수업 포기, 수업 거부는 단지 교육의 위기를 보여주는 것이 아니라, 한국의 국가 이념, 국가의 인력 양성 제도 및 지배 질서 전반의 위기를 보여주는 징후이다. 이러한 위기는 분명히 학교와 사회의 부정합, 즉 학교의 교과 과정과 교육 이념, 교사들의 가르침이 학교 밖의 사회에서 실제 진행되고 있는 현실과 불일치한 데서 기인하는 것일 것이다. 이것은 학교가 자신이 해결할 수 없는 모순에 빠진 상황, 즉 학교가 선전하는 '능력주의'가 자본주의 사회의 계급 질서와 충돌하는 상황이다. 그 결과 학교는 학생들의 학습의 동기와 의욕을 불러일으킬 수 없고, 학교에서 탈락한 학생들을 다시 일으킬 수 없게 된 것을 의미한다. 거시적으로 볼 때 이러한 위기는 하버마스(Habermas)가 말한 바 "자본 축적과 체제 정당화"의 모순, 혹은 다니엘 벨이 말한 "자본주의의 문화적 모순"의 표현이라고 볼 수 있는데, 한국의 경우 교육 이념과 교육 제도가 분단 국가 형성, 개발 독재 체제와 한 몸을 이루고 있기 때문에, 1990년대 들어서 두드러지게 된 학교 해체, 학급 붕괴의 징후 역시 이러한 한국 사회의 역사성을 고려하지 않고서는 설명될 수 없을 것이다.

2. 한국의 국가, 자본과 교육

대체로 근대 국가가 마련하고 있는 교육과 선발의 체제는 지배 계급의 입장에서는 기술과 노동력을 물질적·이데올로기적으로 재생산하기 위한 기제로서, 그리고 피지배 계급에게는 새롭게 형성되는 지위를 획득하기 위한 방법, 즉 일종의 '문화 자본'(cultural capital)의 획득 기제라고 볼 수 있다. 이것을 우리는 학력주의 유인 구조라고 말할 수 있는데, 학력주의는 자본주의 경제 질서, 새로운 직업 구조, 지위 추구의 조건과 논리 등과 맞물려 있다. 자본주의 경제 질서의 확립과 국가 기구의 확장은 그 정치 경제 질서를 유지하는 데 필요한 인원의 충원과 보상의 원칙을 확립할 필요성을 느끼게 되었으며, 따라서 근대 이전 기술자에게 주어졌던 것과 유사한 일정한 자격증을 부여한 사람에게 배당할 필요성을 낳았고, 여기서 국가 공인의 '학력'이 전통 사회에서 '신분'(estate)을 대신할 수 있는 능력주의에 기초한 자격증, 다른 형태의 재화와 교환 가능한 하나의 자격증 혹은 화폐로서 기능하게 되었다.

한국에서 미 군정과 분단된 국가 수립의 과정은 바로 국가 주도의 자본주의 질서 혹은 '자본가 없는 자본주의' 질서 수립을 의미하였고, 그 과정에서 정치가, 관료 등 국가 부문의 지배 집단이 바로 물적 자원의 배분을 담당하는 '정치 계급'(political class)으로 등장하였다. 제2차 세계대전 이후 독립한 과대 성장 국가(overdeveloped state)의 국가 주도 자본 축적 활동에서도 관리나 정치가 물적·사회적 자본을 배분하는 중심적인 역할을 하게 되었다. 특히 한국전쟁 이후 좌익 정치 세력, 노동조합 등을 비롯한 이익 집단의 정치 참여가 제도적으로 봉쇄된 조건에서 자본주의 시장 경제가 도입됨으로써 이러한 사회 속에서 개인과 가족의 복리와 지위 향상을 도모하는 방법은 '수단과 방법을 가리지 않고' 돈을 많이 벌거나 권력자 혹은 관리(국가 공무원)가 되는 것이었다고 해도 과언이 아니었다. 의과 대학과 법과 대학 등 돈과 권력을 가져다줄 것으로 기대되는 전공이 과거나 지금이나 학부모와 학생 들의 인기를 끈 이유도 여기에 있다.

이웃 일본이 그러하였듯이 학력 자격화는 국가 주도의 후발 공업화의 조건에서 매우 긴급하게 요청되는 일이었다. 국가 공인의 학력 외에는 개인의 능력과 업적을 평가할 수 있는 기준이 전혀 존재하지 않는 상황이었기 때문에 '간판'은 물신적인 효력을 발휘하게 된 것이다. 1960년대 이후 개발 독재 과정에서 교과 과정은 획일화되었으며, 학교는 병영화되었고, 학생들은 산업화에 필요한 기술적 능력과 복종적 품성을 함양하는 입시 전쟁의 전사로서 자리 매김되었다. 중·고등학교는 일류 대학에 많이 진학시키는 것이 유일한 교육 목표가 되었고, 자식의 학업 성취를 가족적 지위 향상의 관문으로 이해한 한국의 부모들은 온갖 희생을 겪으면서도 자식의 교육에 열과 성의를 다하였다. 학생의 입장에서 볼 때 입시 경쟁에 몰두하여 부모에게 기쁨을 주는 것과 군사주의적인 학교 규율 체제에 복종하는 것은 사실상 같은 것이었다. 교육을 통해 '간판'을 획득하고, 그것을 통해 권력을 갖고, 계층 상승을 꾀하려고 하는 행동은 사실은 기성의 질서에 가장 충성스러운 행동이다.[1] 따라서 한국 학부모들의 높은 교육열이 자식을 통한 가족의 복리와 가족 단위의 계층의 이동 추구에 초점이 맞추어지는 한, 이러한 교육열은 지배 질서에 동조하는 것이었다.

지금까지 한국의 중·고등학교 교육을 한 마디로 정리한다면, 입시 위주 교육이었다고 볼 수 있으며, 다른 어떤 나라에서도 찾아보기 어려운 '과잉 교육열'은 입시에서 성공하여 지위를 획득하기 위한 열망

---

1) 김인회, 『한국인의 교육학』(이성사, 1980), 15쪽.

의 표현이었다. 우리가 한 사회의 특징을 "사회 이동을 어떤 방식으로 인정하는가"에 달려 있다고 말할 경우, 해방 이후 한국에서는 사회 이동을 오직 국가 공인의 학력 추구를 통해서 이루도록 유도하였다고 말할 수 있다. 일류 대학, 일류 학과의 진학은 바로 여타의 재화와 교환 가능한 최고의 '자격증'이었으며, 입시 위주의 교육, 과잉 교육열은 그 '자격증'을 얻으려는 한국인들의 지위 상승의 열망을 표현한 것이었다. 이러한 입시 위주의 교육에는 오직 실용적인 목적 위에 어떠한 교육 이념이나 가치관이 정착될 여지가 없었다. 입시 위주의 교육은 대다수 의 탈락자들을 차별화하고 무시하고 이들의 열등감을 부추김으로써 피교육자들을 비인간화하는 경향이 있다. 이 경우 교육에 대한 관심은 오직 가족 단위의 사회적 지위 상승을 위한 방법으로만 받아들여졌으 며, 대학은 물론 중·고등학교에서도 개별 학교 나름의 전통과 이념에 기초한 교육의 이념이 설자리는 없었다. 따라서 한국의 높은 교육열은 교육 이념과 가치관의 부재 속에서 진행되었다.

3. 학급 붕괴의 배경

대졸자의 팽창과 계급 구조화

우리는 한국식 학력주의가 한국의 분단 국가, 개발 독재 체제와 어 떻게 맞물려 돌아갈 수 있었는지 살펴보았다. 이러한 질서가 안정적으 로 재생산되기 위해서는 학력주의의 유인 구조가 작동될 수 있어야 한 다. 그것은 우선 학력을 통한 높은 지위 획득의 기회 및 대졸자의 취업 기회가 보장되어야 하며, 대졸자의 취업 기회는 지속적인 경제 성장과 고학력자를 필요로 하는 산업 구조가 전제되어 있어야 한다. 그러나 우리 사회에서는 1980년대 후반부터 대학 졸업장이 더 이상 사회적 성공을 보장하는 열쇠가 되지 못하게 되었다.

우선 대졸자의 양적 팽창, 고등 교육의 보편화로 인하여 학력이 더 이상 경제적 보상이나 사회적 성공을 보장하는 '자격증'의 역할을 할 수 없게 되었기 때문이다. 1970년 당시 152개에 불과한 대학의 수는 1994년에 가서는 277개로 증가하였으며, 1970년 당시 18만 6천 명이던 대학생 수는 1994년에는 그 아홉 배 정도인 165만 7천여 명이 되었다. 고등학교 졸업 후 대학에 진학하는 학생의 비율도 1970년에는 26.9퍼센트에 불과하였으나, 1997년에는 60.1퍼센트로 증가하였다. 국민의 학력 구성에서 보더라도 1975년에는 대졸자가 전체의 5.8퍼센트에 불과하였으나, 1995년에는 19.1퍼센트를 차지하였으며, 그 중에서도 남성 인구의 4분의 1인 25.7퍼센트가 대졸 학력을 갖게 되었다.[2] 결국 1980년대 중반 이후 한국에서 대학은 1950년대에 미국이 그러하였듯이 이제 지위 상승의 통로 혹은 엘리트 양성 과정으로서 성격을 갖지 않게 된 것이다.

대졸자의 취업률도 크게 떨어졌다. 1970년대 말 고도 성장기에 70퍼센트를 상회하던 취업률이 졸업 정원제 실시로 대입 정원이 크게 늘어났던 1980년대 중반 들어서는 45퍼센트대로 크게 떨어지기도 하였다. 1990년대 들어서 50퍼센트대로 다시 회복되기도 하지만, 실제 피부로 느끼는 취업률은 크게 낮아지는 추세이다. 특히 경제 성장률이 크게 둔화된 1990년대 들어서 대졸자들은 이제 과거 고졸자들이 주로 담당하던 생산직, 단순 사무직, 하급직 공무원으로 하향 취업하는 추세를 보이고 있으며, 그나마의 직업이라도 얻기 위해서 치열한 경쟁을 벌이지

---

2) 통계청,『한국의 사회지표』(1996), 202~239쪽.

않을 수 없게 되었다. 이렇게 되자 교육이 계급·계층적 지위 상승에 미치는 효과도 크게 둔화되기에 이른다. 설동훈의 조사에 의하면 1989 년 당시 교육이 개인의 지위 획득에 미치는 효과는 1978년에 비해 크게 낮아지고 있다. 이것은 노동자의 교육 수준의 상승으로 "교육 수준에 따른 지위 상승의 효과"가 크게 상쇄됨과 동시에 점차 계급 이동의 기회가 축소되고 있음을 보여준 것이다. 그의 연구에 따르면 교육이 지위 획득에 미친 효과는 1978년 당시는 70퍼센트를 상회하였으나 1989년 에는 50퍼센트 정도로 축소되었고, 여성의 경우는 28.5퍼센트에 불과 하게 되었다.[3] 이것은 1980년대 중반 이후 한국 사회가 본격적인 자본 주의적 계급 구조화의 길을 걷게 되었다는 것을 말해 준다. 즉 우리 사 회에서는 이제 학력의 취득도 재산이 있어야 가능하며, 학력보다는 재 산의 소유가 지위의 획득에 더 결정적인 영향을 미치게 된 것이다.

이러한 현실 속에서 학력 혹은 '성적'의 가치는 허구적인 것으로 드 러나게 된다. 학생들이 학교와 성적 이데올로기의 허구성을 자각하게 되는 것은 '대학 진학'이 사실상 가망 없는 일이라는 인식과 더불어, 대학에 턱걸이 진학을 하더라도 일류 대학이 아닌 한 어떠한 사회적 보장도 얻을 수 없다는 점, 대학 졸업장 자체가 흔한 것이 되었으며 그 러한 흔한 것을 얻기 위해 자신의 능력으로 도달할 수 없는 높은 학업 성취를 위해 몸부림 치는 것이 가망 없는 일이라는 점을 어렴풋하게 '간파'(penetration)[4]하게 된 것이다. 즉 학생들은 더 이상 "높은 성적 혹 은 학력 자격증 획득을 통한 성공"이라는 통설을 신뢰하지 않게 된 것

---

3) 설동훈, 「한국 노동자들의 세대간 사회 이동 1978~1989」, 한국산업사회연구회 편, 『계급과 한국 사회』(한울, 1994).

4) 폴 윌리스, 『교육 현장과 계급 재생산─노동자 자녀들이 노동자가 되기까지』, 김찬 호·김영훈 옮김 (민맥, 1989). (Pual Willis, *Learning to Labor—How Working Class Kids get Working Class Jobs*, New York: Colombia Univ. Press, 1981).

이다. 물론 모든 학생들이 졸업생의 취업과 성공 가능성을 충분히 검증한 상태에서 이러한 판단을 한 것이라고는 볼 수 없을 것이다. 그러나 대졸 미취업자가 양산되고 대졸자들이 하향 취업을 하게 되는 사회적 분위기 아래서 학교를 거부하는 행동이 나오게 된다. 이제 40년 동안 교실을 지배해 왔던 성적 이데올로기는 근본적으로 의심받고, 더 이상 교사는 성적 이데올로기, 진학 이데올로기로 학생들을 통제할 수 없게 되었다.

물론 학생들이 학교를 통한 지위 획득의 길을 무시하거나 포기하게 된 배경에는 학생들의 사고에 훨씬 큰 영향을 미치는 사회 전반의 변화를 무시할 수 없다. 앞에서 말한 바 한국 사회에서의 학력주의는 권력을 가진 자리를 통로로 하여, 높은 소득을 올릴 수 있는 정치 계급으로 신분 상승하는 것에 초점이 두어졌는데, 1980년대 후반부터 이러한 정치 계급이 되지 않고서도 부와 명예를 누릴 수 있는 길이 많이 열리게 되었기 때문이다. 프로 운동 선수, 탤런트, 대중 가수 등 매스컴과 연관되어 사람들에게 인기 있는 직업은 억지 공부와 억지 학력을 갖추지 않고서도 돈과 명예를 가져다주는 각광받는 직업으로 떠올랐고, 매스컴과 일상적으로 접촉하는 학생들에게 그러한 길이 훨씬 접근 가능한 길로 나타날 수밖에 없게 되었다.

학교 규율 체제의 붕괴

한편 학급의 붕괴는 곧 학교 규율 체제의 붕괴를 의미한다. 앞에서 말한 것처럼 한국의 학교 규율 체제는 일제 시대의 학교의 군사화, 유신 체제하에서의 학교의 병영화 과정을 거치면서 크게 도전받지 않은 채 지금까지 존속해 왔다. 이러한 규율 체제는 학생을 인격적인 존재로서 간주하지 않고, 입시 경쟁의 '전사'로서, 국가의 충실한 '국민'으로서 양성하려는 통치 이념에 근거하고 있다. 그런데 앞에서 언급한 것처럼 개발 독재하의 고도 성장이 더 이상 지속되지 못하고 성적 이데올로기가 더 이상 학생들을 입시 경쟁으로 몰아세울 수 있는 설득력을 상실하자 학생들에게 학교의 규율은 점점 견딜 수 없는 것이 되었다.

1990년대 들어서 정치적 민주화가 크게 진척되자 민주화는 점차 사회 영역으로 확산되기 시작하였다. 공장과 학교는 자본주의 지배 체제를 유지하는 데 기둥이 되는 가장 중요한 두 영역인데, 1987년 6월 항쟁 이후 정치적 민주화는 곧 노동조합의 결성 등 노사 관계의 민주화의 요구로 폭발하였다. 노동자들은 억압적 노동 통제를 거부하면서 작업장에서 '인간'으로 대접해 줄 것을 요구하였다. 노조가 결성되고 단체 교섭이 제도화됨으로써 이제 전제적이고 억압적인 노동 통제는 설자리를 잃게 되었다. 따라서 공장의 규율 역시 훨씬 합리적인 방향으로 변하지 않을 수 없게 되었다. 그러나 학교에는 과거 식민지 시절, 군사 정권 시절의 규율이 여전히 잔존하였다. 1989년 전교조의 학교 민주화 요구는 묵살되고 말았으며, 변화를 추구하는 움직임은 좌절되었다. 그 결과 교무실은 민주화되지 않고, 나약한 말단 관료로서 교사들은 여전히 학생들을 통제하는 존재로서 나타났으며, 학교장의 절대적인 권위는 도전받지 않고 건재하였다. 전교생을 집합시켜 일방적인 훈화를 전달하는 아침 조회, 정해진 수업 시간, 획일화된 교과서, 명령을 하달하는 교무 회의 등 학교는 일제 식민지적 통치의 망령이 살아서 숨쉬는 역사의 박물관이었다.

작업장에 비해 학교가 이렇게 변하지 않는 이유는 자명하다. 기업은 어차피 이윤을 추구하는 조직이므로 노동자들의 요구에 부응하지 않고서는 생산 활동을 추구할 수 없다는 특징을 갖고 있으며, 노동자들은 자신의 요구를 집합적으로 제기할 수 있는 조건에 있으나, 학교라는 제도 자체는 당장 어떠한 가시적 결과를 만들어 내는 곳이 아니므로 훨씬 더 관료적으로 운영될 소지가 있으며, 피교육자인 학생들 자신이 설사 불만을 갖더라도 그것을 집단적으로 담론의 형태로 제시할 수 없기 때문이다. 게다가 교사들은 대단히 소극적이고 보수적이기 때문에 자신의 이익에 결정적인 위협이 가해지지 않는 한 학교의 규율 체제에 심각한 의문을 제기하지 않은 채 그냥 용인하는 경향이 있기 때문이다.

이러한 20세기 초·중반에나 통용되었던 학교의 규율 체제는 개방적이고 자유로운 분위기에서 자라난 오늘날 청소년들의 기질과는 부합하기 어려울 수밖에 없다. 한편 이러한 규율이 학생들을 이끌 수 있는 적극적인 논리나 가치관에 입각해 있지 않기 때문에 학교의 도덕적 기능 부재가 학생의 저항을 불러왔다고 볼 수 있다.

앞서 언급한 것처럼 애초부터 한국에서는 군사주의와 입시 경쟁의 논리 외에는 학생들을 이끌 수 있는 어떤 가치관이나 이념이 없었다는 사실을 상기할 필요가 있다. 정부 수립 후 '홍익인간'이라는 교육 이념이 설정되었지만, 그것은 학생들의 행동에 직접 영향을 미치기에는 너무나 추상적이었다. 50여 년 동안의 분단, 30여 년 동안의 개발 독재 체제는 복종, 경쟁, 성공의 가치 외에 학생들에게 심어 줄 아무런 적극적인 가치 체계도 준비하지 않았다고 볼 수 있다. 사립 학교 역시 특성화된 교육 이념을 갖추지 않았으며, 국가가 지정한 교과 과정과 교육 내용을 따를 수밖에 없었다. 교사 역시 단순한 지식 전달자로서 학생들이 따라야 할 모델로서의 역할을 상실하게 되었다. 한국 사회의 이

중성, 즉 실제 사회와 도덕 교과서의 심각한 괴리 상황을 학생들이 '간파'한 것이다. 30여 년간 유지되어 온 군사 권위주의 체제하에서 시민 사회의 자율성은 극도로 억압되었기 때문에 시민 사회 자체의 도덕적 재생력 성장이 억제되고, 그 결과 교육 당국은 교육의 이념, 곧 학업 성취가 아닌 청소년 교육의 지침을 마련하지 못했다. 이것이 바로 오늘의 학급 붕괴로 나타난 것이다.

이러한 사회 상황하에서 학교는 문화적 진공 상황에 놓이게 되었다. 학생들은 정당한 권위에 대한 존경도 미래를 위한 현재의 인내도 발휘할 수 없게 된 것이다. 결국 이제 학교와 교사는 학생들을 과거와 같이 군사주의적인 규율로도 그리고 성적 이데올로기의 유인으로도 적절히 통제할 수 없게 되었다. 이렇게 본다면 학교 해체 혹은 학급 붕괴의 징후들은 파행적 한국식 근대화의 총체적인 귀결이라고 볼 수 있을 것이다.

4. 맺음말

지금까지 한국 사회는 학생 혹은 청소년에 대한 일방적인 요구만을 주입해 왔다. 그것은 바로 공부 잘하는 학생의 상이다. 그러한 상에 부합하지 않는 학생과 청소년은 인격적인 존재로 대접을 받지 못했다. 학생과 청소년들이 갖고 있는 학습 활동 이외의 다양한 요구와 관심은 거의 무시되고 억압되었다. 사회 일반과 부모의 요구가 너무 일방적이고 강력했기 때문에 '공부 잘하지' 못하는 학생들은 그것에 대해 감히 저항하지 못하고 주눅 들어 지낼 수밖에 없었다. 그러나 이제 공부 잘하는 것이 거의 불가능하고 또 가망 없을 뿐더러, 학교 때 공부 잘하지 못하였으나 이후 성공한 삶을 살게 된 사람들이 약간씩 가시화되기 시작하면서 학생들은 어느 정도의 용기를 갖게 되었다. 이제 학생들은 오직 공부 잘하는 학생만을 대접하는 교실, 교사, 학교를 거부하기 시작하였다. 그것은 바로 학생들을 '공부', '성적', '진학', '경쟁'으로 몰아 가는 한국의 학교 체제에 대한 저항의 몸짓이었다.

그러나 학업에 충실하여 성공한 삶을 살아간 모델을 많이 보아 온 기성 세대, 그러한 모범생의 길을 걸어 온 교사들, 학업 성취 외에 달리 학생들에게 가르쳐 줄 교육의 철학이나 가치관을 갖지 못한 교사들, 학교가 어떻게 학생들을 옥죄어 왔는지 반성적으로 평가할 기회를 갖지 못한 학교장들이나 교육 관계 책임자들은 학생들의 이러한 거부의 몸짓을 전혀 이해할 수 없을뿐더러 이러한 현상에 대해 당혹감만 갖고 있다. 이들 모두는 공부에 흥미를 상실했거나 학교에서 말썽만 피우는 비행 청소년들이 늘어 가는 것에 놀라고는 있으나, 그러한 청소년의 양산을 사회 구조와 관련시켜 보지 못하고 교사와 학생 개인 혹은 가족의 탓으로만 돌리려 한다. 물론 가정의 붕괴, 빈곤, 부모의 무관심이 '문제' 학생과 문제 청소년을 낳을 가능성을 더 높이는 것은 사실이다. 그러나 학습 의욕 부진 학생이 대량으로 만들어지는 이 현실, 수업을 노골적으로 거부하는 이 통제할 수 없는 저항의 물결은 개인과 가족의 탓이라기보다는 한국 교육의 체제나 이념, 50년을 유지해 온 국가 통제와 개발 독재 시절의 교육 모델이 흔들리고 있음을 보여준다. 이제 학생들은 학업 성취를 통해 지위 상승과 행복한 삶을 살 수 있다는 신화를 거부하고 있는 것이다. 이제 '공부하는 존재'로서의 학생 상을 더 이상 견지하지 말기를 요구하고 있는 것이다.

통조림된 교육, 살아 있는 교육

　21세기는 지식이 부가가치 창출의 원천이 되는 지식 기반 사회가 될 것이라고들 한다. 정부는 지식 사회를 대비하여 지식 기반의 구축에 전력을 기울이는 한편, 현장 지식의 소유자로서 끊임없이 자신의 삶과 지식을 결부시킬 수 있는 창조적 개인이나 집단을 발굴하여 이들을 격려하는 신지식인 운동을 전개하고 있다. 이것은 교수, 학자, 전문가 등 지식 생산을 독점해 온 집단만이 지식인으로 대접받아 온 관행을 깨고 풍부한 현장 지식을 응용하고 발전시킬 수 있는 '실용적 지식'을 추구하는 사람들의 사기를 진작시키기 위한 취지에 입각해 있다.

　신지식인 운동은 대학이 지식 생산의 센터가 되어야 한다는 통념을 어느 정도는 부정하고 있다. 물론 이 운동은 인문과학자들이나 순수과학 연구자들의 존립 기반을 일방적으로 부정하려는 것은 아닐 것이다. 그렇지만 학자들은 이 운동이 대학에서 순수 학문 혹은 인문학의 입지를 더 좁히지는 않을까 우려하고 있다.

　실제로 한국의 대학은 신지식인 운동이 나오기 이전부터 사실상 순수 학문과는 거리가 있었다. 학생들은 지나칠 정도로 실용적 필요에 의해 대학의 '간판'을 선택해 왔다. 상당수의 인문학자들이 우려하는 것처럼 한국 대학과 대학생이 신자유주의적인 교육 정책 기조와 신지식인 운동에 따른 현장 지식의 강조 분위기로 인하여 실용주의화되었다고 볼 수 없다. 이미 수십 년 전부터 출세주의와 경쟁주의의 득세로 인해 한국의 대학은 지식 생산의 중심 역할을 해오지 못하고 있었다. 대학에 만연한 이 실용주의는 '경쟁의 게임'에 편승하기 위한 것이라는 특징을 갖는다.

신지식인 운동은 기존의 지식 생산 기제에 대한 비판에서 출발하는 듯이 보인다. 그렇지만 냉정하게 보면 그러한 기제를 용인하면서 출발하고 있으므로, 오늘날의 대학과 대학생들의 모습은 신지식인 운동이 지향하는 방향과는 상당히 거리가 있다. 결국 대학의 문제를 해결하지 않고서는 신지식인 운동 역시 성공을 거두기 어렵다는 결론에 도달할 수밖에 없다. 신지식인 운동은 바로 현실에 대한 냉정한 인식에서 출발하지 않으면 안 될 것이다.

1999년, 1990년대 말 그리고 20세기 말, 대학가 고시 열기는 수그러들기는커녕 예전보다 더욱 확대되어 인문사회계 학생들은 물론이고 자연계 학생들조차 열병을 앓고 있다. 서울대의 경우 '민법총칙'과 '물권법' 등 이른바 고시 전략 과목을 듣기 위해 1천여 명이 전날 오후 4시부터 밤샘 줄서기에 나섰다. 또 학교 앞 고시촌에는 줄잡아 1만 7천여 명이 고시 준비를 하고 있다. 그 중 40퍼센트인 6,800여 명이 서울대생이고, 그 중 절반인 3천여 명이 재학생이며, 또 그 중 30퍼센트가 비법대 학생이라고 한다. 서울대 전체 2만 명 학생 중 예체능계나 이공계 학생을 제외하면 30퍼센트에 가까운 재학생들이 고시 준비를 하고 있는 셈이다.

기업이 사회를 지배하는 오늘날, 기업 활동에 필요한 지식과 응용 학문 분야가 인기를 끌어 마땅한 상황에서 전통적 권력층인 법조인과 관료의 길을 추구하는 고시 열풍이 일고 있는 것은 언뜻 이해하기 힘들다. 그러나 지금 한국 사회에서는 취업문이 좁아지고, 설사 취업을 하더라도 기업 내에서의 생존 경쟁이 치열해지는 등 학생들의 입장에서 보자면 모든 것이 불확실한 사회임에 틀림없다. 그렇기에 자격증의 획득은 절실한 문제로 다가오는 것 같다. 특히 외국과 달리 한국에서는 고시 합격이 단순히 전문 관리나 법조인이 되는 것을 의미하는 것이 아니라, 권력과 돈을 동시에 거머쥘 수 있는 길로 받아들여지기 때문에 이러한 열기가 계속 존재하는 것 같다.

문제는 고시에 필요한 '민법총칙', '물권법', '행정학' 등이 가장 표준화되고 정형화된 지식이라는 점이다. 더군다나 한국의 대학생들이 지나치게 실용적이고 비창의적이라는 점을 감안하면 문제는 더욱 커진다. 이 지식들은 기존의 제도를 합리화하고 질서를 운영할 수는 있지만, 21세기 지식 기반 사회를 이끌어 갈 인재를 선발하여 키워 낼 수는 없으며, 현장 중심적이고 응용적이며 창의적인 지식과는 거리가 멀기 때문이다.

그렇기에 한국의 고시 열풍은 시대의 흐름을 퇴행하는 가장 대표적인 현상이다. 그것은 학력과 자격증을 갖추지 못했지만 현장 지식을 갖고 있는 사람들이 대접받지 못하는 현실을 반영하고 있는 셈이다. 따라서 신지식인 운동은 먼저 많은 젊은이들을 이러한 입시 경쟁과 고시 경쟁으로 내몰고 있는 사회 현실을 고치는 노력에서부터 출발해야 할 것이다.

학부제 도입과 그것으로 인한 부작용 역시 이와 유사한 맥락에서 이해할 수 있다. 연세대학교는 2000학년도부터 인문사회학부와 과학기술학부, 예체능학부 등 3개 학부로 나눠 학생들을 모집하겠다고 발표하였다. 그런데 상당수 교수들은 "기초 학문이 응용 학문과 같은 학부에 있으면 학생들이 일부 전공에 몰려 고사한다"고 반발했다고 한다. 대학측은 결국 인문사회학부와 과학기술학부를 각각 기초 응용 학문으로 두 개씩 나눠 다섯 개 학부로 나누는 방안으로 물러섰다. 또 연세대학교 문과대학에서는 학과의 생존을 위해 학생들이 상대적으로 많이 몰리는 사회학과가 문과대학에서 나가기를 원하고 있다. 그런데 더 큰 문제는 대부분의 학생들이 제1지망으로 영문과를 선택한다는 데 있다. 학생들의 선호에만 맡긴다면, 영문과를 제외한 다른 학과는 없어져도 된다는 이야기이다.

왜 영문과로만 몰리는 것일까? '소비자'인 학생들이 영문과를 원하는 것은 바로 취직이라는 실용적 필요에 입각한 것임은 두말 할 나위도 없다. 학과와 전공의 벽을 허물어 학생들이 다양한 전공을 맛보게 한다는 학부제의 좋은 취지에도 불구하고, 학생들은 실제 학문에는 관심 없이 생존에 유리한 전공을 택하고 있다. 이러한 경향은 신지식인론이 주장하는 실용주의와는 거리가 멀 뿐더러 오히려 심각하게 배치된다. 결국 "소비자들이 원하므로 소비자들의 기호에 맞는 지식 생산 체계를 갖추어야 한다"는 주장은 겉으로는 그럴듯해 보이지만, 실제로는 21세기 지식 기반 사회의 구축과는 거리가 먼 퇴영적인 결과를 가져올 가능성이 더욱 높다.

한국 대학의 문제는 오래 전부터 비판적이고 독자적인 지적 세계를 구축하는 인간보다는 실용적이고 현실 영합적인 인간을 양성하는 데 초점을 두어 왔다는 점에 있다. 한국의 대학은 출발 당시부터 학문의 중심, 지식 생산의 중심으로서의 역할을 별로 발휘하지 못하였다. 여기에 신자유주의의 물결까지 맞물려 이를 더욱 증폭시키고 있다. 따라서 순수 학문의 위기 혹은 인문학의 위기라는 것은 새삼스러운 것이 아니며, 신지식인 운동에 그 '위기' 탓을 돌리는 것도 적절치 않다.

또한 우리가 문제삼아야 할 한국 현실의 핵심은 지식의 대학 독점에 있는 것이 아니라 대학이 지식 생산 근거지로서 기능을 못한다는 데 있다. 따라서 현장의 지식도 중요하지만 대학을 대학답게 만드는 것이 우선적이다. 그것은 지식보다는 졸업장, 즉 '간판'을 중요시하는 경향, 지식을 오직 시험과 연결시키는 한국의 오랜 관행을 극복해야 가능하다. 신지식인은 사회 개혁, 대학 개혁을 전제한 후에만 대량으로 형성될 수 있다.

가족 이기주의

지난 1992년 10월 서울 강남의 N 중학교 박 모 교사는 공부 시간에 카드 놀이를 하는 학생을 바로잡기 위해 매를 때린 것이 본의 아니게 뼈에 금이 가게 되었다. 박 모 교사는 그 학생 부모의 심한 항의에 교육자로서의 권위와 사랑에 대한 상처를 더 이상 견디지 못하고 결국 자살하고 말았다. 오늘날 교사들을 가장 좌절시키는 것은 젊은 학부모들의 '내 자식 제일주의', 즉 자녀에 대한 과잉 사랑이다. 오늘날 배울 만큼 배우고 알 만큼 아는 젊은 엄마들에게는 자기 자녀 외에는 눈에 보이는 게 없는 것 같다. 부모들은 자신의 자녀가 왕자와 공주가 되어야 한다는 맹신 속에서 자녀에게는 아낌없이 베푸는 것만이 부모의 의무라고 여기는 경향이 있다. 자기 자녀가 가난한 집의 아이들과 어울리게 되면, 그러한 아이들과 못 놀게 하거나 다른 동네로 이사를 가는 경우도 있고, 몇 년 전 강남의 어떤 지역에서는 자기 아이들이 노는 동네에 장애자 학교가 들어서려 하자 결사 반대하여 결국 그 학교가 들어서지 못하도록 하였다. 신세대 학부모들은 자녀의 결점을 듣기 싫어하기 때문에 교사들은 졸업할 때까지 아이의 결점을 학부모에게 말하지 않는다고 한다.

백화점마다 국산 브랜드 자리를 밀어내고 빽빽하게 들어선 고급 수입 아동 의류 매장, 일반 유치원 수강료의 두세 배를 받아도 학부모들이 구름같이 몰려드는 미국식 유치원들, 유치원 어린이와 초등학생들의 단기 해외 영어 연수 프로그램, 시간당 3만 원씩을 주고 미군 부대에 영어 공부를 시키는 학부모들, 200만 원 이상을 호가하는 호화판 아이 돌잔치 등 자식 기죽이지 않고, 자식 남부럽지 않게 기르고 교육시키자는 내 자식 지상주의, 내 가족 제일주의의 열풍은 이미 정상적인 수준을 넘어선 지 오래이다. IMF가 터지기 이전인 1994년 당시 서울 강남에서는 월 1,020만 원을 과외비에 쏟아붓는 사람도 있었다. 『동아일보』 4월 27일자 '밀레니엄 키드'란에 따르면 잠원동 모씨 집에서는 아이들에게 일 년 동안 '전뇌 개발 교육'을 시키고, 손가락 근육을 발달시키기 위해 '찰흙 놀이'를 하게 하며, EQ를 키우기 위해 연극, 발레 공연, 중국·이집트 유물전을 관람시키고, 감성을 키우기 위해 남산을 산책하며 잉어에게 먹이를 주고, 기초가 중요한 국·영·수와 커서는 배우기 힘은 예체능을 중점적으로 가르치는데, 보통 사람들의 한달 생활비와 맞먹은 67만 원을 두 아이 교육비에 투자한다고 한다.

아이들에게 이토록 정성을 들이는 것이 나쁘다는 것이 아니다. 대체로 유태인들도 어학 교육을 중심으로 해서 어린 아이들에게 이렇게 철저하게 교육을 시키고 있기 때문이다. 문제는 유태인들은 아이가 세상을 살아가는 데 필요한 수단으로서의 어학, 문학 교육과 더불어 아이가 바른 유태인, 더불어 살아가는 인간으로 성장하기 위한 종교 교육, 인성 교육, 윤리 교육이 병행되는데, 우리의 교육에서는 후자를 완전히 생략한 채 아이의 능력만을 개발하는 데 초점이 두어져 있다는 것이다. 이 기사에서도 기자나 편집자의 생각인지 실제가 그러한지 모르지만,

명색이 '밀레니엄 키드'라는 기획란에서 향후 2000년대를 살아갈 인간의 덕목이 무엇인지, 어떤 가치관을 갖고서 아이들을 지도해야 하는지는 한 줄도 언급이 없고, 오직 경쟁 사회에서 '성공하는 인간'의 육성에만 초점을 맞추고 있으며, 얄미울 정도로 '자기 아이'의 육성만을 위해 엄청난 돈을 투자하고 있다는 점이다. 더불어 살아가야 할 사회 속에서는 어떠한 인간이 되는지 상관하지 않은 채 일류 대학 들어가고 출세시키기 위해 자녀에게 50만 원에서 100만 원을 투자하는 것이 당연하다고 생각하는 오늘날, 강남을 비롯한 서울 일부 상류층의 극도로 이기주의적인 문화는 가족 이기주의의 가장 전형적인 표현이다.

1950년대 이후 우리 교육 현장에서 나타난 '치맛바람', '돈 봉투 내신 조작', '도피성 조기 유학', '고액 과외', '과외비 마련을 위한 엄마의 파출부 일', '촌지', '명문대 예체능계 학생 부정 입학' 등의 모든 부정과 비리 현상들은 내 가족의 번영을 위해 무슨 일이든지 할 수 있다는 한국인들의 가족 이기주의의 표현이었다. 자녀 교육에 대한 과도한 열정, 내 자식 제일주의 사고는 자녀의 인격 수양, 인간됨의 육성과는 애초부터 거리가 멀었다. 한국인의 교육열은 바로 아이의 학벌=출세를 통해 개인의 평생 보장과 가족의 복리를 도모하고자 하는 가장 실리적인 행동이었다. 매년 연말이면 신문지상을 떠들썩하게 만드는 수석 입학생의 스토리나 명문 대학의 합격선 공개는 바로 자녀의 대합 입학을 통해 가족의 번영을 도모하고자 하는 한국의 원자화된 가족간 전쟁의 현장 중계였다.

물론 가족 이기주의는 순전히 근대에 들어서서 새롭게 나타난 현상이라기보다는 전통 사회의 공동체적 유제가 현대적으로 변용된 것이라고 볼 수 있을 것이다. 충보다는 효를 으뜸으로 여긴 우리의 유교적 전통 속에서는 유교적·가부장적 가족주의 도덕이 가족이나 혈연을 넘어선 이웃, 촌락이나 넓은 사회에 적용될 수 있는 기본적인 규범으로서 자리 잡고 있었다. 우리 조상들은 개인으로서 '나'를 독립된 인격체로 인식하기보다는 가족으로서 '우리'라는 의식을 갖고 있었다. 그런데 여기서 '가족'은 조상에서 현재에 이르기까지 가부장적인 '혈연' 관계로 맺어진 구체적이지만 동시에 상상적인 공동체였다. 최봉영이 정리하는 것처럼 가족은 단순히 가문만을 의미하는 것이 아니라 구성원으로서의 가장과 가족, 생업으로서의 가업과 가산(家産), 행위의 규범으로서 가례(家禮), 종교로서의 가통(家統)과 가묘(家廟)를 포함하는 하나의 전체적이고 완결된 구조를 갖추고 있었다. 가족은 개인 이전에 존재하며, 하나의 독자적인 조직으로서 구성원을 조직하고 생업을 영위하고 종교와 의례를 행한다. 그리고 구성원은 가족의 일원으로서 자신을 실현한다.

우리 민족뿐 아니라 근대 자본주의 문명이 아직 발전하지 않는 곳, 특히 아시아의 유교 국가에서는 가족적 유대가 대단히 중요하게 취급되는 경향이 있다. 한스 콘(Hans Kohn)은 중국에서는 최근까지도 가족이 공감의 한계였고, 전체 민족이나 다른 큰 사회 집단에 대한 충성이나 헌신이 있다 하더라도 극히 적었다고 지적한 바 있다. 그러나 한국의 가족주의는 일본은 물론 중국의 그것보다도 훨씬 더 강렬하였다. "조선 사람들은 혈연을 좋아한다." 이것은 일제하 일본인들이 한국인들을 두고 했던 말이다. 일본의 경우 전근대 사회에서 인민의 충성심이 가족에만 국한되지 않고 그것을 초월한 촌락, 사회 계급에도 연장되었다. 중국의 경우도 한국보다는 자연 촌락의 공동체적 유대가 가족의 유대만큼 중요한 비중을 지니고 있었으며, 한국보다 일찍이 유교적 가족주의가 붕괴하였다. 우리에게서 공동체는 서구 자본주의의 전사로서 봉건적 질서, 자본주의에 선행하는 여러 가지 공동체적 생산 관계와는 거리가 멀다. 한국에서 공동체는 가족이었으며, 가족을 떠난 지역, 동리 단위나 국가 단위에서의 공동체성은 대단히 희박하였다. 즉 한국에서 공동체란 곧 혈연 공동체를 의미하였다. 여기에 나를 포함한 '우리'의 이기주의가 싹틀 수 있는 기초가 마련되어 있었다.

우리 조상들은 바로 이러한 가부장적이고 혈연주의적인 '우리' 의식에 기초하여 사고하고 행동하였다. '우리' 집단과 다른 집단간의 관계를 규율하는 의미 있는 규칙이나 도덕률이 존재하지 않았기 때문에, 집안의 어른들에 대한 예의, '우리' 집안에서 지켜야 할 부자간·부부간·형제간의 윤리가 곧 사회 윤리가 되었다. 조상을 숭배하는 제사는 가족의 결속을 다지는 종교적 행사였다고 볼 수 있다. 제사에서 한국인들은 타인을 위해 기도하는 것이 아니라 자기와 자기의 가족의 안녕과 행복을 위하여 공양을 하기 때문에, 이웃, 촌락, 국가 등 여타 사회와의 관계는 부차화된다. 상을 당했을 때 제사에서 유복친(有服親)을 따지듯이 가족주의 관계에서는 그것에 기초한 친소 의식을 갖고 있다. 결국 자신과 피를 더 많이 나눈 사람들에 대해서는 쉽게 마음을 열고, 자신이 가진 것을 나누어 주지만, 그렇지 않는 사람에 대해서는 남으로 대한다. 즉 같은 성씨나 같은 문중이라고 해서 가족이 되는 것이 아니라, 촌수의 거리감에 따라 남이 되어 버리고, 개별 가족은 원자화된 존재로서 타 가족과 대립하게 된다. 이렇듯 혈연에 기초한 가족주의는 이기주의와 배타성을 내포하고 있었다.

이러한 전통적 가족주의에는 내 가족을 중심으로 세상을 파악하고, 내 가족을 행동의 기초로 삼는 이기주의의 요소가 있었다. 그러나 이 가족주의 윤리에서는 조상을 두렵게 여기고 '이웃'을 두렵게 여기는 나름대로의 역사 의식과 무도덕적 행동을 억제하는 '염치'라는 것이 있었다. 그리고 공을 우선시하는(先公後私) 가르침과 가진 것을 '이웃'과 나누어 갖는 상호부조(相互扶助)의 정신이 사회의 붕괴를 막는 기둥 역할을 하였다. 그런데 식민지를 겪고 전쟁을 거치면서 가족주의의 부정적인 측면만이 더욱 강하게 착근하게 되었다. 전통적 가족주의는 개인을 가족의 굴레로부터 해방시킨 근대화의 물결, 그리고 그러한 개인들을 극히 불투명하고 불안정한 상황에 내몬 전쟁이라는 상황 속에서 새로운 모습으로 변형되었다. 이제는 내 가문, 내 문중이 아닌 자신이 속한 소규모 단위의 핵가족을 지켜야 한다는 가족 이기주의와 결합한 것이다. 이것이 오늘날 한국의 가장 강력한 종교가 된 가족주의의 성립사이다. 한국전쟁의 상황 속에서 사람들은 배고픔과 이산(離散)의 한이 맺히면서 어떠한 수단을 써서도 살아남아야겠다고 몸부림 치게 되었다. 이제 살아남기 위해서 그리고 출세를 위해서는 무슨 방법을 동원하더라도 모두 정당화되었다. 그리고 "굶어 죽었으면 죽었지 도둑질을 해서는 안 된다"는 윤리는 이제 억제할 수 없는 욕망 앞에서 무릎을 꿇었다.

한국전쟁을 겪으면서 농민을 비롯한 서민들의 전통적인 체념과 복종, 불신주의는 심화되었고, 겉으로는 국가에 복종하나 내용적으로는 이제 믿을 곳은 가족밖에 없다고 생각하여 가족의 안전과 복리를 추구하는 신가족주의가 정착되기 시작하였다. 전쟁으로 인한 시민 사회의 붕괴는 파편화된 개인들 사이의 의사 소통이나 자발적 조직화의 가능성을 좌절시키고 그들의 의욕 자체를 억제함으로써, 기존의 질서 속에서 안전을 도모하고 복지를 증진시키는 방편으로서 한국인들은 '교육'

을 통한 가족 단위의 안전 보장과 지위 향상 전략에 호소하였다. 이미 전쟁시의 비참한 죽음을 겪게 되면서 농민들은 더욱더 자기 보존적이고 이기적인 존재로 변화되었다. 그러한 국가주의, 관료주의는 자녀의 진학을 위해서라면 무슨 일이든지 마다 않는 과잉 교육열과 짝을 이루고 있었다.

급속한 도시화를 겪게 된 1950년대 이후 우리 사회에서 이제 가족은 전통적인 확대 가족, 친족을 의미하기보다는 가구 혹은 대소가(大小家)라는 극히 제한된 혈연 집단만을 의미하게 되었고, 그들은 그들만의 안전 장치를 마련하지 않을 수 없게 되었다. 전통적 가족주의가 봉건적 가족 제도와 가부장제에 기초하여 가문의 명예와 가문, 친족의 번영을 가장 일차적인 목표로 삼는 태도나 행동을 의미한다면, 현대의 가족주의는 이미 핵가족화된 가족을 하나의 분리 불가능한 공동체로 간주하고서 가족의 번영을 모든 가치의 우위에 두는 것을 의미한다. 이러한 행동 방식을 밴필드(Banfield)나 갈퉁(J. Galtung)이 말한 것처럼 무도덕적 가족주의(amoral familism)라 부를 수 있다. 김태길은 전통적인 유산을 강하게 반영한 한국인의 가치관 중에서 가족주의를 첫째로 들고 있다. 그는 가족주의를 "가족에 대한 애착 내지 관심이 다른 의욕과 동기를 압도하고 행동의 주도권을 잡는 생활 태도"를 가리킨다고 말한다.

한편 전통적 가족주의가 조상을 두렵게 여기고 부끄러워하는 마음, 조상을 모델로 여기면서 후손들에게 윤리적인 표본으로 삼는 나름대로의 역사 의식에 뒷받침되고 있었다면, 현대판 가족주의는 현재의 가족 자체가 세속화된 종교가 되어 버리고, 가족을 위하는 것 외에는 어떠한 공적인 윤리도 무시하는 가족 이기주의의 양상을 지닌다. 밴필드,

갈퉁, 김태길 등이 말한 것처럼 이러한 가족주의는 무도덕성, 즉 공공 윤리의 부재와 궤도를 같이하고 있다. 특히 김태길은 한국의 가족주의가 금전 만능주의, 쾌락주의와 공존하고 있음을 강조하고 있다. 아무런 공적·보편적 윤리로 뒷받침되지 않는 가족 사랑은 곧 물질주의적이고 공리적인 성격을 지닐 수밖에 없는 것이다. 가족의 지위 상승과 가족의 안녕은 세속적인 종교가 되어 앞에서 살펴본 것처럼 과잉 교육과 기복주의적인 신앙으로 표상되고 있다.

그런데 핵가족의 가족 이기주의는 여성에 의해 주도되고 있다. 기독교가 널리 전파되기 이전인 식민지 시대까지 무속 신앙은 바로 집안의 일에 매여 있던 여성들의 종교였다. 무속 신앙의 신들은 집안의 수호신이었으며, 여성들은 그들의 도움과 은총으로 집안을 지키고 집안의 번영을 빌었다. 우리는 정화수에 물 떠 놓고 빌던 할머니와 어머니의 모습, 해마다 설을 맞을 무렵이면 점을 보러 가던 어머니들을 잘 기억하고 있다.

그런데 기독교가 들어오면서 그것은 가족주의와 결합되었다. 물론 현상적으로만 보면 기독교는 한국의 전통적인 것을 파괴하고 포기한 다음 기독교의 신앙과 문화를 배우라고 가르쳤다. 그러나 서광선이 지적하였듯이 기독교의 도입 과정은 혁명적이고 파괴적으로 보였으나, 실제로는 기독교가 오히려 무속화하였으며 토착 신앙과 결합되었다. 그것은 한국의 기독교가 무속적인 테두리 안에서 복음을 개인과 집안의 문제로 묶어 두는 내면화된 종교로 성장하였다는 점에 있다. 물론 기독교는 전통의 미망으로부터 개인을 해방시키는 데 큰 역할을 수행하였다. 그러나 민중들에게 기독교는 사회 윤리로서 개인과 개인, 가족과 가족을 규율하는 논리로서는 거의 힘을 발휘하지 못하였으며, 오히려 가족 단위의 삶의 새로운 구원처로서 받아들여졌다. 부흥회의 열기와 교회 건축의 열기는 바로 이들 원자화된 가족들의 해방의 축제였지, 사회적이고 정치적인 변혁과는 거의 무관하게 진행되었다. 오늘날 한국 교회가 대(對)사회 선교 활동에 거의 신경을 쓰지 않은 채 오직 개교회의 성장과 발전에만 온힘을 기울이고 있는 점이나, 물량주의와 세속주의의 성격을 지니는 것 역시 기독교 문화가 한국의 가족주의 문화를 극복하기보다는 그것의 외피로서 전개되는 점을 보여준다.

오늘날 한국인, 특히 도시의 중상층에게 가장 강력한 종교가 있다면 바로 가족 종교일 것이다. 사회학자 라시(Lasch)가 말한 것처럼 가족은 "정이 없는 시대의 하늘"(Heaven in the Heartless World)인데, 오늘을 피곤하게 살아가는 한국인들에게 가족이라는 것이 곧 종교가 아니고 무엇인가? 그런데 가족 외부의 삶의 조건이 팍팍할수록 가족의 가치는 그만큼 증가한다. 따라서 삶이 전쟁과 같이 받아들여질수록 가족 가치는 긍정적으로 받아들여질 소지가 있다.

많은 사람들은 한국에는 가족만 있고 국가는 없다고 말한다. "맞아 죽을 각오로" 한국인을 비판한 저서를 낸 일본인은 "한국인은 공중 도덕은 제로예요, 제로"라고 말한다. 과연 그렇다. 한국인에게는 가족을 벗어난 사회에서 어떻게 행동해야 하는가에 대한 논의는 없고, 가정이나 학교에서의 가르침도 없다. 가족을 벗어난 사회는 남들이 살고 있는 전쟁터이다. "내 돈 서푼만 알고 남의 돈 칠푼은 모른다"는 속담처럼 한국 사람들은 자신과 피를 나눈 사람이 아닌 남에 대해서는 지극히 무관심하고 배타적이며 아무렇게나 행동해도 된다고 생각한다. 일찍이 신채호는 "한국 동포는 공공심이 거의 없는 동포이다. 개인이 있는 줄만 알고 사회가 있는 줄은 모르며, 가족이 있는 줄만 알고 국가가 있는 줄은 모르니, 이 어찌 뜻있는 이의 통탄할 바가 아니겠는가"라고 한탄한 바 있다. 공공성에 대한 무감각은 이미 식민지 시기 이래 우리 사회의 중요한 특징으로 자리 잡은 것으로 보인다.

최재석이 강조한 것처럼 건전한 시민 의식을 마비시키는 것은 무엇보다도 효를 중추로 하는 가족 도덕이다. 효의 윤리에서는 나와 남을 분리하는 요소가 존재하는데, 오늘날 효의 가치가 사라진 마당에서도 가족주의 가치관이 그 자리를 대신하여 한국인의 모든 사회 생활의 민주화, 직장 생활의 민주화나 정치 생활의 민주화를 저해하고 있다. 가족주의 문화에서는 시종일관 누구에게나 적용되는 생활 원리가 없다. 우리는 차가 다니는 길거리에서는 물론 생활의 현장 어디에서 "나만 가면 되는 사회"의 모습을 목격한다. 그러한 질서의 한 구성원이 되어 가끔씩 그것을 비판하면서도 자기의 문제가 되면 잊어버린다. 매년 그러했지만 4월 중순부터 열리고 있는 여의도의 벚꽃 축제는 쓰레기 축제이다. 언제나 가족들이 버리고 간 쓰레기는 악취를 풍기면서 벚꽃의 향기를 압도하고 있다. 가족들은 오랜만에 나들이 나와 가족간의 정을 돈독히 하고 배불리 먹고 벚꽃의 향기를 즐기면서 집으로 들어갔지만, 쓰레기는 그후 며칠 동안 그곳의 거주민과 지나가는 사람들을 짜증스럽게 만든다.

한국인들, 특히 한국의 부자들은 타인과 사회를 위해 베풀 줄을 모른다. 미국의 경우 부자일수록 많이 베푼다. 대학이나 공익 기관에 대한 거액 기부자는 너무나 많아서 아예 뉴스거리가 되지 않는다. 얼마 전에도 프린스턴 대학에 1억 달러를 낸 홍콩 실업가 고든 유, 존스 홉킨스 대학에 5,500만 달러를 낸 방송 재벌 마이클 브룸버그가 언론 지상에 짧게 보도되었을 따름이다. 자신이 번 돈이 자신의 능력의 덕택만이 아니건만, 한국의 부자들은 자기가 번 돈은 자기 마음대로 할 수 있다고 여기고, 그 돈을 버는 데 어떠한 기여도 하지 않았던 자식들에게 그냥 나누어 주는 것이 당연하다고 생각한다. 그리하여 교회를 세우거나 엄청나게 큰 불상을 세우는 데 돈을 헌금할지언정 사회의 뜻있는 일에 돈을 내는 법은 좀처럼 없다.

가족 이기주의가 판치는 곳에서는 가족이 아닌 '남'과의 관계에서 기본적인 신뢰, 신용의 문화가 정착되지 않는다. 최봉영이 강조하고 있는 우리 사회의 연계적 성격은 가족주의에 기인하고 있다. 즉 한국인들은 혈연, 학연, 지연 등으로 연계된 사람에게만 마음을 열고 그렇지 않는 사람에게는 남으로 대처한다. 담보를 갖고 있어야만 돈을 빌릴 수 있는 대출의 관행은 신용 사회가 정착되지 않는 현실을 잘 보여주지만, 자신과 연계된 사람이 보증을 서야만 대출을 해주는 관행 역시 신용 부재의 현실을 잘 보여주고 있다. 후쿠야마는 이 점을 들어서 한국에서 신뢰의 부족, 신용의 부재가 자본주의 질서와 어떻게 연관되는지 밝힌 바 있다. 신용이 정착되지 않은 사회에서는 아는 사람을 속이지는 않지만, 모르는 사람에게는 어떻게든 속이거나 등쳐먹으려는 경향이 있다. 일전의 어떤 일간 신문의 조사에 의하면 완벽한 자동차를 카 센터 열 곳에 맡겼을 때, 그 중 네 곳에서는 여러 가지 이유를 대고서 부속품을 교체하였다고 한다. 그런데 그 신문은 속지 않기 위해서는 단골 카 센터를 만들라고 권고하고 있다. 단골이 되어 연계를 맺어야 속임을 당하지 않을 수 있기 때문이라는 것이다. 이것은 우리의 모든 상거래에서 일상적으로 발생하는 현상들이다.

가족적·혈연적·지역적 연고와 무관한 사람들은 기본적으로 불신의 대상이고 이용의 대상일 따름이다. 따라서 가족주의는 철저한 시장 논리와 공존하고 있다. 가족주의와 시장주의, 물질 만능주의는 한국 시민 사회의 형성을 억제하는 두 축이다. 월남자인 최승학은 한국 사회의 이 험악한 경쟁주의를 다음과 같이 말한 바 있다.

"사람과 사람들이 서로 경쟁하고 비난하고 차별화해 있는 게 우선 충격적이다. 사람들은 살기 위해 방법을 가리지 않는 것 같다. 살기 위해 무엇을 해야 할지 답답한 심정이다. 세상물정 모르고 살아왔던 나에게는 감당할 수 없는 일들이다."

가족 이기주의는 수단 가치, 절차를 무시하고 목적 가치를 중시한다. 그리하여 가족에 충성하기 위해서 '사회'에서 저지르는 부정과 부패가 정당화된다. 우리 사회의 거의 모든 부정, 부패, 범죄는 기실은 가족 혹은 자신이 속해 있는 연계적 집단의 가치를 공공의 이익보다 우선시하는 가족 이기주의에서 기인한 것이다. 공직자나 사회의 지도층의 온갖 부정과 비리, 편법적인 행태들 역시 그 대부분은 가족의 복리를 위해 추진된 것들이다. 사람들은, 박봉에 허덕이는 관리들이 누구나 뇌물을 주면 별로 거절하지 않고 받으며, 일단 받은 후에는 거기에 대해 특별한 혜택이 자기에게 베풀어진다는 것을 알고 있다. 그러므로 공공심이 약한 사람들은 이 약점을 이기적으로 이용하려고만 하고, 단체적 행동을 통해 정부의 도의적인 수준을 높이려고 하지 않는다. 그러므로 우리는 공무원이 부패했다는 불평을 듣지만 제각기 내밀하게 특혜를 받으려고 뇌물을 줌으로써 일방으로는 부패를 조장하는 역할을 하는 것을 본다. 염치를 버리고서 돈과 권력을 얻기 위해 발가벗고 뛰어온 20세기 한국 현대사의 주역들은 가정에서는 좋은 아버지요 훌륭한 남편이었다.

부정과 부패를 비판하는 사람들 역시 자신도 가족을 위해서는 그러한 범죄를 저지를 수 있다는 사실을 의식하고 있다. 따라서 수단이 무엇이든 일단 성공한 사람, 권력을 잡은 사람에 대해서는 그 지위를 정당화해 주고 눈감아 주는 경향이 있다. 그래서 사람들은 자신의 이익을 추구하거나 자신의 문제를 호소함에 있어서 공적인 기구에 의존하기보다는 이러한 사적인 연고에 의존하려 하고, 그러한 연고가 없음을 안타깝게 여긴다. 우리 사회의 과열된 입시 경쟁은 바로 세상을 살아가는 데 가장 강력한 연계 집단이 되는 학연을 구축하기 위한 작업이다. 박노해가 출옥의 변에서 말한 것처럼, "학벌이 없는 사람"이 한국 사회에서 살아가는 것처럼 슬프고 힘든 일은 없다. 학벌은 혈연과 마찬가지로 험악한 세상, 이리떼와 같은 인간들이 모여 사는 세상에서 살아가기 위한 튼튼한 보호막이자 삶의 지렛대이다. 가족 이기주의는 이처럼 '패거리주의'라는 형태로 나타나고 있다.

물론 가족 이기주의가 갖는 긍정적인 측면도 있다. 가족주의는 에너지의 원천이다. 사람들은 1960, 70년대 경제 성장의 동력이 우리 나라 사람들의 근면성에 기인한다고 말하고 있으나 그 근면성의 내적인 동력이 무엇인지를 잘 말하지는 않는다. 그것은 두말 할 나위도 없이 가족 복리를 위한 헌신과 열정의 표현이었다고 볼 수 있다. 우리가 이룩한 경제 성장은 지금 40, 50, 60대들이 지난 30년 동안 가족을 위해 희생해 온 산물이라고 볼 수 있다. 우리 나라의 기성 세대, 특히 여성들은 가족을 위한 일에는 엄청난 에너지를 발휘하는 속성이 있다. 이 열정이 가족과 나라를 부자로 만드는 데 기여한 사실은 부인할 수 없다. 그리고 가족주의는 경쟁 사회에서 버티도록 만드는 안식처요, 사회에서 입은 상처를 치유해 주는 병원이자, 생존 경쟁의 충격을 완화시켜 주는 스펀지다. 가족은 상처받은 사람들이 분노를 곧바로 표출하지 않을 수 있도록 순화시켜 주는 사회 질서 유지의 안전판이기도 하다.

그러나 오늘 한국 사회에서 가족 이기주의로 인한 폐해가 크고, 그것이 정치 사회적 민주화를 저해하는 측면이 너무나 크기 때문에, 우리는 이러한 열정을 다른 방향으로 틀지 않고서는 21세의 미래를 기약하기 어렵다. 우리의 20세기가 가족 이기주의의 시대였다면, 21세기는 그것을 넘어서는 새로운 윤리, 도덕을 구축하는 시대가 되어야 한다.

그렇다면 가족 이기주의를 극복할 수 있는 방안은 무엇인가? 캉유웨이(康有爲)가 말한 것처럼 이기주의와 보수주의, 가부장주의의 진원지인 가족을 해체하고 남녀의 자유로운 결합의 모델을 구상해야 할지 모른다. 그러나 이러한 근본적인 대안을 모색하는 과정에서도 당장 할 수 있는 일이 없는 것은 아니다.

1. 우선은 가족주의의 물적 기반을 약화시켜야 한다. 한 가지 방법으로 상속세를 엄격하게 매겨서 사실상 사회의 도움으로 형성된 부모의 재산이 자식에게 독점적으로 공짜로 이양되지 않도록 해야 한다.

2. 가족주의는 여성의 자기 실현 기회를 봉쇄하는 것과 밀접하게 연관되어 있는 만큼 여성의 사회 참여와 자기 실현의 기회를 확대해야 한다. 여권의 향상이 없이는 가족주의의 확대와 재생산을 막기가 어려울 것이다.

3. 우리가 가족에 의존하지 않을 수 없는 이유는 사회 복지, 사회적 안전망의 결여와 크게 연관되어 있는 만큼, 사회 복지가 확충되어 위급한 상황이 닥치더라도 가족 혹은 친족에게 의존하지 않을 수 있는 사회적인 조건을 만들어야 한다.

4. 가족주의는 시민 사회의 저발전과 동전의 양면을 이루고 있는 만큼, 노동자의 정치 세력화, 시민 운동의 활성화를 통해 가족과 연계 집단을 통한 문제 해결의 가능성을 축소시키고, 시민 사회의 활성화를 통한 문제 해결의 기회를 높여야 할 것이다.

5. 오늘날 가족 이기주의의 한 양상이라고 할 수 있는 학연주의, 학벌주의를 극복하기 위해서 학연의 고리를 끊어야 한다. 그것을 위해서는 국립 대학교의 통폐합 등을 통한 대학 개혁이 이루어져야 한다.

서울대 개편과 학벌주의 극복

홍길동은 "부생모육지은(父生母育之恩)이 깊사오나 그 부친을 부친이라 하지 못하고 그 형을 형이라 못하오니 어찌 사람이라 하오리잇가?"라며 통한의 눈물을 흘리면서 출가, 탐관오리를 숙청하는 의적이 되었으며, 이후 "높낮이 없는" 율도국을 건설하였다. 이러한 평등 사상을 견지한 홍길동의 작가 허균을 능지처참한 신분 사회 조선은 결국 일본의 식민지가 되었다. 재능 있고 뜻있는 젊은이들이 자신의 능력을 마음껏 펼치지 못하고 가문의 위세에 편승한, 썩은 기득권 가문에게 권력과 재물을 무한대로 보장해 주었던 조선 사회는 결국 이러한 비극적인 종말을 고할 수밖에 없었던 것이다.

일찍이 조광조는 이 좁은 조선 땅에는 인재가 적기 때문에 그들을 골고루 등용하지 않고서는 나라의 미래가 없다고 설파한 바 있다. 그런데 한국의 인구가 4천만 명이 된 지금은 사정이 얼마나 달라졌는가? 한번 취득되면 평생을 따라다니는 이 학벌이라는 족쇄는 우리 사회의 활력을 빼앗아 가고 수많은 창의적인 인재들의 전도를 가로막으며 그들을 좌절의 늪에 빠뜨리는 이 시대의 신판 신분제가 아니고 무엇인가? 특히 서울대의 대한민국 지배는 군사 독재나 재벌처럼 가시화되어 있는 것도 아니고, 또 서울대를 못 간 사람들이 그것을 '지배'로 받아들이기보다는 자기 자신에게 책임을 돌리고 자식을 통해 재도전 열망을 불태우게 한다는 점에서 훨씬 색다른 형태의 지배임이 분명하다. 그러나 한국 사회에서 재벌, 지역주의처럼 학벌이라는 장벽, 특히 서울대라는 상징은 일자리의 확보, 감투와 승진을 좌우하는 물질적 힘이며, 모든 한국인들의 일상적인 행동을 옥죄고, 그들의 주머니를 쥐고 흔드는 무시무시한 권력이다. 이 학벌이라는 권력을 얻기 위해 한국인들은 핸더슨(Handerson)이 말한 것처럼 소용돌이의 물결 속에서 허우적대면서 필사적으로 남을 밟고서 올라서려 하고 있다.

얼마 전 한 일간지에는 서울 강남의 젊은 엄마들이 자녀들의 평생을 지배하는 연고를 미리 쌓아 두기 위해 출산시 병원의 선택, 자녀의 유치원 선택까지 고려한다는 사실을 보도한 바 있다. 양반이 권력과 돈, 지위를 보장해 주는 사회에서는 돈을 주고서라도 양반을 사려 할 것이며, 외모가 성공과 출세의 지름길인 사회에서 여성들은 책 보는 시간에 거울을 볼 것이고, 수백 수천만 원을 들여서라도 얼굴을 뜯어고칠 것이다. 2001년 오늘 이 땅의 강남 젊은 학부모의 행동은 바로 학벌이 돈이 되고 권력이 되는 이 세상의 현실, 화폐 자본을 사회적 자본(학벌)으로 전환시키는 것이 가장 '합리적인 투자'라 생각하는 우리 사회 '지도층'의 사고를 그대로 반영하고 있다. 그리하여 저 재벌 집 자녀에서 울산과 마산의 노동자 자녀들까지 어린이들, 청년들은 오늘도 피곤한 몸을 이끌고 이 과외 저 과외를, 이 학원 저 학원을 돌고 있으며, 아이들을 실어 나르는 형형색색의 학원 차량은 요란스럽게 거리를 누비고 다닌다. 실제 우리 나라 사람들의 64퍼센트는 일류대 나오는 것이 성공을 결정한다고 생각하고 있으며, 이 학벌 경쟁의 소용돌이에서 탈락하면 저 캄캄한 진흙탕에 빠져 영원히 못 빠져나올 것만 같은 공포감을 갖고 있다.

단순히 이 시대의 풍속도라 말하기에 이 학벌주의의 폐해는 너무나 심각하다. 당장 7조 원을 넘어서는 사교육비 부담, 과열된 입시 교육 탈락자들의 학습 의욕 상실로 인한 중·고등학교, 특히 실업고의 학급 붕괴 현상, 입시 스트레스로 인한 자살자들, 중·고등학교에서의 미래 지향적인 창의적 교육의 실종, 참교육의 열정을 가진 교사들의 좌절감, 지방의 소외와 지방 대학의 침체 등 이루 말할 수 없는 상처와 짐을 우리 사회에 남기고 있다. 좋은 대학 나와야 사람 대접해 주는 이 한국의 학교와 사회 풍토야말로 전도양양한 청소년과 젊은이의 가슴에 못질을 하는 가장 반인간적이고 반인권적인 폭력이라 할 것이다.

대학에서 교육의 실종이야말로 그 중 으뜸에 속할 것이다. 관문을 통과하는 것이 일생에 가장 중요한 일이 되는 사회에서 그 관문을 통과한 사람들은 더 이상 지적인 노력을 경주하지 않게 된다. '일류대'의 경우 학사 징계를 겨우 면할 학점을 따더라도 일단 간판은 확보한 것이니, 그들에게 학문의 참 맛을 보여주려는 교수들의 애처로운 노력은 쓸데없는 일이 되고 만다. 서울대의 고시 학원화가 어제오늘의 일은 아니지만, 고시 과목을 청강하기 위해 새벽부터 줄을 서고, 신림동 고시촌을 가득 메운 전국의 3~4만 명의 현대판 유생(儒生)들의 풍경이야말로 정보화 시대와 신분제 조선 사회가 공존하는 희극적 현상이라 하지 않을 수 없다. 그리고 '성공' 보증서를 얻지 못한 젊은이들에게 "그래도 희망은 있다"고 말해야 하는 이른바 2, 3류대 교수들의 '역할 부재'는 무엇으로 설명할 것인가?

이 현대판 신분제, 학벌주의의 정점에는 온 나라의 모든 학생들을 일렬로 줄세우기하여 그들에게 서열을 매기고 바코드를 부착한 다음 그것을 평생토록 지니고 다니도록 하는 서울대라는 상징이 자리 잡고 있다. 서울대가 버티는 한 우리 사회에서 '기타대'는 독자적인 브랜드를 만들어도 재벌의 자본력과 시장 장악력에 항복할 수밖에 없는 중소기업과 같은 신세이다. 한국의 재벌과 언론이 스스로의 힘과 노력으로 성장하기보다는 남북 분단, 군사 독재, 국가 주도 경제 성장의 산물이듯이 서울대가 그러하며, 재벌과 언론이 돌진적 근대화의 견인차 역할을 하였듯이 서울대 역시 그러한 성장 과정의 인력 공급 역할을 일정 간 기간 동안 수행한 바 있다. 또 재벌과 언론이 국내에서는 누구도 감히 도전할 수 없는 무시무시한 공룡이지만 국제 사회에서는 전혀 경쟁력이 없는 피라미에 불과하듯이 서울대 역시 그러하다.

일각에서는 이 교육 제도를 혐오하여 이민을 떠난다고 하고, 아예 자녀들을 외국 대학에 보낸다고도 한다. 그러나 그것은 평범한 다수가 선택할 수 있는 길이 아니다. 교육부는 입시 전형 방식의 다양화, 평생교육의 강화, 지방대학특별법 등을 통해 이를 해결할 수 있다고 주장한다. 그러나 지금까지 교육부의 처방이 그러하였듯이 수술이 시급한데 임상 처방으로 해결하려는 접근 방법은 문제의 핵심에서 비켜나 있다. 큰 놈 더 키워 주자는 BK21 사업은 대학의 서열화를 더욱 고착화시키는 결과를 초래하였다. 연구 중심 대학, 대학원 중심 대학이라는 목표는 지난번 서울대 대학원의 미달 사태에서 볼 수 있듯이 미국 유학생이 득세하는 한국 사회의 풍토에서는 비현실적인 대안이라는 것이 새삼 확인되고 있다. 정부가 추진한 신지식인 운동은 학벌 사회의 벽을 깬다는 목표를 갖고 있었지만, 이 운동이 전개된 이후 학벌주의의 피해자들이 자신감을 얻게 되었다는 어떤 증거도 없다.

엘리트 교육이 필요한가? 물론 필요하다. 그러나 이러한 학력·학벌주의 교육 제도를 그대로 둔 상태에서 그것은 어렵다. 사람들이 잘못 알고 있는 것 중의 하나가 서울대를 엘리트 교육 기관이라고 본다는 점이다. 현재의 서울대는 수능 우수 학생을 집합시켜 놓은 곳이기는 하나 엘리트 교육 기관은 아니다. 따라서 엘리트 교육은 현재의 대학 서열 구조를 극복한 바탕 위에서 이루어져야 한다. 물론 우리 사회의 지배 체제의 유지·강화, 민중들의 사회 통합과 복종의 기제인 이 학력·학벌주의는 단순히 입시 제도 혹은 교육적 차원에서 접근할 수 있는 성질의 문제가 아니다. 그것은 국가, 사회의 핵심적인 작동 원리와 연관된 정치 사회적 중대 사안이다. 그렇기 때문에 문제의 접근과 해결이 대단히 어렵다. 그렇다고 그냥 포기하기에는 그것이 미치는 폐해가 너무나 심각하다. 학벌주의 문제가 대학 개혁만으로 해결될 수는 없겠지만, 우선 우리는 서울대 개편에서 이 문제에 접근할 필요가 있다.

일각에서 주장하듯이 서울대를 포함한 국립대를 완전히 평준화하고 교수와 학생의 교류를 자유롭게 함과 동시에 각 지방의 국립대를 특성화하는 쪽으로 유도하는 대안을 생각해 볼 수 있고, 서울대를 분리·해체하여 예술·응용 과학 분야의 단과 대학을 독립시킨 다음 순수 학문 중심의 별개의 대학으로 개편하는 방안 등도 생각해 볼 수 있다. 그리고 최근 장회익 교수가 주장한 것처럼, 서울대의 학부를 사실상 없애는 방안도 생각해 볼 수 있다. 서울대가 문제의 근원은 아니지만 학벌주의의 상징적 구심인 것은 분명하다. 따라서 서울대를 공격하지 말고 사회 전반적으로 학벌주의의 유인 구조를 없애자는 주장은 원리적으로 맞는 이야기이지만, 그것은 아무것도 하지 말자는 말과도 같다. 공룡과 같은 서울대 조직, 서울대라는 상징을 그대로 둔 상태에서 어떠한 처방이 먹힐 수 있을 것인가?

의사의 '권리'와 의료의 공공성

1

2000년 상반기에 발생한 가장 중요한 사건이라면 단연 의사들의 폐업 사태를 들 수 있을 것이다. 이번 의약 분업을 반대하는 의사 폐업 사태에서 의사들은 "의권(醫權)을 쟁취하겠다"며 투쟁하였다. 의사들은 약사들의 대체 조제, 임의 조제 가능성을 완전히 막고 자신의 '진료할 권리'를 확보한 다음, 그것을 통해서 정당한 보수를 받겠다고 선포한 것이다. 이처럼 의사들의 집단 폐업 사태가 발생했던 지난 한 달 동안 나는 직업으로서의 의사, 전문가주의(professionalism), 자본주의라는 세 단어를 머리 속에서 이리 굴리고 저리 굴리고 하면서 보냈다. 'professionalism'을 영어 사전에서 찾아보니 전문가(장사꾼) 기질, 전문가적 기술, 직업 선수적임, 프로적인 기질 등으로 설명되어 있다. 즉 'professionalism'이라는 단어에는 어떤 분야를 전심전력으로 추구하여 그 일을 가장 유능하게 잘 수행한다는 의미와 그러한 활동이 자신의 높은 수입 혹은 소득과 결합되어 있다는 의미가 모두 포함되어 있다.

그렇다면 한국 의사들의 파업은 전문가의 자존심을 확보하기 위한 것이었는가, 그렇지 않으면 이미 확보된 전문가주의의 쇠퇴에 대한 반동 혹은 방어 심리에서 나온 것인가? 그것은 전문성으로 포장된 적나라한 집단 이기주의에 불과한 것이었는가? 아니면 실제로 '의권'이라는 내용을 채울 만한 전문가주의의 내용을 가진 것인가?

사실 시민 단체에서 마련한 의약 분업안은 국민의 건강을 보호하고 의료 부패를 근절시키며 의사의 진료 행위를 정상화하기 위한 합리적인 선택지였다. 그 동안 국민들은 약물 오남용의 대표적인 피해자였으며, 의원과 병원은 낮은 진료비를 보전하기 위해 무리한 약 처방을 강요하였다. 의약 분업이 실시된다면 진료 정보가 공개되어 김용익이 주장하는 것처럼 의사와 약사간에 '이중 점검'(double check)의 기능을 가짐으로써 외래 진료 부분에 있어 의료의 질 관리(quality assurance) 효과를 나타내게 될 것이고, 약사들은 용법·용량·약물 상호 작용에 대해 한 번 더 비판적인 검토를 하게 될 것이다. '이중 점검'은 비단 의사가 처방을 잘못했을 때 수정하는 치료적 효과뿐 아니라 처방 자체가 신중해지는 예방적 효과를 가지게 될 것이다. 그리고 일정한 시행착오의 기간을 거친다면 환자들은 "가벼운 질환은 약국에서 해결하고, 중한 질환은 종합 병원을 찾는" 관행이 정착될 것이다.

그런데 의사들이 주장한 '의권'의 내용은 약사들의 '대체 조제' 혹은 임의적인 조제의 가능성을 완전히 배제하고, 의사들이 처방을 내릴 수 있는 독점적인 권한을 가져야 하고, 의사들이 '약장사'가 되지 않고서도 충분하게 소득을 보장받을 수 있어야 한다는 논리로 집약된다. 그 동안 한국의 의사들은 형편없이 낮은 진료비를 약값 마진, 주사제 과다 사용, 종합 검진, 성형 수술 등 의료 서비스 개발 등 사실상 "의권을 포기"한 대가로 수입을 보전해 왔다. 대형 병원들은 이윤을 확보하기 위해서 의료 보험 부당 징수, 제약 회사와의 담합을 통한 약값 인상, 무리한 진료 강요 등의 방법을 사용해 왔고, 이에 대하여 국민적인 분노가 간헐적으로 비등해도 낮은 진료비가 문제의 근원에 존재하고 있었기 때문에 정부도 어떤 손을 쓰지 못하고 후퇴한 적이 한두 번이 아니다. 결국 의약 분업 실시를 목전에 두고 의사들이 주장하는 것처럼 '무권리' 상태에 있었다기보다는 '권리의 부재'를 '수입의 보장'과 바꿔치기하고 의료 부패를 묵인하면서 살아왔다고 볼 수 있다.

그렇다면 전문가인 의사들이 이전 폐업에서 가장 강력하게 내세운 명분인 직무, 즉 진료 행위를 독점적으로 수행할 권리라는 것은 무엇인가? 그것은 의사들의 의료 서비스를 받게 될 일반인들이 건강하게 살 권리 혹은 진료받을 권리와는 어떻게 연관되는 것인가? 의사들은 무슨 근거로 자신이 진료를 독점할 권리, 즉 진료권을 보장받음으로써 거기에 합당한 높은 보상을 받을 권리가 있다고 주장하는가? 누가 그들의 권리를 침해하였으며, 그들은 누구를 상대로 하여 권리 투쟁을 하는 것일까? 그들의 권리는 같은 시기 발생한 롯데호텔 노동자들이 주장하는 생존권과는 어떻게 다른 것인가? 이러한 의문들이 대답되지 않은 채 의사 폐업 사태는 국민에게 상당한 상처를 남겼으며 아직도 현재 진행형이다.

특히 의약 분업안을 처음 제출하고 합의안을 도출한 주역이었던 시민 단체는 첨예한 이익 갈등이 발생하게 되자 분명한 자기 목소리를 내지 못하고 어설픈 중재자의 역할밖에 할 수 없게 되었다. 일반 국민은 젊은 전공의가 주동하여 의사들이 90퍼센트를 넘는 폐업 동조를 하는 것을 보면서 뭔가 정부의 성급한 의약 분업 강행 조치가 이들의 자존심을 건드린 중대한 착오였다는 생각을 하게 되었지만, 자신들이 직접 서명한 의약 분업안을 깨고 나와 계속 말을 바꾸어 가며 자기 주장만 내세우고, 폐업을 비판하는 시민 단체에 '시장의 잡배' 수준의 온갖 욕설을 퍼부으며, 자신의 편에 서지 않는 동료나 사회를 모두 적으로 돌리는 이들의 태도를 보면서, 그들에게 갖고 있던 일말의 기대와 존경심마저 완전히 사라지는 느낌도 갖게 되었다. 더구나 환자들이 죽어 나가는 것이 예상되는 상황에서 응급실까지 비우는 그들의 '뒤를 돌아보지 않는 자기 중심주의'도 충격적이었지만, 그 놀랄 만한 전투성과 단결력 앞에는 파업의 대명사인 노동자들도 경악할(!) 지경이었다.

비록 의약 분업과 관련된 매우 전문적인 내용을 충분히 이해할 능력은 없었지만, 나는 이번 사태가 한국 사회의 과거와 현재를 읽게 해 주는 현미경이며, 민주화 이행 과정에서 국가와 시민 사회의 관계 변화, 그리고 한국 자본주의의 성격을 읽어 내는 데 대단히 중요한 함의를 지니는 기념비적 사건이라는 점은 사회학 연구자의 본능적 감각으로 감지할 수 있었다.

2

이번 폐업의 주요 공격 상대는 정부, 즉 보건복지부였다. 의사들은 의약품 분류, 정부의 부담 등에 대해 준비가 미비한 상황에서 의약 분업을 강행하는 정부를 상대로 이미 일 년을 유예하여 실시하게 된 의약 분업안의 재차 연기를 목표로 투쟁한 것이다. 사실 정부는 '선시행 후보완'의 원칙을 양보하지 않은 채 의약 분업안의 개선을 위한 구체적인 프로그램과 조직의 제시, 구체적인 재정 소요 내역과 재정 조달 계획 등도 제시하지 않았다. 그러다가 의사들이 폐업이라는 극한적인 방법을 동원하자 의약 분업의 애초 원칙을 뒤흔들 수 있는 "주사제는 의약 분업에서 제외한다"는 무원칙한 타협안을 내놓기도 했다.

그러나 정부에게 문제가 있다면 의사들이 주장하듯이 성급하게 의약 분업안을 내놓은 것에 있는 것이 아니라 사실상 재정 확보 계획도 없이 개혁을 하겠다는 발상에 있는 것이며, 더 거슬러 올라가면 보건 복지에 대한 정부의 재정 지출 없이 국민과 의사의 불만을 잠재워 온 국가의 복지 부재, 의료 복지에 대한 정책 부재, 무책임한 시장주의, 즉 안보 국가의 체제 유지 논리에서 기인한다고 볼 수 있다.

이종찬이 강조한 것처럼 해방 이후 지금까지 정부는 면허 시점을 통제하는 것을 제외하고는 의료를 완전히 시장 경제에 맡겨 두자는 정책을 취해 왔다. 즉 지금까지 정부는 보건 의료 부문에 대한 국고 지원 없이 의료를 완전히 사적 시장 메커니즘에 의존하도록 내버려 두었다. 인의협이 강조하는 것처럼 "우리 나라 의료 보험 제도는 국민에게는 형편없는 보험 혜택을, 의료인에게는 낮은 기술료를 강요하는 제도"이다. 즉 현행 의료 보험 제도는 국가가 자신의 책임을 회피하면서 국민 경제의 주체들에게 보험의 재정을 떠넘긴 것이다. 의료 보험으로 보험 혜택의 범위는 50퍼센트를 조금 넘는 수준이고, 중병이라도 걸리면 의료 보험증은 휴지 조각에 불과한 상태이다. 환자는 의료 기관에 직접 자신의 돈을 내서 진료를 받아야 하고, 의료 기관은 다른 지원 없이 오로지 낮은 수가와 환자 본인의 부담금으로 유지되어야 하는 상황이다. 이처럼 값싼 서비스로 국민을 만족시키는 상황에서는 사실상 수입을 확보해야 할 의료인과 좀더 저렴한 돈으로 좋은 서비스를 받기 원하는 환자 사이의 잠재적 갈등은 존재하게 마련이다. 지역 의보 재정의 국고 지원이 26퍼센트에 불과하고 환자들의 의료 보험료 부담이 소득의

3퍼센트에 불과하여 선진 제국의 2분의 1~4분의 1밖에 안 되는 실정에서 이는 당연한 귀결이다.

오늘날 대학 병원을 비롯한 한국의 대형 병원에는 최첨단의 의료 장비가 도입되어 있다. 그러나 그러한 장비들은 모두 가난한 사람들에게는 그림의 떡이다. 의료 보험은 이러한 의료 장비의 사용과는 무관한 영역에 있다. 그리하여 의료 공급의 90퍼센트는 이윤을 목적으로 하는 대형 병원과 동네 의원이 담당하게 되어 있는데, 대학의 병원들조차 이러한 경쟁에 적극 나서고 있어서 그 공공성을 찾아보기 힘들다. 사적 자본에 의해 운영되는 이들 대형 병원들은 철저하게 시장의 법칙에 따라서 행동한다. 여기서 시장의 법칙이라는 것은 곧 법과 규칙을 무시하고서라도 돈이 되는 것은 무엇이든지 하는 것이다. 이렇게 본다면 한국의 병원들은 거대한 부패·비리 집단이라고 해도 과언이 아니다. 특히 응급 의료 수가가 낮기 때문에 응급실은 가장 부실하게 운영된다. 그러나 응급실이야말로 생명이 중요한가 돈이 중요한가를 판가름할 수 있는 현장, 즉 의료의 사회성 혹은 공공성을 가늠할 수 있는 현장이다.

특히 지금 우리 나라의 3차 의료 기관은 1, 2차 의료 기관과 무차별한 경쟁을 벌이고 있다. 이는 대형 병원이 영리만을 목적으로 하기 때문이다. 그 결과 동네 의원이 몰락하는 의료 체계를 만들어 낸 것이다. 이것이 오늘날 동네 의원들이 이토록 정부를 불신하게 만든 근본 원인이다. 한국인의 국민 건강이 바로 대형 병원으로 대표되는 이 의료 자본에 의탁되어 있는 꼴이다. 이미 한국인들의 몸은 철저히 상품화되어 있다. 제약 회사와 결탁된 의사들의 약물 남용 판매 전략은 한국인들의 건강을 심각하게 침해하고 있다. 우리 사회에서 약사들에 의해 남용되는 약보다는 의사들에 의해 남용되는 약의 규모가 훨씬 크다. 한편 국민보험공단의 발표에 의하면 1999년 우리 나라 제왕 절개 분만율은 평균 43퍼센트로서 세계 최고 수준이다. 안전하고 돈이 많이 남는 제왕 절개를 강요하는 의사와 병원의 요구 앞에서 임산부, 한국의 기혼 여성들의 건강은 돌이킬 수 없을 정도로 위협받고 있는 셈이다.

오늘날 한국에서 전문의가 80퍼센트를 차지하는 것은 한국 의료의 과잉 전문화 혹은 과도 자본주의화의 결과라 볼 수 있을 것이다. 의학 교육의 일차적인 목적은 1차 의료보다는 전문의를 양성하는 데 두어지고 있다. 전문가주의의 과잉은 바로 전문직주의의 신화, 즉 자신의 기술을 돈과 교환하려는 자본주의적인 심성을 배태할지언정 의사와 환자의 관계, 의술의 사회적 위상에 대해서는 아무런 감각이 없는, 영혼이 없는 근대인을 양성한다. 이 경우 의사들은 어떻게 해야 살아남을 수 있으며 돈을 벌 수 있는가 하는 것에만 관심을 갖게 되기 쉽다. 의학 혹은 의술의 중심인 내과와 외과가 3D 업종이 되어 버리고 성형외과, 정신과 등으로 몰리는 오늘의 이 기형적인 의사 구성도 과잉 전문주의 혹은 과잉 자본주의화의 결과인 셈이다.

한편 1980년대 이후 무분별한 의대 증설이 허용되었는데, 의료인의 공급을 통해서 의료 시장의 문턱을 낮출 수 있다는 시장 논리가 여기서도 작동하였다. 의사의 절대수가 증가하여 의료 서비스 혜택이 국민에게 골고루 돌아가야 한다는 원칙 자체는 타당한 것이었지만, 현재와 같이 의료 서비스가 과도하게 시장에 내맡겨진 조건에서 대학을 졸업한 의사들은 돈이 안 되는 지방으로 가기보다는 서울 근처에 몰리게 마련이다. 그리고 의사들은 돈이 되고 편한 전공 분야를 선택할 가능성이 높기 때문에 의사 수의 증가가 반드시 의료 서비스의 확대로 연결될 가능성은 희박하다. 한편 변호사들이 브로커를 고용하여 법률 시장을 창출하듯이, 의사들은 자신의 시장이 좁아진다고 느끼면 환자의 건강을 해치는 것을 각오하고서라도 스스로의 시장을 창출하려 할 것이다. 앞서 말한 의사들의 과다 진료나 과다 처방이 그러한데, 그것은 전문직에 관한 한 수요-공급의 시장 법칙이 예상대로 작동되지 않는다는 점을 말해 준다.

결국 의료 서비스가 시장에 내맡겨진 상황에서 정작 책임 져야 할 정부는 책임을 면제받고, 의사들은 환자들에게 "돈만 아는 존재", "두 시간 기다려 삼 분 진료"하는 병원이라고 비난을 받을 가능성이 상존한다. 이러한 조건에서 1998년에 발생했던 보라매병원 사건, 즉 의사가 회복될 가능성이 있는 환자를 보호자의 요구를 수용한다는 명분하에 퇴원시킨 사건이 발생한 것이다. 이 사건은 이윤의 논리에 지배되는 병원의 반사회적 행동의 대표적인 예인데, 그러한 사건이 계속 발생하는 것도 한국의 의사들과 병원이 철저히 시장의 논리에 지배되어 있기 때문이라고 볼 수 있다.

오늘날 의사 폐업의 원인(遠因)은 결국 국가의 과도한 개입에서 기인한 것이 아니라 국가의 불개입 혹은 국가의 잘못된 개입의 결과인 것이다. 의사들의 불만과 비리도 다분히 이러한 국가의 무책임성에서 기인하고 있다. 그러나 국가가 의료 서비스를 시장에 맡겨 둔 상황에서 가장 고통받아 온 사람은 의사가 아니라 바로 국민, 특히 돈 없는 국민이었다.

3

콜린스(Collins)가 말한 것처럼 의사는 모든 직업 중에서 가장 전문적인 기능을 요하는 직업이다. 그러나 의사들의 전문적 기능이 매우 중요하다는 사실은 그들이 가장 많은 경제적 이득을 누릴 자격을 갖추고 있다는 것과 별개의 문제이다. 우리 나라는 물론 서구에서도 과거 의사들은 비교적 낮은 지위에 머물러 있었으며, 의학이 과학 기술 문명의 총아로서 자리 잡은 오늘날에도 의사들의 경제적·사회적 지위는 나라별로 다르다. 의사들이 최고의 대우를 받고 있는 나라는 현재 자본주의 문명의 패자인 미국이다. 미국에서의 의사들은 유사한 의료 행위를 수행하는 약제사 등을 시장에서 추방하고 대학 교육을 통해 공급을 통제하는 등 의사들의 집단적 권력을 확보함으로써 이러한 지위를 획득할 수 있었다. 즉 의학의 발전만이 의사들의 지위를 보장해 준 것은 아니며, 더 중요한 것은 의사들이 자격에 대한 통제권을 확보하는 등 확실하게 시장 통제력을 갖게 되었다는 점이다.

그렇다면 한국의 전문가 시스템, 즉 의사의 전문성 보장 시스템은 어떠한가? 조효제가 강조한 것처럼 해방 후 한국의 전문가 시스템은 철저하게 도구적 기술로 전락했으며, 전문가의 사회적 역할을 강조한 흐름은 없었다. 우선 일제 시대 이후 의사들은 어느 누구로부터도, 어떤 정권으로부터도 도전받지 않는 권력자들이었으며, 최고의 수입을 자랑하는 상류층이었다. 국가가 이들의 자격증 제도 혹은 의과 대학 학제의 수립을 통해 이들에게 권력을 부여해 주었고, 현대의 발전된 의학이 그들의 능력과 자격을 신비화해 주었다. 권력에 복종하는 데 길들여진 한국인들은 몸을 완전히 의사들에게 의탁하는 데 주저하지 않았으며, 최근 의료 분쟁이 본격화되기 이전까지는 누구도 의사들의 진료와 처방의 권위에 도전하지 않았다. 1980년대 말 군사 정권 붕괴 이후 이러한 도구주의를 비판하면서 전문성의 사회적 실현을 촉구한 운동이 인도주의실천의사협의회(인의협) 등의 운동이었다. 그것은 국가가 전문직을 통치 시스템의 작동 기제의 근간으로 삼고 물질적 보상을 통해 그것을 정당화해 주는 기제에 대한 저항이었다. 그러나 이러한 흐름은 찻잔 속의 태풍에 불과하였다.

즉 일제 시대 이래 의사의 권력 보장은 자체의 견제나 외부적 견제를 받지 않았다. 즉 의사의 권력은 의료인의 직업적 윤리 의식과 책임 의식에 의해 뒷받침되지 않았다. 앞서 말한 것처럼 일제 시대부터 의사들은 공중 보건보다는 개인의 질병 치료에 치중하였으며, 의료 행위는 곧 금전적 보상과 일치되었다. 해방 이후 지금까지 언제나 가장 인기 있는 학과였던 의과 대학에 진학한 우수한 학생들은 말로는 히포크라테스의 선서를 수없이 암송했을지 모르나, 부모들이 그들을 의과 대학에 보낸 가장 중요한 이유가 "의사가 돈 많이 벌고 존경받는 직업"이기 때문이라는 것은 한국인이라면 누구나 다 알고 있다. 부자들만이 자녀를 의과 대학에 보낼 수 있었고, 의대 진학은 '문화 자본'의 획득으로 부를 대물림할 수 있는 가장 확실한 길이기도 했던 셈이다.

그러나 "의사는 공인된 도둑"이라는 말이 유행한 데서도 알 수 있듯이, 의료 행위가 돈과 직결된 한국 사회에서 의사들에 대한 평판이 좋았던 적은 별로 없었다. 소설가 전광용이 물욕에 어둡고 기회주의적인 한국인 '꺼삐딴 리'를 의사로 설정한 것도 한국 사회에서 의사들에 대한 부정적인 통념을 반영하는 것일 게다. 전광용은 자기 소설의 주인공인 '꺼삐딴 리', 곧 이인국 박사의 타산적인 환자 감별 행동을 다음과 같이 묘사한다.

"그것은 마치 여관 보이가 현관으로 들어서는 손님의 옷차림을 훑어보고 그 등급에 맞는 방을 순간적으로 결정하거나 즉석에서 서슴지 않고 거절하는 경우와 흡사하다.…… 그는 새로 온 환자의 초진에 앞서 우선 그 부담 능력을 감당하는 데서부터 시작한다. 신통치 않다고 느껴지는 경우에는 무슨 핑계를 대든 그것도 자기가 직접 나서는 것이 아니라 간호원더러 따돌리게 한다. 그의 고객은 왜정 시대에는 주로 일본인이었고, 현재는 권력층이 아니면 재벌의 셈속에 드는 축들이어야만 했다."

주로 돈 있는 사람들만 상대하며 진료비가 없으면 위급한 환자를 퇴원시키는 오늘날 대형 병원의 반사회적인 행동들은 이러한 이인국 박사의 환자 감별 행동이 이제 사회 전반으로 확대된 것이라고 볼 수 있을 것이다. 사람의 건강 혹은 목숨을 앞에 두고 돈을 저울질하는 '꺼삐딴 리'의 모습은 의료 행위와 자본의 시장 경제와의 결합을 보여주는 것이며, 의사야말로 이해타산 앞에서는 눈물도 인정도 없는, 자본주의 근대 문명이라는 냉혈한의 선구자임을 보여주는 것이다. 따지고 보면 최근의 게놈(Genome) 개발에서 확인할 수 있었듯이 의학은 바로 현대 과학의 총화이며, 의사는 바로 현대 과학 문명의 전도사라고 볼 수 있다. 과학이 인간을 미신으로부터 해방시켜 인류에게 복리를 가져다주었듯이, 의학의 발전은 과거에는 불치병으로 여겨졌던 병마의 원인을 캐내는 개가를 이루었고, 수많은 인구를 질병의 고통으로부터 해방시켰다. 그러나 다른 편으로 보면 과학이 기술 혹은 자본과 결합하여 과학의 성과를 이윤 추구의 도구로 변화시켰듯이, 의학이 자본주의 시장 경제와 결합하여 인간의 목숨을 다루는 의료 행위를 영리를 목적으로 하는 행위로 변질시켰다. 그리하여 의학과 의사 그리고 병원은 우리를 고통과 죽음에서 해방시켜 주는 현대판 구세주이지만, 동시에 돈이 없어 치료를 받지 못하는 사람에게는 가장 잔인하고 비정한 신(神)이다.

전광용의 묘사에서 나타난 것처럼 현대 한국에서 의사들은 금전적 이해 관계 혹은 도구적 이성을 가장 전형적으로 견지하는 존재였다. 그들은 자신의 의술이 어떤 상황에서 어떻게 사용되고 있으며 또 사용되어야 하는지 질문한 적이 없다. 오직 과학이 가르쳐 주는 증거에만 입각하여 환자를 그러한 과학 지식의 대상으로만 파악해 왔으며, 잘못된 제도를 비판하기보다는 그 제도 속에서 이익을 추구해 왔다. 의대생들은 "공부는 굉장히 잘하는데 사회성은 대단히 부족한", 우리 사회의 공부 잘하는 사람의 전형이라고 볼 수 있다. 따라서 이들은 자신의 지위를 누리고 이익을 추구하기 위해 어떤 행동을 해야 하는가에 대해서는 너무나도 잘 알고 있지만, 자신이 사회 내의 한 존재라는 점은 거의 생각조차 하지 않고서 자신이 누리는 지위와 부를 당연한 것으로 받아들여 왔다. 병원에서 차별 대우를 받는 간호사들도 병원 개혁과 의료 개혁에 대해 목소리를 높인 바 있지만, 의사 '선생님'들이 간호사들의 절박한 요구에 동조했다는 어떤 기록도 없다. 의사협회는 의대 정원을 늘리려는 정부의 조치에 강력하게 반발하여 지위 하락을 막기 위한 직업 집단 특유의 행동을 보였는데, 황상익은 의사협회 임원진의 중요한 임무가 의과 대학의 신·증설을 저지하는 일이었다고 주장한다.

이번 의사 폐업 사태에서 의사들이 전문주의를 내세우는 배경에는 과학적 진리에 대한 확신과 그것의 안전 장치로서 자격주의를 포기할 수 없다는 믿음, 그리고 국가가 이들의 시장 지배력을 당연히 보장해 주어야 한다는 요구, 혹은 젊은 의사들의 미래에 불안 등이 결합되어 있다. 의사들이 주장하는 '의권'의 개념은 바로 진료에 관한 한 자신들이 독점적으로 판단하고 결정 내릴 권한을 갖고 있다는 점에 있다. 그것은 대체로 전문주의의 기득권을 보호하자는 주장이다. 그런데 '의권'의 구호에는, 과거에 의사들 자신이 실질적으로 부도덕한 진료와 엄청난 대체 조제 및 과다 투약 조치를 수행하였으며, 그것이 국민의 건강에 심각한 장애를 일으켰다는 점은 언급되어 있지 않다. 이제 자신들의 국가 보증과 제약 회사와의 관계 속에서의 특권이 상실될 위기에 처하자 의사들의 '권리'라는 이름으로 시장 독점을 강조하는 셈이다. 결국 '권리' 담론은 의약 분업을 실질적으로 거부하면서 의사들의 살 길과 지위를 찾자는 수사이다. 여기에는 전문주의의 권위는 물론 어떠한 도덕성과 공공성도 설자리가 없다. 의사들은 과거의 국가 보호의 자격증 독점을 이제는 제도적 독점으로 완결시키려 하는 것이다.

사실 전문주의 일반이 갖는 위험성이기도 하지만, 진료라는 것도 의료인들만의 독점 영역이 될 수 없다. 의사만이 진료할 수 있다는 주장은 기술과 과학에 대한 맹신에 기초한 것이다. 우선 그들의 진단과 처방이 잘못될 가능성이 존재하는 만큼, 동료들에 의해 토론 및 검증이 되어야 하고, 또 환자의 판단과 문제 제기를 배제해서도 안 된다. 한편 자본주의 병원 제도하에서 그들의 진료권은 의료 서비스 사각 지대의 사람들에게는 적용되지 않는다. 곧 전문주의가 갖는 자본주의적 측면 혹은 의학이나 과학의 사회적 성격을 고려하지 않으면, 의사들의 전문주의 주장은 자본주의하에서의 의사의 직업적 기득권 옹호의 논리와 일치한다는 것이다. 지난 번 의사 폐업 과정에서 국가 독점주의, 기술주의를 비판해 온 전문직 내의 개혁 집단(인의협)이 완전히 고립되어 동료들의 돌팔매질을 당한 것은 우리에게 시사해 주는 바가 많다. '의권'을 강조한 의사들의 논리가 대체 조제 금지라는 명분을 내걸고 있음에도 불구하고 국민에게 설득력을 얻지 못한 이유가 여기에 있다.

사실 그들의 투쟁에는 "돈이 없어 병원을 갈 수 없는 더 많은 잠재적 환자"는 거의 고려 대상이 되지 못했기 때문이다.

결국 오늘날 한국의 의사들이 보여주는 도구적 이성, 과학성에 대한 맹신, 그리고 사회성의 전적인 결여는 바로 일제 시대 이후 우리 사회를 지배해 온 국가주의와 도구주의의 지배로서 한국식 근대의 한 모습이다. 여기에는 국민 혹은 시민이 설자리는 존재하지 않는다는 점에서 이것은 시장주의와 공통된다. 따라서 이들과 정부와의 충돌은 이제 국가가 '국민의 국가', 즉 나름대로의 원칙과 법의 지배 혹은 공공성을 표방한 국가로 변신하려는 과정에서, 과거의 권위주의 국가와 공생 관계를 유지해 오면서 기술주의·과학주의 신화를 무기로 신분적 특권을 유지해 온 의사들이 자신의 기득권을 유지하기 위해 벌인 보수적인 저항의 성격을 강하게 갖고 있다고 볼 수 있다. 그렇게 본다면 의약 분업을 반대하면서 이들이 내세우는 '의권'의 실질적인 내용은 의사들의 수입을 위협하는 의약 분업에 반대하고 "약장수를 계속하기 위한 공허한 빈말"에 불과하다는 김록호의 지적이 틀린 말은 아닐 것이다.

4

그러나 우리는 과연 의사 집단만 이기적이라고 몰아붙일 자격이 있는가? 의사들이 이기적이라면 과연 우리 사회의 어떤 집단이 공익을 고려하고 있는가? 의사들이 기득권을 누려 온 것이 사실이므로 의사의 폐업을 노동자의 파업과 같은 차원에서 볼 수는 없다고 하더라도, 이들에게 직업 윤리와 책임 의식을 견지하라고 말하는 것이 과연 적절한가?

의사들의 전면 폐업 사태는 세계에서도 찾기 어려운 비상식적 행동임에는 분명하나, 앞뒤를 고려하지 않은 이들의 행동에는 우리 사회 전체가 안고 있는 무언가 중요한 코드가 숨어 있음에 틀림없다. 사실 주가 조작·탈세·변칙 상속 등 재벌 기업의 범죄 행위, 변호사 비리, 공무원 부패 등에서 드러난 바 한국 자본주의 지배 질서가 극히 비정상적으로 운영되고 있음은 주지의 사실이다. 이렇게 본다면 우리 사회는 이미 과거부터 총체적으로 무정부 상태, 무규범 상태에 있었다고 해도 과언이 아니다. 밀스(Mills)가 말한 것처럼 이러한 무정부·무규범 상태는 "돈에 의한 생활의 가치 기준이 지배적인 것으로 되었기 때문에 어떤 방법으로 돈을 잡든 돈을 가진 인간이 존경을 받는" 자본주의 자체가 조장한 것이다. 그러나 지금까지 한국에서는 국가 중심주의, 혹은 공공성(publicity)의 국가 독점주의가 이러한 무정부주의를 강화시켰다고 볼 수 있다. 즉 안보와 체제 유지로 집약되는 공공성의 국가 독점은 시민 사회 내부에서 공공성의 담론이 자생적으로 형성될 수 있는 길을 봉쇄하였다. 이러한 공공성의 국가 독점 체제하에서 역설적으로 정부는 공공성을 견지하지 않았으며, 권력자나 가진 자들은 공익에 대한 헌신성을 전혀 갖지 않았다.

사실상 가진 자들이 가장 이기적으로 행동하는 것을 잘 알고 있는 민중들은 이미 과거 군사 정권하에서도 무규범적인 태도를 갖고 있었다. 의사들의 이기심은 의사들만의 것이 아니라, 변호사·회계사·교수 등 우리 사회의 모든 지식층 혹은 전문가 집단에서 공통적으로 나타나는 경향이다. 의사들의 경우 자신의 직무 태만이 곧 한 사람의 목숨을 좌우할 수 있다는 점 때문에 두드러져 나타났을 따름이다. 이들 전문가 집단은 군사 정권과의 공생 관계를 유지하면서 우리 사회의 도덕적 아노미 상황의 조성에 일조해 왔다. 뒤르켕(Durkheim)이 말한 것처럼 "개인을 넘어선 어떤 것에 대한 충실함"을 도덕적 활동의 원천이라고 본다면 한국은 도덕적 진공 상태에 있는 사회라 해도 과언이 아니다. 그렇다고 해서 여러 선진 자본주의 나라의 전문가 집단 혹은 직업 집단이 더 도덕적인 것은 아니다. 차이가 있다면 그들이 자본주의적 이해 관심을 근대 국가 형성기에 확립된 어느 정도의 공적 윤리와 결합시키고 있으며, 집단적 이해의 추구를 그것을 정당화할 수 있는 제도와 세련된 수사로 포장하고 있다면, 한국의 전문가 집단이나 의사 집단은 출생부터 이러한 것 자체를 고려할 어떠한 기회도 없이 국가의 통제와 시장의 정글의 법칙에 내동댕이쳐졌다는 점이다. 여기서 한국 전문가 집단의 특성, 그들의 성장사, 나아가 한국의 근대사, 자본주의의 역사가 있다.

주지하다시피 국가는 자본가와 전문직의 이익을 배타적으로 보장해 주었고, 그들의 권위는 국가의 성장 정책, 국가 공인 자격증 부여, 교육 기회의 개방, 가부장적 권위주의가 뒷받침해 주었다. 체제 유지를 위한 기업의 탈법, 국방비 지출을 보장하기 위한 사회 복지 재정의 결여가 이러한 명분하에 정당화되어 왔다. 그러나 1980년대 말 군사 독재의 붕괴는 동시에 국가 기구의 민주화, 정당의 기능 회복, 사회 제반 영역의 민주화라는 과제를 부과해 주었다. 1987년 이후 노동조합 운동의 등장과 시민 사회의 성장은 이러한 정치 경제 체제에 대한 가장 전면적인 도전이었다. 그러나 이러한 민주화의 요구가 비등하는 한편에서 자본측은 국가의 부당한 간섭, 기업 활동 제약, 준조세 징수 등에 저항하면서 새로운 방식의 자본 축적 활동을 '작은 정부', '자유'라는 이름으로 포장하여 국가에 대하여 공격을 가하였다. 1992년 정주영의 대통령 출마는 그것을 상징한다. 전반적으로 군사 정권 붕괴 이후 이제 우리 사회는 과거와 같은 이익 조정의 방식으로는 이익 집단의 요구를 충분히 수렴할 수 없으며 국민의 불만을 잠재울 수 없다는 점이 분명해졌다. 이제 사적 이익의 개화(開花)는 민주화와 맞물려 진행되었으며, 어떤 점에서 후자를 압도하였다.

민주화와 자본주의화가 같은 시기에 동시에 진행되고, 글로벌리제이션 담론과 맞물려 민주화 담론이 오히려 수세에 몰리면서 시민 운동이 국가의 불완전한 공적 역할을 보완하였으나, 이익 집단의 등장, 자본과 이윤 추구의 논리는 시민 운동의 입지를 더욱 약화시켰다. 이번의 의사 폐업 상황에서도 시민 단체의 공공성, 중립성은 한계를 드러냈다. 의사들은 이들을 친정부적 존재로 매도하였으며, 전문성이 없다는 이유로 이들의 목소리를 무시하였다. 시민 단체에 함께 소속된 의사들은 동료들로부터 왕따를 당했으며, 결국 이들 이중 소속 의사들은 단체를 탈퇴하였다. 이번 의사 폐업에서 정작 중요한 의료의 상품화, 공공 의료의 확보라는 더 중요한 쟁점은 묻히고 말았다. 과거나 현재나 의료에 관한 공공성은 설자리가 없다. 오늘날 황폐화된 교육 현실을 보면 국가의 철저한 민주화가 뒷받침되지 않는 '학부모의 선택권', '개방과 자율화'가 어떠한 폐해를 가져오는지, 국가의 재정 지원, 공적 기능 확보가 전제되지 않는 경쟁의 논리, 자율화 개방화가 어떤 결과를 가져오는지 잘 보여준다. 공(公)은 멀고 불분명한데, 사(私)는 구체적이고 분명해졌다.

따라서 의사들의 폐업 사태는 그들이 무엇으로 자신의 행동을 변명하든, 국민 건강이라는 말을 얼마나 많이 반복하든, 결국 마르크스가 말한 바 모든 단단한 것들을 녹아내리게 만드는 이 자본주의 문명, 즉 위신과 권위, 체통과 염치, 전통과 습관을 모두 낡은 것으로 만드는 이 적나라한 이윤 추구의 세상, 자본의 지배가 도래한 것을 알리는 신호 탄으로 들렸다. 그리하여 이제 의사는 '선생님'의 칭호를 얻을 수 없게 되었고, 폐업 철회를 요구하는 인의협의 다음과 같은 요구는 더욱 나약한 목소리로 들리게 되었다.

"우리는 의사라는 직업의 존재 이유가 전장에서도 적군을 돌보는, 즉 인간의 생명을 가장 귀중한 가치로 여기는 것에 기반한다고 믿는다. 자신에게 맡겨진 환자의 생명을 포기한다면 의사라는 직업의 존재 기반은 없어지며 아무런 의미가 없다. 의사들의 주장이 아무리 정당하다 하더라도 또한 투쟁의 대의가 아무리 크다 하더라도 넘지 말아야 할 선이 있다면 그것은 바로 인간의 생명에 대한 포기 행위이다."

의사들이 진정으로 되찾아야 할 의술의 권위와 자본주의적 이윤 동기에 따라 움직이는 병원의 이윤 추구 논리는 반드시 일치하지는 않을 것이다. 어쩌면 오늘날 한국과 같은 사회에서 의사들은 후자를 견제하고 독립성을 유지해야만 자신의 업무에 통제권을 가질 수 있고 자신의 권위를 되찾을 수 있다. "정상 분만이 가능하다"는 자신의 의학적 소신에도 불구하고 병원측의 제왕 절개 요구에 굴복하는 의사는 이미 의사로서의 권위를 포기한 존재이다. 의사들은 자본가와 한편이 되어 국민의 건강을 담보로 돈을 버는 잘못된 병원 권력의 하수인이 되기 때문이다. 그것은 전문가의 권위 회복이 아니라 권위의 완전한 상실이다. 전문주의의 권위가 있다면 바로 정당한 방법으로 수입을 확보하는 일일 것이다.

사실 질병과 가난은 인간사의 최대의 숙제이며, 인간이 부딪치는 최대의 재난이다. 그리고 대체로 "가난은 질병과 함께한다." 가난한 사람은 병에 걸릴 확률이 높고, 병에 걸려도 치료받지 못할 가능성이 많다. 그리고 병에 걸리면 노동 능력을 상실하게 되어 가난해질 가능성이 크다. 불평등의 현상이 이 의료의 영역에서처럼 적나라하고 처절하게 드러나는 경우는 많지 않다. 건강하게 살고 싶은 희망은 모든 문명, 모든 국가의 가장 중요한 과업이었다. 그러나 의학의 발전이 우리 모두의 건강을 보장해 줄지는 회의적이다.

의약 분업 논쟁 이후 보건 복지 정책이 의료의 공공성을 확보하는 쪽으로 나아가지 못하고 사사건건 사회적 힘을 획득한 의사들의 힘의 논리에 좌우되는 방향으로 간다면 대중의 건강과 복지는 더욱 후퇴할 것이다. 그러나 이번의 의사 폐업이 준 나름대로의 긍정적인 효과가 있다면 의료의 사회성, 즉 의료의 공공성이 왜 필요한지에 대한 문제 의식을 일깨워 주었다는 데 있을 것이다. 문제는 지금부터다.

의사의 지위

　사람들은 자신과 다른 입장에 처해 있는 사람들에게 자신의 처지를 호소해야 하고, 또 예의를 갖추어서 정중하게 말해야 할 자리에서 감추어 둔 평소의 생각을 그대로 거칠게 드러내는 경우가 많다. 직업 세계의 틀 내에 갇혀 있어서 세상 사람들이 자신을 어떻게 생각하는지 한 번도 고려해 보지 않았거나, 그렇지 않으면 자신의 요구나 생각이 너무나 절실하고 정당하다는 생각에 사로잡혀 타인의 생각을 들어볼 여유를 갖지 못한 개인이나 집단의 언사는 듣는 사람들을 어리둥절하게 만들거나, 그들의 마음을 움직이기는커녕 오히려 짜증스럽게 한다. 2000년 8월 2일 대한의사협회 의권쟁취투쟁위원회가 각 일간 신문에 게재한 광고도 그 중 하나이다. 이 광고에는 다음과 같은 내용이 들어 있다.

> "11년간 거의 격리되다시피 공부하고 3억 원 내외의 투자를 하여, 위험을 감수하고 의원을 개원하였을 때, 100만 원 내외의 수익만 보장된다면 누가 의사를 하겠습니까?…… 수련받는 동안 경각에 달린 환자의 목숨 때문에 잠 못 자고 고생하고 빈민 취급받고 나와서는 목돈 투자를 해서

월 100만 원 내외의 수익만 보장된다면 전공의가 수련을 받을 이유가 무엇입니까?"

이 광고문에서 나의 눈길을 끄는 단어는 단연 '투자'였다. 우선 어느 정도 정확한 표현이라는 생각이 든다. 오늘날 우리네 부모들은 자식 가르치는 것을 투자로 생각하는 경향이 있다. 월급의 3분의 1 아니 거의 반 가량을 자식 과외비에 쏟아붓는 오늘 한국 부모들의 행동은 그렇게 해서라도 자식을 일류 대학 좋은 학과에 보내면 그것이 남는 '장사'라 생각하기 때문일 것이다. 그러나 자본주의 문명이 들어오기 이전에 살았던 우리 선인들은 자식 교육을 투자라 이름 붙이기보다는 '농사'라고 했다. "뭐니뭐니해도 자식 농사보다 더 중요한 농사가 없다"는 격언을 현대식으로 번역하면 "자식 투자가 최고의 투자다"라고 할 수 있을 것이지만, 농사 짓듯이 자식 교육시키는 것과 돈벌이하듯이 자식 교육시키는 것은 상당히 다른 태도나 가치관 위에 서 있다. 후자는 지출과 이득을 저울질하는 합리적인 계산이 전제되어 있으나, 전자에게는 그러한 요소가 없기 때문이다.

즉 위의 광고문에서 의사들이 말하는 투자의 관념은 그것에 대한 수익의 보장 가능성, 손실의 위험에 대한 계산 등을 전제로 한 자본주의 시장 경제하에서 투자 능력을 가진 자산가의 행위를 모델로 하고 있다. 우리는 노동자가 직장을 얻기 위해 기술을 습득하는 것을 투자라 말하지는 않는다. 그리고 대학 졸업을 앞둔 학생들이 취직을 위해 영어와 컴퓨터 배우러 다니는 것도 투자라 말하지는 않는다. 말하자면 노동 시장에서 나름대로 인정받고 안정된 직장을 얻기 위한 자신의 능력 개발 활동들을 모두 투자라고 말하지는 않는다. 투자는 일정한 자산을 준비하여 그것을 은행에 맡기는 경우 발생할 수 있는 이자 수입을 훨씬 상회할 수 있는 분야에 '자본을 던지는 것'이고, 그 결과 몇 배 몇십 배의 수익이 남을 수도 있지만, 불안정한 시장 경제 조건하에서 '쪽박'을 찰 수도 있는 모험을 감수해야 하는 행동이다. 투자는 자신의 미래를 계산적으로 설계할 수 있는 사람들의 몫이다.

따라서 이 사회에서 극소수를 제외하고는 투자와는 거리가 먼 삶을 살고 있다. 특히 하루 벌어 하루 먹고사는 노동자들에 투자는 딴세상의 이야기이다. 프랑스 식민지인 사이다의 한 도로 인부는 "나는 아무것도 희망하지 않는다. 나에게는 삽과 곡괭이뿐"이라고 푸념한 바 있고, 1970년 분신 자살을 감행한 전태일은 "노동자들의 병폐는 희망함이 적다는 것이다"라고 설파한 적이 있다. 즉 프랑스의 사회학자 부르디외 (Bourdieu)가 말한 것처럼 자신의 미래를 설계한다든지 자식들의 미래를 고려한다든지 하는 것은 그것에 대한 실제적인 가능성이 향상될수록 (즉 교육 수준이 높아져서 높은 수입을 예상할수록) 더욱 현실적이고 합리적으로 변한다.(긴밀하게 계산에 종속된다.) 결국 미래의 이득을 계산할 수 있는 사회 직업 범주는 제한된다. 여기서 의사들이 별다른 생각 없이 언급한 투자라는 용어에는 그들의 부모들이 우리 사회에서 '투자할' 지위에 있었다는 것을 달리 표현한 것이고, 투자를 통해 상당한 보상과 이득을 누려 온 그들만의 생활 세계를 은연중 노출한 것이다.

의사 수업을 투자로 보는 것은 위 광고문의 다른 용어들과도 상충된다. 예를 들자면 "11년간 거의 격리되다시피 공부하"고, "의료 사고 한 번 나면 평생 빚더미에서 살아야 합니다"라는 다른 부가적인 표현은, 결국 의사라는 대우받는 직업을 갖기 위한 오랜 수련과 고통에 대한 보상 그리고 의료 사고시 책임 져야 한다는 위험에 대한 부담을 말하고 있는데, 이것은 사실 "3억 원의 투자"에 첨가되는 것이 아니라 의사가 되기 위한 '포괄적 투자'의 개념에 포함되는 것이다. 높은 보상과 상당한 수익을 예상한 투자라는 것은 그 자체가 위험을 감수하는 것이며, 동시에 미래의 보상을 기대한 현재의 즐거움에 대한 포기를 수반하는 것이다. 이 경우 현재의 즐거움의 포기와 예상되는 위험의 부담은 모두가 미래에 다가올 보상에 의해 상쇄되며, 그 자체가 고통이나 위험으로 끝나는 것이 아니다.

"누가 의사를 하겠습니까?"라는 반문도 앞에서 말한 투자의 개념과는 상충된다. 투자라는 것은 시장에서의 행동이다. 시장에서의 행동은 투자한 만큼의 보상과 일정한 이윤이 창출되지 않을 것으로 예상되면 곧바로 중지된다. 즉 의사가 되기 위해 3억 원의 투자와 11년간의 학습의 고통, 그리고 의사가 된 이후의 위험을 예상해 볼 때, 전혀 '남는 장사'가 아니라고 판단된다면 학부모들은 장차 자식을 의대에 보내지 않을 것이다. 반면에 이러한 지출과 위험 부담이 있다는 것을 알고도 의대에 진학했다면, 그들이 시장 상황에 대한 판단을 잘못했거나, 그래도 의대 진학이 경제적으로든 사회적으로든 충분히 남는 장사라는 계산이 있었기 때문이다. 자식 교육이 그러했듯이 지금까지 한국 사회에서 자식을 의대에 보내려는 행동은 '투자'할 여유를 가진 부모들의 가족 이기주의적인 행동이었으며, 이들은 다른 학부모들과 마찬가지로 국가의 의사 수급 문제, 국민의 건강 보건 문제는 물론 전혀 염두에 두지 않았다. 따라서 이 모든 경우 책임의 상당 부분은 시장에서의 행위자에게 있다. 이들의 논리와 과거 행동에서 보자면 의사의 소득 저하는 개인이 책임 질 문제이지 국가에게 요구할 성질의 것은 아니다. 즉 의사의 부모들이나 의사 당사자들은 출발부터 개인적 동기에서 의사가 되었으며, 최근 들어서는 내과와 외과를 기피하는 등 이미 위험 회피적인 시장주의적 선택을 해 왔다. 정말 의사를 만들기 위한 투자가 무리한 것이라면 과도기적 혼란은 있겠지만 그러한 행동은 곧바로 중지될 것이다. 즉 학부모들은 자녀들을 의대에 보내지 않을 것이다.

결국 의사들은 과거의 행동과는 모순되는 말을 하고 있다. 즉 과거에는 부모의 재력이 상당하고 학력이 뛰어난 학생들이 개인적 목적으로 의대에 진학하여 그에 대한 보상을 얻어 냈는데, 이제 의약 분업으로 수익 보장이 불투명하자 의약 분업안을 사실상 원점으로 돌리고서라도 의사들의 생활을 보장하라고 요구하는 것이다. 이들은 이제 투자에 비해 낮은 보상 때문에 의사들이 되지 않으려 기피한다면 국민들이 크게 손해볼 것이라며 갑자기 '애국심'과 충정을 내걸고 정부를 압박하고 있다. 그런데 우리가 상식적으로 생각해 보면 투자한 만큼의 충분한 보상이 확보되지 않는다면 우선 의사 되는 일을 투자라 생각하는 의사는 사라질 것이다. 즉 투자에 대한 보상이 없으면 우수 인력이 의대에 진출하지 않는 문제점이 발생할 수도 있겠지만, 동시에 다소 보상이 불충분하더라도 그 직업을 물질적 보상으로만 의미 부여하는 의사들과 자신의 적성, 보람과 사회적 기여의 측면을 고려하는 소신 있는 의사들간의 옥석이 구분되는 효과가 발생할 것이다. 물질적 보상 없이 의사의 직무를 수행하라는 이야기가 아니라 그 일의 가치를 오직 물질적인 보상으로만 결부시키는 잘못된 생각은 고쳐질 것이라는 말이다. 즉 의사 공급 과잉으로 인한 문제는, 의사만 되면 지위와 부가 자동으로 얻어지는 것으로 생각하는 우리 사회의 통념을 바꾸고 의사들이 국민의 진정한 존경과 사랑을 받는 존재로 거듭날 수 있는 긍정적인 계기로 작용할 수도 있을 것이다.

의사 집단은 무엇보다도 의사라는 직업이 많은 투자와 희생을 거쳐서 얻어질 수 있는 자격이며, 그들의 의료 활동은 국민의 생명을 다루는 매우 중요한 일이므로 그에 대한 최고의 물질적 보상이 이루어져야 한다는 전제를 의심하지 않고 있다. 생명을 다루는 일이 높은 전문성을 요구하는 일이며, 잘못된 진료나 처방이 사람의 목숨을 위태롭게 하기 때문에 의사들의 진료 행위가 다른 어떤 일보다도 중요한 일이라는 데 이견이 있을 수는 없다. 그러나 그들은 전통 사회에서 의사라는 직업은 결코 존경받는 직업이 아니었다는 점을 간과하고 있으며, 나라마다 의사에 대한 대우는 차별적이라는 점을 무시하고 있다. 대체로 자본주의 국가에서 의사들에 대해 높은 경제적 보상이 주어지는 것은 사실이나, 시장 자본주의의 맹주인 미국에서만 의사들이 최고의 수입을 누리고 있다. 의사들의 업무가 중요하기 때문에 그리고 그것을 위해 많은 수련과 전문성이 요구되기 때문에 이들이 현재 한국에서 자리 잡은 기성의 의사들이 누리고 있는 정도의 물질적 보상을 받아야 한다는 논리가 반드시 정당화되는 것은 아니다.

우리는 의사들이 주장하는 11년간의 학습의 고통과 수억 원의 투자비에는 못 미친다고 하더라도 그와 유사한 수련과 준비를 거친 수많은 박사들이 거의 기아선상의 강사비만 받고도 생활을 유지하는 것을 알고 있다. 이들 역시 젊은 의사들처럼 자신의 지식에 대한 보상이 이루어지지 않는 것에 대해 큰 불만과 고통을 갖고 있지만, 이들은 자신의 학위 취득 과정을 투자라 생각하지는 않는다. 이들이 박사가 되기 위해 10년 이상 돈을 들이고 노력을 들인 것은 물론 교수직을 얻으려는 목적이기는 하나, 교수가 된 이후의 보상을 투자에 대한 회수라고 생각하지는 않는다. 그들 중 상당수는 자신의 노력에도 불구하고 그에 합당한 보상이 돌아오지 않을 수도 있다는 것을 이미 알고서 출발하고 있다.

작가들은 어떠한가? 비록 학위의 과정을 거치기 위한 오랜 기간의 수련을 거치는 않는다고 하더라도, 인정받는 작가가 되기 위한 지식 축적과 습작의 과정은 의사에 못지않을 정도로 힘든 것이다. 그러나 작가들 역시 5년에서 10년이 걸릴지도 모르는 자신의 습작 과정을 투자라 생각하지는 않는다. 그들에게는 글을 쓰지 않으면 안 되는 중요한 이유가 있으며, 보상보다는 일 자체의 의미 때문에 불투명한 미래와 경제적 고통을 감내한다. 자기가 어떠한 능력을 획득하고 그것을 통해 자신의 뜻을 펴려는 사람들은 그러한 수준에 도달하기 이전에 겪어야 하는 고통과 희생을 투자라 생각하지는 않는다. 대다수의 사람들은 자신에게 충분한 경제적 보상이 주어지지 않는다는 것을 알고도 희생과 고통의 과정을 감수한다. 비록 그 수가 적다고 하더라도 이러한 '비경제적이고' 비타산적인 일에 종사하는 사람들이 존재하기 때문에 이 사회는 지탱되는 것이다. 파업에 돌입한 젊은 전공의들은 자신만이 손해보고 있다고 생각하지만, 그들은 이 땅에서 정말 말도 안 되는 제도와 관행 때문에 엄청난 손해를 입고 있을 뿐만 아니라, 그 가운데는 인생을 완전히 '구긴' 사람들이 얼마나 많은지 모르고 있다. 의사들은 그들이 그렇게 비판하는 의약 분업이 실시되면 많은 약사들이 약국 문을 닫아야 한다는 이 엄연한 사실에 대해서는 한 마디도 언급하지 않고 있다.

의사들은 자신들의 진료 행위가 이들 연구자나 작가 들과는 비교할 수 없을 정도로 중요하며, 보다 즉각적인 결과가 나타나는 일이라고 반박할 것이다. 이 점은 어느 정도는 사실이다. 그러나 한 발 뒤로 물러서서 생각해 본다면 사람을 치료하고 생명을 건진다는 것이 무엇인가? 늙고 병드는 것은 모든 사회에서 나타나는 보편적인 현상이라고 하더라도 질병의 발생 빈도와 종류는 사회적 상황의 산물이다. 의사들의 진료는 환자가 발생한 이후에 그들을 치료하거나 살리는 일에 관여하고 있지만, 정작 더 중요한 것은 그러한 질병에 걸리는 사람의 수를 더 줄이는 것이다. 생활의 고통, 환경의 오염, 각종의 스트레스로 인해 더 많은 환자가 발생하는 현실을 도외시한 채, 이미 발생한 환자를 사후적으로 치료하는 것만이 의사의 책무는 아니다. 따라서 의사들이 자신의 업무가 세상에서 가장 중요한 일이고 그것에 대해 충분한 보상이 주어져야 한다고 하는 논리의 근거는 확실하지 않다. 어떤 사회가 당장의 치료 행위보다는 환자가 발생하지 않을 수 있는 조건의 마련에 더 치중한다면 의사의 진료 행위의 가치는 그만큼 평가절하될 수밖에 없다. 의사가 없어도 된다는 것이 아니라, 의사의 진료 행위에 부여되는 사회적 비중은 논란의 여지가 있다는 것이다.

20퍼센트의 의사들이 80퍼센트의 의료 시장을 독점하고 있다는 젊은 의사들의 항변, 신규로 진입한 동네 병원 중 상당수가 문을 닫을 수밖에 없는 안타까운 현실들을 가벼이 여길 수는 없다. 그리고 수련의, 전공의에 대해서도 합당한 보상을 실시하고, 개업 후의 높은 보상을 예상하여 수련의의 전문성을 무임으로 활용하는 관행도 고쳐야 할 것이다. 그리고 지역 의보 재정의 50퍼센트를 국가가 책임 져서 병원이 의료 보험 환자를 회피하지 않도록 해 주어야 한다는 지적에도 귀를 기울여야 한다. 의사 수급 문제도 사실은 시장에 내맡겨서는 안 된다.

그러나 의사들 중 상당수가 의사가 되는 것을 부와 명예를 얻는 길로 간주해 왔다면 그러한 태도는 더 이상 지지받기 어렵다. 아무리 우리가 자본주의 사회에서 살고 있다고 하지만 의사가 되는 것을 '투자'로 보는 태도는 '가진 자들의 세계관'이며 돈을 모든 가치의 중심으로 보는 반사회적인 태도라는 점을 지적해야 한다. 우리 사회의 돈 있고 공부 잘하는 사람들이 무의식적으로라도 자신이 당연히 경제적으로 누리고 살아야 한다는 사고를 갖고 있다면 그것은 교정되어야 할 것이다. 법조인들에게도 적용되겠지만, 의사들도 자신이 매일 만나는 환자들의 세상, 특히 가난한 환자들의 세상에 눈을 떠야 한다. 돈이 없어 병원 갈 수 없고 변호인 도움 받을 수 없는 사람들의 뼈아픈 이야기들도 한 번쯤은 들어야 한다. 그리고 법조인이나 의사 못지않게 사회를 위해 중요한 일을 하면서도 자신의 일을 경제적 보상과 연결시키지 않는 많은 사람들이 열심히 활동하고 있다는 사실을 인식해야 한다. 돈 있는 사람들이 자식 교육을 통해 그것을 대물림하고, 머리 좋은 사람들이 자신의 재능을 오직 권력의 장악과 지위 획득을 위해서만 활용하는 사회에는 미래가 없다.

찾아보기